魔王學院的不適任者

MAOH GAKUIN NO FUTEKIGOUSHA

～史上最強的魔王始祖，
轉生就讀子孫們的學校～

作者†秋
Illustration†
しずまよしのり

3

Kadokawa Fantastic Novels

§序章 【勇者與人王】

兩千年前，王都蓋拉帝提——

這座首都位在人類大陸亞傑希翁的中心處，是被聖劍選上的勇者加隆所屬的組織，蓋拉帝提魔王討伐軍的根據地。

蓋拉帝提同時也是座能抵禦魔族侵襲的軍事都市，市內處處設置了驅魔的魔法陣與魔法具。尋常魔族一旦闖入，不是會瞬間灰飛煙滅，就是會被打成蜂窩；然而此時卻有一名魔族正光明正大地在這座城市的中心處漫步。

他正是暴虐魔王阿諾斯·波魯迪戈烏多。他就像是踐踏雜草般的踩爛抵禦外敵的強固結界，悠然地邁開步伐。他的眼前站著兩名男人。

一名是持有聖劍的勇者加隆，另一名則是統治王都蓋拉帝提的王，蓋拉帝提魔王討伐軍的總司令——傑魯凱。

傑魯凱雖是年約六十的老人，但全身散發的氣勢與魔力卻遠遠超乎尋常人類。他是加隆的師傅，同時也是前任勇者。

在加隆誕生之前，傑魯凱為了守護亞傑希翁，與無數的魔族展開多次死戰。如今即使退離了第一線，也依舊指揮著魔王討伐軍，為魔族帶來極大的損害。

「加隆，由我上吧。」

傑魯凱滿懷覺悟地說道。

「如果是以零距離發射『聖域熾光砲（teo toraiasu）』，即便是那傢伙也無法避開。哪怕是暴虐魔王，也應該會停頓瞬間。你就趁這機會，連我一起用聖劍刺死他。」

「老師……這……」

「別遲疑，加隆。要有勇氣。反正我已不久於人世。如果能用我這條老命作為和平世界的基石，算是很划算的了。」

傑魯凱腳邊畫起帶有聖光的魔法陣。這是據說只有勇者能施展的魔法「聖域（asuku）」，是能讓眾人團結一心，將意念與心願轉換成魔力的強大魔法。施展這個魔法之後，魔力不如魔族的人類才有辦法與魔族對抗。

『傑魯凱大人……加隆大人……拜託你們……』

『請消滅魔王……今日請務必要消滅那個暴虐魔王……』

『繼續祈禱，將所有的希望託付給傑魯凱大人……』

『請為這個世界帶來和平……』

『請守護我們的未來……！』

「聖域」裡充滿人們的意念，聖光自城市裡匯集到傑魯凱身邊。這裡是王都蓋拉帝提，人類僅存的最後堡壘。正因為如此，人們的祈禱無比強大，龐大地擴展開來。

「看招吧，魔王！今日我必將為受你殺害的人們報仇雪恨！」

傑魯凱渾身纏繞著「聖域」衝向暴虐魔王。在他身後，加隆舉起聖劍。

魔王阿諾斯展開五十門魔法陣，有如雨點般的發射「獄炎殲滅砲」。漆黑的太陽陸續擊中傑魯凱，儘管他將「聖域」之力轉化為反魔法，但由於魔王的魔力驚人，使得他的性命轉眼間就有如風中殘燭。

「……沒用的……這點痛楚……跟慘遭你殺害的妻兒相比，根本不算什麼……！」

盛大的爆炸聲響徹天際，即使遭到漆黑火焰吞噬，前勇者也依舊勇往直前。

「唔喔喔喔喔喔喔喔喔喔喔喔喔喔喔喔喔喔喔喔喔喔喔喔喔喔喔喔喔喔喔喔！」

傑魯凱的手逼近暴虐魔王。

然而——

「……呃……哈…………」

就在只剩最後一步時，魔王的右手貫穿了傑魯凱的腹部。

「唔，人王啊，你好像以為悲劇只降臨在你們身上呢。人類可是殺害了懷著我的母親喔。從屍體中出生的感覺，還真是糟透了。」

傑魯凱嘔出鮮血，但臉上卻揚起笑容。

「……跟我一起下地獄吧，暴虐魔王……」

儘管被貫穿了身體，傑魯凱也還是將手伸向魔王。

「『聖域熾光砲』。」

傑魯凱將「聖域」聚集起來的眾人意念轉化為魔力，作為砲彈一口氣釋放開來。

彷彿引發了一場大爆炸，聖光籠罩住兩人。

「就是現在！動手，加隆──」

話語突然中斷。傑魯凱的肺部遭到捏爛，頓時失去說話的力氣。

「……你……這傢伙…………對我們的同志……」

「聖域熾光砲」的威力不足。本來應該會有足以貫穿魔王反魔法的威力，但意念與心願的力量卻在急遽減少。

「沒什麼，今天就只是威懾一下罷了。」

阿諾斯為了削減「聖域熾光砲」的威力，在殺害難以對付的傑魯凱之前，先用魔力威懾了提供意念與心願之力給他的魔王討伐軍。只要他有這個意思，不具備強力反魔法的人類，不論是躲在這座城市裡的何處，都能輕易讓他們失去反抗能力。甚至連要殺害他們，應該都易如反掌。

「……你竟敢這麼做……絕不原諒……就唯獨你這傢伙，我絕不原諒……！」

「到此為止吧。就我看來，你的根源已經到極限了。儘管十分佩服你能憑著人類之軀奮戰至今，但只要再死一次，你就再也無法復活了。」

阿諾斯語罷，就將傑魯凱另一邊的肺給捏爛。

「……呃…………」

「只不過，不論如何你都不久於世了吧。」

傑魯凱就像斷了線的人偶般當場倒下。

「好啦，勇者加隆。」

魔王朝謹慎地舉起聖劍、伺機而動的加隆說：

「差不多想要和平了吧？」

加隆回瞪魔王。

「讓世界陷入混沌的罪魁禍首有資格說這種話嗎？」

「在你們看來是這樣吧。但即便是我，也希望迪魯海德能獲得和平。只要能實現這點，沒必要特地毀滅亞傑希翁。」

勇者將聖劍指向魔王，擺出警戒態勢。

「要是你對我的提議感興趣，就來德魯佐蓋多吧。我也招待了大精靈與創造神。倘若不中意我說的話，到時候再合力將我擊倒吧。」

就像事情辦完似的，暴虐魔王轉身背向加隆，腳邊浮現「轉移(gatomu)」魔法陣，將他轉移到其他地方。

「……老師……！」

加隆立刻趕到傑魯凱身邊，施展「抗魔治癒(enshieru)」的魔法為他療傷。好在以魔王造成的傷勢來說算輕微，被捏爛的肺臟與被貫穿的腹部轉眼間就治好了。

「……給你添麻煩了…………」

「不會。」

傑魯凱握住加隆的手站起。儘管傷勢已好，但表情還很痛苦的樣子。

「……老師，要我將根源還給您嗎？」

勇者加隆有七個根源。這些根源追根究柢，是藉由眾神之力施展的大魔法，從他人身上繼承而來的。

從數名人類身上一點一滴聚集根源，讓他獲得能夠對抗魔王的七個根源。而在這些人當中，傑魯凱更是將自己大半的根源都轉讓給他了。

「如今已不可能歸還了。就算你擁有聖劍，也無法讓一度分離的根源完全復原。」

「即便如此，也依舊能讓老師的根源恢復一些。再這樣下去，您早晚……」

「加隆。我早在轉讓時就作好覺悟了。為了打倒魔王，我將一切都寄託在你身上。不只是我，將根源分給你的眾人也皆如此。」

傑魯凱以堅定的意志說道：

「你是希望。打倒魔王，拯救世界。是在這個被黑暗籠罩的世界裡，唯一閃耀的太陽。就算現在無法實現，但總有一天，你的聖劍一定會達成我們人類的夙願。我不能為了保全自己，讓人類失去這份希望。」

加隆垂下頭，不發一語。儘管一臉苦惱，但不久後還是喃喃說道：

「……老師意下如何？」

「什麼事？」

「方才暴虐魔王所說之事。」

「不足為信。魔族生來就是為了殘殺人類的生物。不是他們滅亡，就是我們滅亡。兩者只有一者能活。絕無可能共存。」

加隆點頭同意。只不過，總覺得他的表情帶著陰霾。

「加隆，你很溫柔。但是，魔族不是你能溫柔對待的生物。那是不該存在於這個世上的汙穢。殺害他們不需要感到任何罪惡。倒不如說，對他們來說殺害才是一種救贖。你要有勇氣。你可是被聖劍選上的勇者啊。」

當臉上充滿苦澀的加隆正要回答「是的」的瞬間，傑魯凱一個踉蹌，當場跪倒在地。

「老師……！」

「……唉，別這麼慌張。我只是有點累了。畢竟我也上年紀了呢……」

「可是……」

加隆擔心地注視著他。

「我沒事。與其擔心我，還不如先回去向眾人回報魔王已落荒而逃之事。我想大家應該都很不安。」

「……我知道了。我這就回去。」

加隆連忙朝城堡跑去，傑魯凱則注視著他逐漸遠去的背影。

「……………快到極限了嗎…………確實是呢…………」

傑魯凱用顫抖的指尖畫出「轉移」魔法陣。蓋拉帝提的街道從他眼前消失，視野瞬間染成純白一片。

隨後映入眼簾的，是一個昏暗的房間。房間的地面、天花板，還有牆壁上畫著好幾道魔

法陣。而恐怕是由這些魔法陣維持的大量水球，就這樣飄浮在半空中。

這些並不是一般的水。是傳說中由神所淨化過的水，不具形體的魔法具——聖水。

「……必須殲滅魔族……」

傑魯凱看向聖水球，以陰沉的表情喃喃說道：

「……哪怕要將此身化為魔法……」

§1【某天早晨的平穩生活】

黑暗之中，感覺有隻小手碰觸我。

「阿諾斯。」

聽到少女耳熟的呼喚，身體被輕輕搖晃。

「早餐。」

我靜靜地睜開眼，一張少女的臉蛋出現在眼前。留長的白金色側髮輕輕搔過鼻頭，清澈的綠眼眨了兩下。是米夏。

「醒了？」

「是啊。」

我簡潔回應後，米夏愉快地笑起。

「早安。」

我緩緩離開床鋪，一面在腳下畫起魔法陣，一面向她問道：

「米夏怎麼會在這裡？」

魔法陣從腳邊上升到頭頂，將身上的睡衣換成制服。

「今天要練習做便當。」

原來如此。是趁媽媽幫我做便當時，順便請她指導啊？

「也做了早餐。」

「還真是期待呢。」

我這麼說完後，米夏便有點驚訝地眨了眨眼。

「怎麼了嗎？」

「要吃嗎？」

「是說早餐嗎？」

米夏點了點頭，然後指著自己。

「我做的？」

「沒有我的份嗎？」

「媽媽做了阿諾斯的早餐。」

是這個意思啊？

「那我吃媽媽做的也無妨。」

「嗯。」

米夏就跟往常一樣淡然回應，推開房門。儘管依舊面無表情，但總覺得她好像很沮喪。

「哎，不過，要是能跟米夏做的早餐交換，那我會很高興喔。」

她就像在揣摩我的用意似的直盯著我的眼睛。

「……可以嗎？」

「妳願意的話。」

米夏想了一下後說道：

「阿諾斯喜歡媽媽的料理。」

「是這樣沒錯，但米夏的料理只有偶爾才能吃到。」

她稍微垂下頭，看起來很高興，卻又覺得不好意思。

「真溫柔。」

「一時興起罷了。」

米夏忙不迭地搖頭。

「阿諾斯懂嗎？」

「懂什麼？」

「我的心情。」

「看起來有點失望吧？」

經我指出，米夏就微微垂下眼簾。

「……好害羞……」

「妳把我看得很透徹。」

在看穿我內心這方面，說不定無人能出其右。

「不過，我的魔眼（眼睛）可不會輸給妳喔。」

聽我這麼一說，米夏稍微瞠圓了眼，呵呵地笑了起來。

「我說了什麼奇怪的事嗎？」

「猜猜看。」

是要我猜她為什麼會笑吧？

「很開心嗎？」

米夏露出微笑。

「再看清楚一點。」

米夏沒說正不正確，就這樣轉身走下一樓。我也跟在後頭，一起走向客廳。

餐桌上已備好早餐，但只有兩人份。

「爸爸和媽媽呢？」

「工作。」

這麼說來，爸爸在幫忙打造金剛鐵劍的工作室那邊還有事要幫忙。受到魔劍大會的影響，似乎讓對方對他另眼相看。儘管曾邀請他今後也務必要過去幫忙，但他目前似乎沒這個打算。

「媽媽呢？」

「有客人請她到府鑑定，是有點遠的地方。」

所以就提早出門啊？

「出門時說阿諾斯因為魔劍大會累了，要我別叫醒你。」

雖然沒有很累，但很像是爸媽會說的話。

「那就開動吧。」

「嗯。」

我跟米夏就座，用起早餐。由於平時吵吵鬧鬧的爸媽不在，所以是個難得寧靜的早晨。用完餐後，我用魔法倏地收拾好餐具，離開家門。我們兩人並肩齊行，悠然走在通往魔王學院的道路上。

當然，只要施展「轉移」就能立刻抵達，但時間還很充裕。反正就算趕著上學也不會有獎品。一面眺望早晨的街景，一面慢步走在通學道路上，感覺也挺不錯的。

「咦……？」

在通學途中，突然遇到一個熟面孔。將一頭金髮綁成雙馬尾，穿著魔王學院的黑制服。是莎夏。她用奇怪的眼神盯著我們兩人。

「……為什麼你會和米夏兩個人一起上學？」

「就早上遇到。」

「我說啊，我當然知道你們是遇到的。不過請不要懶得說明就隨便回答好嗎？」

「便當。」

米夏說道。

「我請阿諾斯的媽媽教我做。」

「這樣啊？哼——這麼說來，妳說過妳在學習做料理呢。既然早上要去，怎麼不跟我說一聲呢？」

「說過了。」

大概是覺得自己被排擠了吧，莎夏看起來有點不滿。

「咦？什麼時候？」

「早上，出門前。」

莎夏就像在回想似的低著頭，一副完全沒有記憶的樣子。

「我起床時，米夏就已經不見人影了耶……？」

米夏忙不迭地搖頭。

「那是第二次。」

「騙人……？真的嗎……？」

也就是說，她跑去睡回籠覺了啊。

「唔，原來莎夏妳早上爬不起來啊？」

「才沒這回事……」

我看向米夏，她頻頻點頭。

「很難起床。」

「我、我就只是有點離不開床鋪，醒來時腦袋一片空白，記憶會變得很模糊而已啦。」

這怎麼聽都覺得她很難起床吧？

「你是怎樣啦，那個得意的眼神。」

「沒關係，妳不需要感到可恥。就算早上爬不起來，也不會造成任何障礙不是嗎？人生也不會因此完蛋。」

「別說得事情好像很嚴重一樣好嗎？」

我只是在說這沒什麼好可恥的，不懂她在生什麼氣。

「夠了，趕快上學吧。」

莎夏一邁開步伐，米夏就立刻快步追上。

「生氣了？」

「我生什麼氣啊？」

「……因為我一個人去。」

「我才不在意這種事呢。就算大清早繞遠路到阿諾斯家裡，也沒什麼意義。」

米夏垂著頭，想了一會。

「……我不會再去了……」

「為什麼會變成這樣啦！就說我不在意了吧？米夏想去的話就去啊。」

米夏像是很為難似的低頭不語。我忍不住「咯哈哈」笑了起來。

「你、你笑什麼啊？」

「莎夏，才剛碰面妳就謊話連篇呢。想來我家就坦白說啊。」

「我……我才沒說我想去呢……」

她愈說愈小聲。

「因為早上爬不起來，想說反正沒辦法來，所以才在那邊賭氣說妳不在意吧？沒關係，妳放心好了。在我面前，早上爬不起來根本算不了什麼。」

「……那個……雖然你好像說得很誇張，但你打算怎麼做？」

「我直接去叫妳起床。」

「……咦？」

莎夏整張臉頓時紅成一片。

「莎夏，妳似乎很擅長睡回籠覺呢。但我可沒有米夏這麼好說話喔。在我面前，妳是別想睡了。」

我邊這麼說，邊探頭注視著莎夏的臉。

「……啊…………」

「答覆呢？」

「…………好的……」

無法正視我的眼睛，莎夏的視線往斜下方望去。

莎夏以細如蚊鳴的聲音答覆。

唔，早上爬不起來有這麼可恥嗎？

「這樣下次就能一起來我家了喔。」

我朝米夏這麼說後，她就開心地點了點頭。

「……可、可是……總覺得不太對勁耶。明明是要去阿諾斯家，阿諾斯卻要特地來叫我起床……」

莎夏喃喃自語著。

「嗨，早啊。」

聽到爽朗的招呼，回頭就看到雷伊站在那裡。

「早，還真巧呢。」

米夏與莎夏也一齊道「早安」跟他打招呼。

「你們總是一塊上學嗎？」

「沒有，今天只是碰巧。」

雷伊來到我身旁。

「話說回來，你知道什麼不錯的魔劍嗎？」

「唔，是要代替伊尼迪歐的嗎？」

「畢竟澈底斷成兩截了嘛。有時間或許能修好，但看來得暫時用其他劍了。」

畢竟也不能每次都把席菈找來，請她化身為劍來使用嘛。

我想想看，藏寶庫裡有適合雷伊的魔劍嗎？

「啊，大家早安！」

遠方傳來叫喚。米莎揮著手朝這裡跑來。

「真難得呢，大家像這樣一起上學。」

「是啊，似乎是在路上偶然遇到的唷。」

雷伊答道。

「是這樣啊？呵呵呵，不過，感覺還真不錯呢，大家能像這樣一起悠閒地上學。我早上總是一個人走，覺得有點寂寞呢。」

「原來妳這麼怕寂寞啊？」

「啊哈哈……要保密唷……？」

他們兩人像這樣邊走邊聊著。

我們一面享受平穩的生活，一面走向德魯佐蓋多。

§ 2 【學院交流】

德魯佐蓋多魔王學院，第二訓練場——

開門走進教室後，我們各自坐到自己的位置上。

「啊，對了，雷伊，關於剛剛那件事。」

靠著椅背躺下的雷伊轉頭過來。

「放學後，你有空就陪我一下。」

「要去哪？」

「祕密場所。要拿我的魔劍給你。」

「哦～還真是令人期待呢。」

隨後，教室內就傳來竊竊私語的聲音。是粉絲社她們。

「喂，喂，妳剛剛聽到了嗎？」

「怎麼了？」

「阿諾斯大人說放學後，要在祕密場所給雷伊同學『我的魔劍』喔……！」

「這、這也就是說……！」

「阿諾斯大人的劍，要變成魔劍了耶——！」

「說是魔劍耶，呀啊啊——！」

「還、還是跟伯母報告一下會比較好吧……？」

「可是，突然跟她說這種事，說不定會讓她大受打擊耶……」

「果然會這樣吧。可是……」

唔，看來她們有某種莫名其妙的誤會，可不能讓她們跑去向媽媽報告，不然很可能會讓誤會變得愈來愈深。

「愛蓮、潔西卡。」

我一叫名字，兩人就像嚇到似的轉過來。

「是、是的，阿諾斯大人！」

「有、有什麼事嗎！」

我就像在勸說似的向她們兩人溫柔說道：

「要對媽媽保密喔。」

「……我、我知道了。」

「我、我會賭命保守這個祕密的！」

這樣就好了吧。解釋誤會很花時間，但總之只要不讓她們說出去就好了。只要媽媽什麼也沒聽到，就算想誤會也沒得誤會了吧。

「怎麼辦，被封口了……」

「果然是這麼一回事吧……」

隔壁桌的莎夏遞來傻眼的視線。

「怎麼啦？」

「沒事。就只是覺得你在自掘墳墓。」

我對她這句話嗤之以鼻。

「哼，這沒什麼大不了的。不過就這點程度。」

「像這樣故作從容，等事情變得一發不可收拾時，我可不理你喔。」

「妳是在擔心我嗎？」

「……才不是在擔心你……」

莎夏喃喃低語。

就在這時，上課鐘聲響起。不過，誰也沒有踏進教室裡。

「不可思議。」

隔壁桌的米夏喃喃說道。

「艾米莉亞老師總是準時上課。」

接著，莎夏就像注意到什麼似的說道：

「喂，話說回來，在魔劍大會當天襲擊伯母的人，就是艾米莉亞老師吧？」

「是啊。」

「……你把她怎麼了？」

我笑了一下。

「妳覺得呢？」

莎夏露出畏懼的表情向後退開。

「別這樣啦，露出這種魔王般的笑容……」

我就只是普通地笑了一下耶。而且我本來就是魔王。

「好——各位同學請就座——」

走進教室裡的，是一名長耳朵的女性。就從她跟艾米莉亞一樣穿著黑色法衣來看，應該是魔王學院的教師吧。

「那個，這是我第一次來這個班級，對吧？我是三年一班的班導梅諾．希斯特利亞。雖是臨時性的，不過我會暫時兼任這個班的班導。」

梅諾如此打過招呼後，教室內頓時一片嘈雜。

「那個，老師，請問艾米莉亞老師怎麼了嗎？」

一名女學生舉手發問。

「嗯——詳細情形我也不太清楚，但艾米莉亞老師好像辭職離開魔王學院了。」

教室內這次則是一陣譁然。

「辭職了？」

「……就算是辭職，也太突然了吧？」

「對啊，一般都會先打聲招呼吧？是受傷還是生病了嗎？」

「或者說，艾米莉亞老師離職的話，那個不適任者會愈來愈囂張吧……」

「好了、好了，各位同學請安靜。」

梅諾拍手喊道。

「雖然我不太清楚情況，但總之是連打招呼都沒辦法的樣子。由於事發突然，來不及補充代課的教師，所以在找到代課教師之前，會由我來擔任各位的班導。」

「可是，梅諾老師不是還有三年級的課要上嗎？」

「我們沒辦法和三年級生一起上課吧？」

學生們像連珠砲似的不斷發問。

「嗯──當然是沒辦法一起上課，但這件事真的很突然，臨時找不到其他老師來代課。所以我想應該會跟三年級生輪流上課，每隔一天自習一次。當然，沒上課的日子我也會來看各位的。不過，這種情況頂多就維持一個星期唷。」

「下星期會來新的老師嗎？」

「不是。其實呢，儘管不是因為艾米莉亞老師離職的關係，不過德魯佐蓋多決定要進行學院交流了。」

教室內充滿疑問。看來這事大家都是第一次耳聞。

「梅諾老師，學院交流是什麼意思啊？」

「學院交流簡單來說，就是到不同的學院去，與那裡的學生和教師進行交流，互相學習彼此不知道的知識，一起切磋琢磨吧。」

經過這番說明，學生們還是很困惑的樣子。

「不同的學院……？」

「在迪魯海德，魔王學院就是第一學府，坦白講，沒有這裡學不到的知識吧……？姑且不論交流對象，但我們進行學院交流有什麼好處嗎？」

聽取學生們的疑問，梅諾回答道：

「也是呢。所以至今為止，德魯佐蓋多都沒有和其他學院進行交流。不過這一次呢，其實是有機會能和迪魯海德以外的學院交流喔。」

「迪魯海德以外的學院，是哪裡的學院啊？」

「是亞傑希翁唷。位在王都蓋拉帝提的勇者學院，早在很久以前就向我方提議這件事了。這次由於勇者學院已作好迎接我們的準備，所以雖然事發突然，但還是決定好要進行學院交流了。」

聽到梅諾的說明，學生們紛紛發出驚呼。

「亞傑希翁不就是……那個嗎？人類的學院……對吧？」

「是叫做勇者嗎？你聽說過嗎？」

「沒耶，完全沒有印象。」

「我記得跟暴虐魔王交戰的陣營之中，其中一個就是勇者吧？很久以前魔族與人類對立，當時率領魔族的是魔王，而率領人類的則是勇者的樣子。」

「也是呢。可是，人類不是沒有很強嗎？勇者很強嗎？」

「我想，大概很強吧……」

唔，看來勇者的紀錄有保留下來，不過在迪魯海德沒什麼知名度的樣子呢。

在我製造的牆壁隔絕下，魔族與人類斷絕了往來，人魔之間的紛爭也因此結束，使得與勇者之間的交戰成為往事。

兩千年前的戰爭，魔族頂多知道是與人類之間的戰爭，不清楚詳情也是無可奈何的事。

話雖如此，考慮到之前發生的事，勇者之所以會在魔族社會中遭到輕視，還有這次突然浮上檯面的與勇者學院之間的學院交流，或許都是阿伯斯・迪魯黑比亞的陰謀之一。等一下去找梅魯黑斯確認吧。

「大家學習不足喔。雖然確實只有在課堂上稍微提到，不過勇者的相關內容，應該曾在歷史課上教過才對。」

梅諾面向黑板，寫上「勇者部隊（asura）」與「七個職階」。

「這邊就簡單複習一下吧。據傳勇者在那場大戰之中開發了獨自的軍隊魔法，也就是『勇者部隊』。其基本結構與『魔王軍（gaizu）』相同，具有七個職階。」

梅諾望向學生們。

「好的，有人還記得是哪七個職階嗎？」

誰也沒有舉手。在我疑惑地看向米夏後，她就低聲說道：

「還沒學過。」

「……我想也是。這個……是三年級的課程吧？」

唔，看來是個迷糊教師的樣子。我懷著這種想法舉手回答：

「『勇者部隊』是將成員分為勇者（Brave）、賢者（Wiseman）、魔法師（Mage）、神官（Healer）、召喚士（Summoner）、聖騎士（Cavalier）與靈術師（Shaman）這七個職階的魔法。」

在我回答後，梅諾就很開心地說道：

「沒錯，正確答案。那麼，這位同學能順便答出來『勇者部隊』與『魔王軍』有什麼差異嗎？」

「儘管同屬軍隊魔法，但最大的差異在於，『魔王軍』是由魔王將魔力分給部下，而『勇者部隊』則是由部下將魔力分給勇者；『魔王軍』是以築城防衛為主，而『勇者部隊』則是

專門為了攻陷魔王城所開發的魔法。」

將眾人之力集結在勇者一人身上，讓他打倒魔王。他們的總體戰力不如魔族，想要勝過魔族就只能擊潰我方的領導者。依靠力量統率軍隊的魔族一旦無人指揮，就會頓時化為烏合之眾。

「不過，光是這樣還無法發揮『勇者部隊』的真正價值。藉由施展『聖域』，將夥伴的意念轉化為魔力，將使得他們獲得足以與擁有強大魔力的魔族匹敵的力量。」

「沒錯、沒錯，這位同學有好好學習呢。『聖域』稱為精神魔法，是個連在魔王學院都無法學習的魔法系統喔。就這層意思上來講，我認為這次的學院交流對德魯佐蓋多也很有意義喔。」

只不過，還真是不可思議呢。彼此為了打倒對方所開發的軍隊魔法，在經過兩千年後，如今居然要互相教導。

「話雖如此，但『勇者部隊』與『聖域』都是只有勇者才能施展的魔法，所以這次的目的與其說是要去學習魔法，不如說是要去學習術式，讓自己能窺看到更深的深淵。我想將來也會開發出魔族也能施展的應用魔法，所以這次的學院交流，老師認為各位同學應該學習的重點是……」

話說到一半，梅諾臉上露出疑惑的神情。

「……咦？話說回來，我好像還沒教各位『聖域』的相關內容耶……？」

大概是終於注意到了吧，她一臉不可思議地說道。

「老師，不只是『聖域』，一年級也還沒教『勇者部隊』的魔法唷。因為目前正在實習『魔王軍』的魔法。」

被指出這一點後，梅諾就像終於發現到似的，「啊……！」地驚叫一聲。

「難怪、難怪。抱歉，我把你們跟三年級的班級搞混了……！」

梅諾這麼說完後，臉上再度露出疑惑的神情。然後，目不轉睛地看著我。

「…………同學，你怎麼會知道『勇者部隊』的魔法？而且『聖域』的魔法，就連三年級生都還沒學到唷……」

「這沒什麼，那些都是以前看到會膩的魔法啦。還有，梅諾，妳的解說有誤喔。」

我當場畫起魔法陣，施行起某個魔法。魔法陣上畫有複雜的術式，魔法線將我跟梅諾，還有米夏與莎夏等人連結起來。

「咦……？」

梅諾臉上滿是驚訝。

「……騙人的吧……這是……『勇者部隊』的魔法……」

大概是因為在勇者學院見識過吧，梅諾一眼就看穿了我所施展的魔法。

「就算不是勇者也能施展『勇者部隊』這項魔法。只不過魔族還是用『魔王軍』會比較有效率。」

或許是腦袋跟不上眼前的發展吧，梅諾說不出半句話來，就只是茫然地注視著「勇者部隊」的魔法。

§3 【魔王的自習】

「阿諾斯大人太厲害、太厲害了！還是一樣這麼偉大！」

「對呀、對呀。只要阿諾斯大人教我們勇者的魔法，根本就不用辦什麼學院交流了！」

「啊，可是、可是，學院交流是我們要去亞傑希翁對吧？這樣的話，就得在那裡找地方過夜對吧？」

「咦……妳該不會是……想趁機夜襲吧！」

「這、這麼害羞的事情，我做不到啦！」

「那是怎樣？」

「阿諾斯大人過夜的房子裡，我們也會住進去吧？這樣的話，就是在同個屋簷下一起過夜，也就是說，我們幾乎是同床共枕對吧！」

「妳那頑強的妄想力還比較讓人害羞耶……」

粉絲社的少女們還是一樣吵吵鬧鬧的。

「……原來如此……你就是那個不適任者啊……」

大概是腦袋終於開始運轉了吧，梅諾看著我制服上的印記說道。

「難怪我覺得你很眼熟呢。你是阿諾斯同學吧？在魔劍大會上獲勝的學生。」

「沒錯。」

「一如傳聞，你的表現還真是讓人難以置信呢。」

她可能聽聞過我的實力吧，不過在親眼目睹後，果然還是難掩驚訝之情。不過，我也不認為艾米莉亞會把課堂上發生的事一五一十地告訴其他教師。她之前說不定是半信半疑。

不過就她的反應來看，梅諾似乎不像艾米莉亞那樣是個堅定的皇族派。

「那麼，有關勇者的魔法就先到此為止。一如我方才說明的，下星期起，本班的所有學生跟我帶的三年一班一起，都要前往勇者學院所在的王都蓋拉帝提。需要帶的東西，會在今天之內由貓頭鷹將清單送到各位同學家中，所以要照著清單作好準備喔。」

就像事情告一段落似的，梅諾跟著說道：

「雖然時間還早，不過老師必須去三年級那裡了，今天就請大家自習吧。不要太過吵鬧，給其他班級添麻煩了喔。」

梅諾走向教室門。在離開教室之前，她就像忽然想到什麼似的回頭。

「對了、對了。去到勇者學院，大概會舉辦『勇者部隊』與『魔王軍』的對抗測驗，作為軍隊魔法的實習課程喔。雖說是以交流為目的，但我們學校可是匯集了迪魯海德各地的優秀魔族，可不准你們輸掉喔。」

梅諾淘氣地眨了下眼。

「話雖如此，但我想魔王學院的權威會由高年級生展示，各位只要別輸得太難看就好。那麼，要好好努力自習喔。」

留下這句叮嚀，梅諾離開了教室。

「唔，自習啊……」

「你該不會想翹課吧？」

隔壁桌的莎夏投來懷疑的眼神。

「怎麼可能。如果要翹課，我就不會特地跑來上無聊的課程了。」

我起身說道。

「你們四個，稍微陪我一下。」

「好啊。」

雷伊答話後，米夏接著問道：

「要做什麼？」

「難得自習，就來教你們力量的使用方式吧。」

我一伸手，米夏就握住我的手。在眾人以莎夏、米莎和雷伊的順序牽起手後，我施展了「轉移」。

轉移到的地方是魔樹森林。要活動身體的話，這裡應該是最佳地點。不論怎麼亂來，帶有魔力的土壤都能讓森林立刻再生。

「……我有種討厭的預感。你打算在這裡做什麼……？」

「全員一起上吧。」

瞬間，莎夏遙望起遠方。

「你是認真的嗎？」

「我說過要教你們力量的使用方式吧？畢竟還要跟勇者學院進行對抗測驗。」

「我想阿諾斯你一個人上就沒問題了吧？」

「我不否認。」

莎夏露出不可思議的表情。

「我在魔劍大會上學到一件事。」

米夏直盯著我瞧。

「什麼事？」

「就算是微不足道的事，全力以赴也是有意義的。努力本身就是個崇高的行為。即使知道天翻地覆也沒有我做不到的事，我也還是會全力以赴，如此才能獲得無可取代的時光。」

「……力量強得亂七八糟的傢伙，別說這種青春洋溢的臺詞好嗎……」

莎夏發著牢騷，米莎則露出苦笑。

「……啊哈哈……一般應該是說『知道天翻地覆也做不到，仍要全力以赴』才對吧。」

「不過，我能理解阿諾斯的心情唷。」

「我就知道你會這麼說。」

雷伊爽朗微笑。

「這是好事。」

米夏說道。

「我會努力的。」

我看向米莎，得到「當然我也會參加唷」的答覆。

「莎夏。」

「我參加總行了吧？就陪你們玩玩嘍。」

我哼笑一聲，背對四人走開。

「部下能這麼懂事，還真是讓我開心呢。」

我轉過身，展開一門魔法陣。一看到這門魔法陣，莎夏當場瞠圓了眼。

「……等等，你這該不會是……」

「好好擋，不然會死喔。」

發射出去的漆黑太陽拖著閃耀的尾巴襲向莎夏。她連忙施展「飛行(furesu)」衝上天空，在千鈞一髮之際避開攻擊。後方樹林被漆黑火焰焚燒殆盡。

我接著再展開一門魔法陣。

「你、你給我等等，喂！施展『獄炎殲滅砲』太超過了吧！這不是自習嗎？」

「哪有自習不用賭命的？」

「你在說什麼啊！傻了嗎！」

「聽好，莎夏。根源釋放出最大魔力的時候，即是面臨消滅危機之時。臨欲滅時，光明更盛。對修習魔法者來說，這正是潛入深淵的明確指標。」

我再度施放「獄炎殲滅砲」。儘管她露出走投無路的表情，也還是勉強避開。她身後已被燒成一片荒野。

「就算魔力增強，死了不就沒意義了！」

「當然。臨欲滅時，光明更盛；以更盛之光，克服燈滅。」

這也就是說——

「使出垂死前的力量拯救自己。這樣一來，下次瀕臨死亡時，力量就會更加強盛。」

正因為沒有死亡風險，這個時代的魔族才會如此弱小。想要提高魔力、逼近魔法的深淵，最重要的就是要在不會死的程度內體驗死亡。

為了實踐這一點，我再次展開一門魔法陣。

「……我受夠了！別強人所難了啦……！」

「妳辦得到的。」

「怎麼可能……」

「辦得到。莎夏，妳不相信我嗎？」

經我這麼一說後，莎夏便沉默地回望著我。

「使用『破滅魔眼』吧！那是究極的反魔法。回想妳是怎麼抵抗猶格·拉·拉比阿茲的時間魔法。」

我再度發射「獄炎殲滅砲」。漆黑的太陽轟轟燃燒，拖曳著耀眼的尾巴向前飛馳。

「……真是……………我真是…………受夠你了啦！」

莎夏在前方展開反魔法，並將魔眼的所有魔力全都砸在飛來的漆黑太陽上。

「……我要是死了，你可要對我負責啊！」

「獄炎殲滅砲」轉眼就將莎夏的反魔法燃燒殆盡。緊接著，莎夏使出的「破滅魔眼」不斷削弱漆黑太陽的速度。太陽就像火焰剝落似的逐漸縮小，但還是沒有完全喪失威力，朝著莎夏飛馳而去。

「……呀……呀啊啊啊啊…………！」

莎夏遭到黑焰吞沒，朝魔樹森林的方向飛去。

「她、她還好吧？」

「還活著。」

米夏說道。雖然無法說是完全擋下，但她拚命使出的「破滅魔眼」依舊擋住了「獄炎殲滅砲」。她擁有「不死鳥法衣」的力量，所以這種程度還不至於死。

「那就開始反擊吧——雖然我想這麼說，但我現在才想到我手上沒劍耶。」

「交給我。」

米夏施展「創造建築」的魔法在雷伊面前造出一把冰魔劍。

「謝啦。」

雷伊一取劍就朝我蹬地衝來。

「我要上嘍，阿諾斯……！」

「可惜。」

我用右手接住直劈而來的劍身，輕易折斷。冰魔劍當場粉碎。

「米夏，妳的『創造建築』做得不夠精細喔。在創造石頭時，不要創造石頭，而是要創造構成石頭的原子。說到這點，構成魔劍的是什麼？要更加深入地窺看深淵。」

我一面說教，一面朝雷伊揮拳，他則試圖空手接下這一拳。

「……喝……！」

瞬間他以為防住了，不過我使勁撞開他防禦的手，一拳打在他的心窩上。

「……呃………！」

「雷伊，你要多研究一下失去劍時的對應方式。只要佩劍在身，你就不會輸給尋常對手吧？但要是手上無劍，你就渾身都是破綻喔。」

「……就算是這樣，但我總覺得你好像比上次還要強耶……？」

「我可不會一直在原地踏步。想追上來的話，就盡全力追趕吧。」

雷伊當場倒下。他的臉頰，落下一滴水珠。

滴滴答答地下起雨了。米莎不見蹤跡。由於「雨靈霧消（fusuka）」的魔法，魔樹森林轉眼間下起傾盆大雨。

「別讓我看同一招魔法太多次。就算是精靈魔法也一樣。」

我緩步向前，抓住落在眼前的一滴雨珠。

「啊……」

伴隨著聲音，抓住的雨滴化為米莎的本體。

「米莎，妳本是弱者。然而，弱者也有弱者的戰法。妳要去思考，該如何更加活用精靈魔法。」

我散發威懾，米莎一接觸到我的魔力就當場暈厥。

「阿諾斯。」

回頭望去，米夏已用「創造建築」創造了一座巨大的冰魔王城。

「再一次。」

「好。」

我也施展「創造建築」當場建造起一座魔王城。我翻掌朝天，讓魔王城飄浮起來。

「妳也試試看。」

我一指向前方，魔王城就衝向天際。米夏舉起手掌，也同樣讓冰魔王城升空。瞬間加速的兩座城堡就這樣猛烈地撞在一塊。一聲巨響後，無數瓦礫自天空嘩啦落下，使得沙塵遮蔽了視野。

當風帶走沙塵後，還飄在空中的就只有我建造的魔王城。冰魔王城已澈底化為瓦礫。

「還不成氣候。」

我一朝米夏走去，她就像喪失意識似的忽然倒下。大概是因為她毫不遲疑地將所有魔力都用在「創造建築」的魔法上頭了吧。

「唔，果斷是件好事。」

我畫起魔法陣，對全員施展「總魔完全治癒」。隨後他們四人就睜開眼睛，緩緩坐起身子。我對意識尚不清楚的他們施展「魔王軍」的魔法，將他們消耗掉的魔力補回。

「很好，我們繼續自習吧。在放學前，不論幾次我都會讓你們醒來的。」

§ 4 【一意劍席格謝斯塔】

進行了一整天有意義的自習，等到放學後——

我帶雷伊來到德魯佐蓋多地城裡的藏寶庫。

見到裡頭陳列的無數魔劍與魔法具，雷伊一臉驚訝地回頭望來。

「這些全都是阿諾斯的嗎？」

「都是兩千年前收集到的東西。」

「哦~你是暴虐魔王這件事，感覺愈來愈有真實感了呢。」

雷伊一面打量著魔劍，一面心不在焉地說道。一副比起兩千年前的魔王，還是眼前的魔劍要緊的樣子。

「選一把你喜歡的吧。」

雷伊一一拿起陳列的魔劍物色。這些全都是神話時代的逸品，不過要問到有沒有跟伊尼迪歐一樣適合他的魔劍，就難以斷言了。

伊尼迪歐確實是把優秀的魔劍，但實際上並沒有表面上強大。雖說是能斬斷魔法術式的魔劍，卻無法不由分說地消除任何魔法。持劍者必須靠自身的本領斬斷魔法。

舉例來說，只要發出無法靠劍來應付的大量魔法，就無法將襲來的魔法盡數斬斷。米莎使用時，也沒辦法斬斷魔法術式複雜的「魔冰魔炎相剋波」。

所以只要發出魔法術式冗長的魔法，就會讓斬斷魔法的困難度提升，因此還需要具備能看穿術式的魔眼與精通術式的知識。外加上就算能斬斷反魔法與魔法屏障，魔劍本身的鋒利度卻很平凡，其威力嚴重仰賴持劍者的實力。

不過要是握在劍技超乎常人的雷伊手上，就會變成一把能斬斷一切攻擊魔法與防禦魔法的可怕魔劍。雷伊能在魔劍大會上將交戰對手的魔劍悉數斬斷，正是靠著他的實力。

而能夠抵銷對手魔法的伊尼迪歐，也非常適合不怎麼擅長與劍無關的魔法的雷伊。

「嗯……？」

雷伊的目光停在藏寶庫角落的一把魔劍上。

「我能抽出來看看嗎？」

「無妨。」

他從劍鞘裡抽出魔劍。閃耀著白銀光澤的劍身，美得讓人無法別開目光。

「好劍。」

唔，是看上那一把啊？真是奇妙的緣分呢。

「這是一意劍席格謝斯塔，是把相當難搞的魔劍。」

我施展「創造建築」的魔法，在雷伊面前準備好一座試砍用的石像。

「試砍看看。」

雷伊頷首，向前踏出一步，同時以目不暇給的速度劈出席格謝斯塔。

「……呼……！」

彷彿一刀兩斷般，劍身從頭部貫穿了整座石像。

只不過，石像並沒有被斬斷，而且絲毫未損。

「哦？」

雷伊就像感到有趣似的微笑。

「席格謝斯塔的劍身帶有能隨心所欲變化的魔性。不過這個隨心所欲，可是相當難搞。要是無法專心一意，也就是只將心思集中在一件事上的話，就會鈍到斬不斷任何事物。」

只要帶有一絲雜念，一意劍就無法發揮真正價值。要將心技體還有魔力全都集中在一件事上，席格謝斯塔才會成為一把隨心所欲的魔劍；然而這是知易行難。

專心一意不是件簡單的事。況且戰鬥中要是只專注在一件事上，應該會率先死去吧。畢竟光是防備對手的攻擊，就無法算是專心一意了。

「阿諾斯有辦法用嗎？」

「雖然不是不能用，但我的話就只是強行逼劍聽命。能真正將席格謝斯塔運用自如的人，就我所知只有一個。」

「這樣啊。真想和那個人交手看看呢。啊，不過，既然這把魔劍會在這裡，就表示那個人已經被阿諾斯打敗了？」

我哼笑一聲。

「不，是因為他說要轉生。這把劍原本是我賜給他的。是耿直的他在轉生前歸還到這裡的吧。」

一意劍席格謝斯塔是在兩千年前，我的左右手辛偏好使用的魔劍。

「倘若是你，應該能將這把劍運用自如吧。」

「為什麼？」

「你跟他很像。」

聽到我這麼一說，雷伊就爽朗地微笑起來。

「我是那個人的轉生嗎？」

「還不清楚。你才是，沒有自覺嗎？」

雷伊伸出一意劍，就像在集中精神似的沉思。

「不知為何，有種曾在這個時代以外見過這把劍的印象呢。但沒有記憶。」

也是呢。

「要是能將這把劍運用自如，或許就能稍微想起一些事。」

「是這樣嗎？」

「一意劍是一把會根據持劍者的想法隨心所欲變化的劍，因此劍上帶有過去持劍者的意念。如果是擁有相同根源的持劍者，就算能跟劍上的意念同步也沒什麼好不可思議的。」

或許就是預料到這種情況，辛才把一意劍留在這裡。

為了讓轉生後的自己有朝一日能再度握住此劍。

「但就算知道自己的前世是誰，也不會有任何改變。所以你也沒必要特地回想起來。」

「也是呢。不過，總之我就選這把魔劍吧。」

「不看看別把嗎？」

「我很中意這一把。」

被魔劍吸引了啊？只不過，就連會選擇最為棘手的魔劍這一點，都跟辛很像呢。

「那就回去吧。」

我們離開了藏寶庫。

返回地面後，我便與雷伊告別，走向阿諾斯粉絲社的社團塔。

走進塔內，踏著階梯上樓。我已約好要跟梅魯黑斯會談。來到二樓時，剛好聽到耳熟的聲音。

「那麼，關於阿諾斯大人啦啦隊歌合唱曲第三號的歌詞，有意見的人請舉手——」

「有！我想這次果然還是參考阿諾斯大人常說的臺詞會比較好！」

「他有常說的臺詞嗎？」

「就是那個啊，那個，像是他在大魔劍教練時講的，『不過就是將山脈一刀兩斷，難道你以為就能打破我的腦袋嗎？』之類的臺詞。」

「啊，好耶。這樣絕對很讚！」

「是那個吧？要是能把山脈一刀兩斷，通常也能把腦袋打破，但是對阿諾斯大人來說卻完全不是這樣，所以讓前後臺詞產生了矛盾，是在說這種方向性很好吧？」

「對啊、對啊，就是那個！就朝這個方向進行吧。」

「那麼，考慮到是要寫成歌詞，帶有阿諾斯大人風格的臺詞，會是怎樣的感覺啊？」

粉絲社的少女們沉思起來。眾人像是想不出什麼好點子的樣子，但過沒多久，其中一人就喃喃說了一句。

「『不過就是吻了妳，難道妳以為我們在交往嗎？』」

少女們一齊發出興奮的尖叫聲。

「太壞了，阿諾斯大人太壞了。可是、可是，就是這點才好！壞得好帥！阿諾斯大人絕對會說這種話呢。」

才不會。

「那麼、那麼，這樣如何？『不過就是上了妳，難道妳以為就能奪走我的心嗎？』」

「討厭啦啊啊，這太渣了啦啦啦啦！這種話、這種話，絕對想聽他說啊啊啊啊！」

「『雖然我說想在白天見面，難道妳以為我就不會上妳嗎？』」

「直接！太直接了啊！阿諾斯大人！打從白天就這麼性慾旺盛！」

「那麼，這個，這樣如何？『不過就是愛上了妳，難道妳以為就能和我結婚嗎？』」

「已經莫名其妙了啦啦啦啦啦！太令人費解了，腦袋都要蒸發了啦！」

「再來最後一句，這是最後一句了喔。『不過就是拋棄了妳，難道妳以為妳就不是我的人嗎？』」

「討厭啦啦啦，好想被他拋棄喔——！不要、不要再說了，阿諾斯大人。要是對我說這種話，我會變成隨便的女人啦……太過分了……」

唔，怎麼了，這到底是什麼狀況？

「剛剛那句的感覺不錯呢。很適合作為歌詞的故事情節吧？」

「嗯，我也這麼覺得。那麼，阿諾斯大人啦啦隊歌合唱曲第三號，就決定是令人心痛的情歌吧！」

「大家等一等！可是，情歌不是啦啦隊歌吧？這是要在阿諾斯大人戰鬥時唱的歌，弄成情歌會很怪吧？」

「啊，也是呢。」

「會很……奇怪吧……」

「那麼這樣想如何？阿諾斯大人太強了，戰鬥對他來說是微不足道的小事，還不如趕快結束，去享受與情人共處的熱情夜晚。像這樣用歌曲表達阿諾斯大人的這種內心如何？」

霎時間，眾人沉默下來。

然後在下一瞬間——

「妳、妳是天才啊啊啊啊啊啊啊啊啊啊啊啊啊啊啊！等等、等等，妳會不會太了解阿諾斯大人的心情了啊！」

才沒有了解。

「嘿嘿嘿……雖說是啦啦隊歌，難道妳們以為就不能是首情歌嗎？」

興奮的尖叫聲，「呀啊啊啊啊啊啊啊」地響徹了整座社團塔。

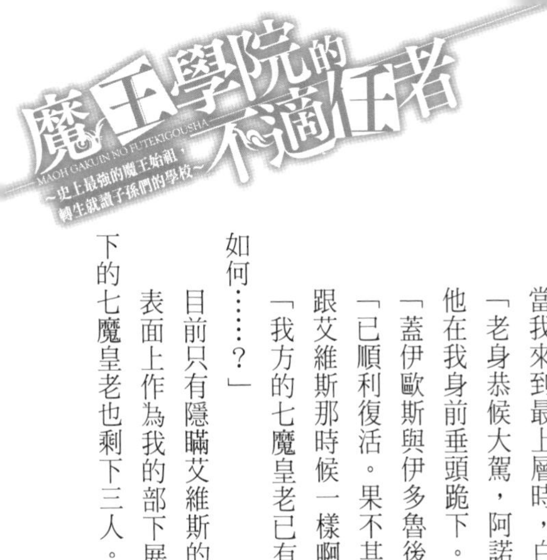

唔，也就是那個呢。就當作沒聽到吧。反正她們感覺還挺開心的不是嗎？

與其煩惱這些，現在得去問梅魯黑斯一些事情。

於是我朝著社團塔的塔頂走去。

§5 【勇者學院之謎】

當我來到最上層時，白鬍老人已在那裡等著了。他是七魔皇老之一的梅魯黑斯。

「老身恭候大駕，阿諾斯大人。」

他在我身前垂頭跪下。

「蓋伊歐斯與伊多魯後來如何？」

「已順利復活。果不其然是在兩千年前遭到某人襲擊，讓人奪走根源與肉體的樣子。」

跟艾維斯那時候一樣啊。認為其餘的七魔皇老也遇到同樣的情況應該不會錯吧。

「我方的七魔皇老已有三人。老身以為或許能增強統一派的勢力，不知阿諾斯大人意下如何……？」

目前只有隱瞞艾維斯的生存，未讓阿伯斯．迪魯黑比亞察覺。

表面上作為我的部下展開行動的，就只有梅魯黑斯、蓋伊歐斯和伊多魯三人。而對方手下的七魔皇老也剩下三人。

在政治的權力平衡上，能讓統一派與皇族派分庭抗禮。這樣一來，也能牽制指使皇族與皇族派的阿伯斯・迪魯黑比亞的企圖吧。

只不過——

「維持現狀就好。就算高層想要變革，魔族的意識也不會輕易改變。要是弄得不好，會使得迪魯海德面臨分裂。」

正因為皇族與皇族派握有絕大多數的權力，混血與統一派才沒有做出明顯的反抗行為。一旦雙方的權力相當，統一派也不會再忍氣吞聲。就算出現像艾米莉亞那樣失控的人，也不足為奇。

雖然只要我出面統治就好，但如今已不是力量至上的時代。要讓皇族派閉嘴得殺掉多少人？而且魔族統一的話，阿伯斯・迪魯黑比亞說不定就會按兵不動。

假如讓他溜走，之後可就麻煩了。當然我不認為自己會輸，但他可是花了兩千年作好萬全準備的傢伙。再讓他隱忍數千年等待機會，光想到這點就讓人頭大。

目前最好還是先照著對方的意圖走下去吧。只要讓他認為事情照著自己的意思發展，那麼他遲早會出現在我眼前。等到那時再收拾掉他就好。

「老身明白了。還有上次那件事，老身存有一個疑問。」

「是指你為什麼沒被奪走根源嗎？」

梅魯黑斯神情凝重地頷首。

「其他七魔皇老的根源皆遭到融合，受敵人奪取；然而老身卻只被插入了隸屬魔劍。這

當中的差異，或許存在某種含意。」

「可能是認為相同的手法會被我看穿吧。或著是手下不足。」

「您的意思是，對方並沒有這麼多名部下嗎？」

「假如是要取代你，就必須得是個相當值得信賴的部下。棄子說不定很多，但論到心腹就寥寥無幾了。」

假設這個推論無誤，就表示他的心腹只剩下取代七魔皇老的剩餘三人。

「也說不定是想讓我以為，他的部下只剩下三名。」

至少，阿伯斯·迪魯黑比亞並不愚昧，而且謹慎。他大概設置了多重陷阱，耐心等待我落入其中之一吧。

「我也有個疑問，統一派的首領似乎不是你呢。」

梅魯黑斯像是過意不去地說道：

「……不愧是阿諾斯大人，竟能掌握到這種程度……」

「首領是誰？」

「……關於這點，老身也不明白……當然，倘若是皇族，會想隱瞞身分乃是人之常情。假如是治理某地的魔皇，或是立場接近之人的話，一旦統一派的身分曝光，將會失去目前的權力地位。如此一來，也將無法如願推動統一派的活動。」

對方有隱藏身分的理由。反過來說，就算不是魔皇或立場接近之人，也能藉此光明正大地隱藏身分。比方說，阿伯斯·迪魯黑比亞。

「既然首領不是你，那統一派是由那個人組成的嗎？」

「就老身調查所知，確實如此。儘管曾經調查過對方的身分，不過那個人澈底消除了魔力痕跡，讓老身不得其門而入。從那時候起，老身就認為對方可能跟自己一樣是神話時代的魔族。」

魔族的壽命很長。儘管也會因血統與素質產生差異，但平均壽命約三百餘年。七魔皇老是我為了留下血統所創造的，所以才擁有漫長的壽命，不過在神話時代擁有強大魔力的魔族也能藉由魔法，無視血統與素質延長自身壽命。這種魔族或許極為少數，但應該也有能活過兩千年的人。就算並非如此，也能認為對方有可能是轉生者。

兩千年前親近我的魔族對迪魯海德的現況感到憂心，因而組成了統一派，這也不是不可能的事。

「不過，若真是如此，在如今阿諾斯大人轉生之後，應該要來見您一面才對吧？」

就常理來想，對方至少會來確認我是否為本人。如果是熟知兩千年前的魔族，很難想像他會無視暴虐魔王的存在。

「既然至今都尚未露面，也就是不能讓我得知身分的人吧。」

「老身以為這相當有可能。」

就魔劍大會的一連串事件來看，那個面具男或許就是統一派的首領。那個人會是阿伯斯·迪魯黑比亞，抑或是他的部下嗎？

「我還有件事要問你。關於勇者學院，你知道些什麼嗎？」

一聽到我這麼問，梅魯黑斯頓時變了臉色。

「……發生了什麼事嗎？」

「聽說要舉辦學院交流。雖說是對方突然作好迎接我們的準備，但聽起來有點可疑。」

「勇者學院是否在阿伯斯．迪魯黑比亞的掌控之下，現在還不得而知。就目前為止，尚未在亞傑希翁發現到魔族的形跡。」

梅魯黑斯語氣沉重地說道：

「只不過，請千萬要提防他們。對於過去的仇敵，老身也曾調查過王都蓋拉帝提。人類國度確實很和平，也未發生過什麼像樣的戰爭。然而，蓋拉帝提卻──不對，是整座亞傑希翁大陸卻將所有盟邦的一成稅收用在勇者學院上。」

對於一間學院，提供了一成的稅收嗎？真是投入了非比尋常的資金呢。

「勇者學院是為了什麼成立的？」

「表面上是為了培育精通劍與魔法，以及各種學問的勇者。這些勇者從勇者學院畢業後，會分散到亞傑希翁全土發揮長才，為國家發展做出貢獻。」

這就類似迪魯海德的魔皇吧。

「儘管如此，卻有一件事相當可疑。勇者學院設有精英班『傑魯凱加隆』，並花費了相當龐大的預算在這個班級上。但不論怎麼調查，都無法查明這筆預算的詳細用途。」

唔，傑魯凱加隆嗎？這名字恐怕是取自這個時代已成為傳說的兩名大勇者吧。

「勇者是大戰的英雄，不同於魔族支配者的魔王，老身不認為在和平時代還有如此重要。當然，也不是無法理解人類想將勇者之力用在國家發展上的想法……」

「你認為這間學院不尋常？」

梅魯黑斯點了點頭。

「傑魯凱加隆據說是轉生勇者們的班級。即使與阿伯斯・迪魯黑比亞無關，也該對之加以戒備。」

人類在策劃某種陰謀嗎？哎，由於魔力較為拙劣，使得他們在謀略上往往能想出比魔族還要陰險狡詐的計謀。會發生這種事情也沒什麼好不可思議的。

「人類的壽命短暫。經過兩千年後，如今要是還有什麼與魔族敵對的理由，就是那些轉生勇者們無法拋開過去的怨恨吧。」

不過我在建造分隔世界的牆壁時，已和加隆和解。那個男人應該不會讓人類對魔族的仇恨遺留到後世才對。

是加隆以外的人類動的手腳嗎？

「理由尚不明朗，也無法確定是否有轉生者保有兩千年前的記憶。誠如您所言，人類的壽命短暫。要是兩千年前的勇者在現代復甦，應該也經歷過無數次的轉生才是。」

儘管會視情況而異，不過「轉生(shirika)」會根據對象的壽命與魔力改變轉生的期間。人類會比較早轉生，而對魔族來說，像我這樣經過兩千年才轉生的情況並不罕見。

「德魯佐蓋多如今也跟蓋拉帝提與勇者學院多少有些交流，但看不出來人類有特別敵視魔族的樣子。」

要是他們打算掀起戰爭，也不會明顯表現出敵視的態度。更何況交戰對手是梅魯黑斯這種代表魔族的七魔皇老。

「唔，那勇者學院就由我親自到當地調查吧。他們大概作夢也不會想到，暴虐魔王會混在學院交流的學生之中。」

「老身明白了。」

「你繼續在迪魯海德關注其他七魔皇老的動向。一有動靜就回報我，我會立刻趕回。」

「遵命。」

我轉身離開社團塔。

只不過，菁英班「傑魯凱加隆」啊？

不論是否還保有記憶，倘若勇者加隆轉生了，那我還真想和他見上一面。

§6 【蓋拉帝提遠征測驗】

隔週——德魯佐蓋多第二訓練場。

在此集合的學生們各個都帶著大包小包的行李。武器與魔法具就不用說，還在大皮袋裡塞滿了糧食、替換衣物和飲用水等物品，一副就像是要出外旅遊的樣子。

當上課鐘聲響起時，窗外就飛來了一隻貓頭鷹。

「各位同學大家早。」

貓頭鷹發出梅諾的聲音。她以貓頭鷹為媒介，用魔法在和我們說話。

「那麼，今天終於要前往亞傑希翁進行學院交流了唷。目的地是王都蓋拉帝提。就跟事前通知的一樣，這次遠行學院不會派教師帶隊。雖然三年級的同學們都已經知道了，不過為了一年級生，老師就再說明一次。」

大概有別隻貓頭鷹在三年級的教室裡，也同樣用梅諾的聲音說話吧。

「德魯佐蓋多在進行這種遠行時，幾乎都不會有教師帶隊。因為想要成為魔皇的人，怎麼能不靠自己的力量抵達目的地呢？啊，不過學生之間互助合作當然是沒問題的唷。」

唔，就連抵達目的地都是課程的一部分啊？

「在從學院前往亞傑希翁的路上有各式各樣的障礙喔。如果要走海路，就得越過艾路凱海峽，走陸路的話，就必須翻越迪魯鐵斯特山脈，或是繞道穿越托拉之森。而就算要走空路飛過去，也由於亞傑希翁空域的魔力場紊亂，所以不是一件簡單的事喔。」

要走哪一條路線會比較快，這當然也考驗到選擇適合自己路線的智慧。

「亞傑希翁不同於迪魯海德，各位同學肯定能在旅途上遇到許多前所未見的事物。不只是學院所教授的知識，也希望各位同學能在這次遠行過程中學習到對應未知事物的方法。」

與以往的課程相比，似乎還挺有趣的呢。只可惜不論是艾路凱海峽、迪魯鐵斯特山脈，還是托拉之森，我都已去過好幾遍了。

不過，景色大概也跟兩千年前有所不同了吧。

「期限是十天。沒能在期限內抵達位在蓋拉帝提的勇者學院第三宿舍的學生，就沒有資格參與這次的學院交流。當然，抵達的名次以及抵達所費的時間也都會影響到成績，因此各位要好好努力喔。三年級生已經習慣這種遠行了，所以一年級生要是比他們更快抵達，得分會很高唷。」

十天啊？也好，算是妥當的期限呢。即便是走陸路過去，也只要以一定的速度持續奔跑就能從容抵達。

「順道一提，老師兩天就到了喔。三年級生也要以此為基準。」

兩天啊？不愧是教師，速度還算可以。考慮到她是三年級生的教師，說不定比艾米莉亞還要優秀。

「那麼，蓋拉帝提遠征測驗即將開始了唷。預備——開始！」

在她的口令之下，第二訓練場的學生約有半數一齊往外衝。

其餘的人則是一面確認地圖，一面討論要走哪條路線。

「喂，阿諾斯，我從剛才就很在意了，你真的什麼東西都沒帶來耶。是放進收納魔法陣裡了嗎？」

莎夏向我問道。她的行李也很少。大概是除了魔法具這類放在手邊會比較好的東西外，其餘全都收進收納魔法陣裡了吧。

「沒什麼，我不需要行李。以前經常當天來回蓋拉帝提。」

畢竟只要發現人類在搞小動作，就得過去一一處理掉才行。

「當天來回……你還是一樣誇張耶……」

「要走哪個路線？」

米夏問道。

「就空路吧。就算說亞傑希翁空域的魔力場紊亂，也總會有辦法的吧。或是說，魔力場紊亂這種事，已經在不知道是誰的自習課中充分體驗過了……」

莎夏偏好使用「飛行」，所以我就在自習時讓她稍微難飛了一點。大概是因為這種訓練的成果吧，使得她連在魔力狂亂的環境下，也能飛得相當好。

「雷伊和米莎呢？」

米夏看向兩人。

「啊哈哈，我雖然不會飛，但只要施展『雨靈霧消』，我想就能趕上期限了。」

米沙能在「雨靈霧消」的範圍內自由移動。儘管這麼做的效率有點差，但只要連續施展，或許就能維持一定的移動速度了吧。

「要我選的話，還是用跑的會比較快。我不太擅長『飛行』。」

「那就走陸路吧？只要我低空飛行就好。這樣大家就能一起走了。」

莎夏用魔法當場畫起地圖，再用紅線標出三條遠行路線。

「如果要穿越最短距離的托拉之森，我認為可以走這三條路線。當中最快的路線，是這條穿越米列奴沙漠的路線。當然，這是指路上沒發生意外的情況。但要是順利的話，只要一天就能抵達了喔。」

因為梅諾說三年級生要以兩天為基準，所以激起她的競爭心了吧。很有莎夏的風格。

「莎夏，如果打算用走的話，這條路線確實不錯呢。但你們要去蓋拉帝提，把地圖攤開來是要做什麼啊？」

聽我這麼一問，莎夏就露出錯愕的表情。

「我方才說過我曾去過了吧？妳以為我在回家時用的魔法是什麼啊？」

莎夏「啊」了一聲。

「『轉移』……？」

米夏問道。

「這麼長的距離也能施展嗎？」

「用現代的說法來說，『轉移』可是為了每天必須進行好幾趟長距離移動的繁忙魔族所開發出來的魔法。」

「……這點我懂，但你不需要改用現代的說法。」

我好心用淺顯易懂的方式說明耶。

「總之，事情就是這樣。別說一天，一秒就到了。」

我把手伸向莎夏，她一臉半信半疑地牽起我的手。

當全員把手牽起後，我就施展了「轉移」。轉瞬間，染成純白一片的風景取回色彩，眼前出現一片廣大湖泊。後方豎立著城牆，城門後是一望無際的街景。

王都蓋拉帝提是以湖泊為中心建造的要塞都市。這座傳說中會湧出聖水的聖明湖本身形成自然魔法陣的作用，具備封魔之力。經過兩千年後，如今也仍有聖水湧出的樣子，但就不知道這個時代還有沒有人能運用自如了？

「像這樣一下子就到了，還真是煞風景呢。」

「聽說勇者都擅長使劍，要是能在學院交流前遇到，似乎會很有趣呢。」

聽雷伊這麼說，莎夏就一臉傻眼地看著他。就算能在學院交流前遇到勇者，你是打算怎樣讓對方答應跟你比劍啊——她心裡是怎麼想的吧。

「雷伊成天都在想劍的事情耶。」

聞言，他就爽朗地笑著說：

「或許吧。就跟妳成天都在想魔王的事情差不多呢。」

「你……你在說什麼啊……」

就像動搖似的，莎夏整張臉頓時紅成一片。

「魔王學院的學生就算成天都在想魔王的事情，也沒什麼問題吧？畢竟妳好像是位優等生呢。」

一臉氣憤的莎夏狠狠瞪著雷伊。

「…………給我記住，你這劍癡……」

莎夏與雷伊很難得地鬥起嘴來。

我們就這樣走向城門。站在入口處的士兵在確認過我們身上的制服與校徽後，隨即放我們通行。在穿越城門的途中，身後傳來「不是說今天還不會到嗎？」的詫異聲。

「話說回來，勇者學院的第三宿舍在哪裡啊？」

「在勇者學院的正東方，壁壘旁邊。」

米夏簡潔說道。

「唔，勇者學院是哪一棟啊？」

「阿諾斯也不知道？」

「因為兩千年前沒有嘛。」

隨後，米夏就指向遠處一棟高聳的建築物。

「是那個，勇者學院亞魯特萊茵斯卡。拿到的資料上有寫。」

唔，是將兩千年前的王城亞魯特萊茵斯卡改建為勇者學院啊？在世界和平之後，儘管不再需要軍事設施，卻覺得失去這些魔法設備很可惜，所以就作為教育場所有效運用吧。畢竟德魯佐蓋多也改建為魔王學院了，這件事沒有不自然之處。

只不過，乍看之下沒有不自然之處，反倒讓人感到可疑。

「總之先過去吧。都特意第一個到了，得去找梅諾老師報到才行。」

「可是，老師會在宿舍嗎？到底是認為今天還不會有人到吧？」

「……這麼說也是呢……」

我們邊這樣討論，邊朝勇者學院第三宿舍走去。

順道遊覽陌生的街景走了一會後，眼前就看到一棟富麗堂皇的石造建築物。此建築占地相當遼闊，房間數大概能住進兩百多人，門上寫著亞魯特萊茵斯卡第三宿舍。

「找到了。」

米夏一邊說一邊伸手指著。這時梅諾剛好從宿舍走出來。

「唔，梅諾，我們到了喔。」

「……………………咦……？」

梅諾看著我們，彷彿時間暫停似的渾身僵住。

「紀錄還算可以吧？」

我朝她說道，但梅諾就像是愣住似的聽而不聞。大概是在想什麼事情吧，她眨著眼睛盯著我們數秒後，才總算開口。

「……等、等等……騙人的吧……？就連一天……別說一天了，就連一個小時都還沒過耶……你們，到底是怎麼過來這裡的……！」

她一副難以置信的模樣滔滔不絕地說。大概是因為她已經透過貓頭鷹的魔眼確認過我們人在迪魯海德了吧。這件事沒有懷疑我們作弊的餘地。

「我施展了『轉移』。因為以前曾來過蓋拉帝提。」

「……雖然聽說過你會施展失傳的魔法……可是，居然能將相隔如此遙遠的空間連接起來，真是難以置信……」

梅諾就跟她說的一樣，露出目瞪口呆的表情。

「……我知道你有魔法的才能……我也是教師，至今也曾看過許多人稱天才的孩子。即

使是混血，也有許多魔法天資優秀的學生。可是，你這已經不是能用天才這種尋常話語形容的層級了。」

梅諾用她的魔眼直盯著我的臉，開口問道：

「阿諾斯同學，你……究竟是什麼人？」

「我已經說過很多次了。要是不相信自己的魔眼(眼睛)，一味相信他人的話語的話，可是一輩子都抵達不了真理的喔。」

暴虐魔王——或許是腦海中閃過了這個名字吧，梅諾沉默不語。

§7【約定】

蓋拉帝提遠征測驗是由我們五人獲得第一名。梅諾傷腦筋地說，其他學生就連迪魯海德的國境都還沒穿越，因此我們的成績會遙遙領先眾人。

遠征測驗是以相對評價決定成績。假如第一名的我們是一百分，其他學生就會因為抵達時間差距太大，導致成績大幅下降的樣子。雖然這也是沒辦法的事，但事後的說明與補救會很辛苦。教師還真是難為。

我們被帶到宿舍房間後，就在房間裡稍作休息。房間是男女分開，我跟雷伊睡兩人房，米夏、莎夏和米莎睡三人房。

「到十天後為止都是自由時間嗎？」

馬上就仰躺在床鋪上的雷伊問道。

「據說是這樣。」

十天後，抵達蓋拉帝提的學生可以參加在勇者學院舉辦的課程與測驗，而在那之前能自由活動的樣子。

「我想稍微上街逛逛，你要來嗎？」

「這樣也挺不錯的，但我想去看一下餐廳。」

宿舍餐廳在每天的早、中、晚時段會開放，聽說只要在開放時間內，隨時都可以過去用餐。現在的話，剛好是能吃早餐的時間。

「你還是一樣能吃呢。」

來德魯佐蓋多之前，明明就吃過早餐了吧。

「我對亞傑希翁的料理也很感興趣嘛。」

「那就回頭見了。」

雷伊躺在床上舉手回應，我就這樣離開房間，朝宿舍的出口走去。

「啊……」

剛好遇到莎夏。

「你要去哪裡？」

「想上街逛逛，要一起來嗎？」

「咦……？嗯……是可以啦……」

我跟莎夏一起離開宿舍。

「米夏和米莎在做什麼？」

「在跟粉絲社她們用『意念通訊』聯絡。好像是在建議她們過來蓋拉帝提的路線。」

原來如此，還挺會照顧人的。

「反正要用『轉移』，把她們一塊帶來不就好了？」

「她們很弱小，讓她們認真接受測驗也沒什麼不好吧？即使成績提升，要是不伴隨著實力就沒意義了。」

「哼──」

莎夏別有含意地看著我。

「怎麼了？」

「就只是在想，看你平常這麼亂來，沒想到會去思考這種事情呢。」

「妳這是什麼話，我思考的事情一直都很正經喔。」

莎夏頓時面無表情。

「自習時明明就有好幾次想殺了我……」

「但妳一次也沒死，表現得很好喔。」

或許是沒料到我會回嘴吧，莎夏就像不知該怎麼回話一樣，不斷張合嘴巴。

「……別、別以為誇我幾句就能敷衍過去喔？很抱歉，我可沒這麼單純呢。」

她擺出生氣的態度把臉別開。

「我沒必要敷衍。我帶著殺意施放的魔法，妳居然撐過了三次，這表現可說是非常好喔。不愧是跟我擁有相同魔眼的人。」

莎夏害羞地低下頭，總覺得她的耳朵好紅。

「就、就要你別這樣誇我，把事情敷衍過去了啦。我可是差點就死了耶。」

唔，她是在不高興什麼啊？我可是很難得這麼露骨地稱讚人耶。

「莎夏，我曾說過妳的魔眼（眼睛）很漂亮，那可不是謊言喔。」

「什麼……」

莎夏緩緩地轉過頭來。

「你、你突然在說什麼啊？」

「不是突然，我一直都這麼想。妳的魔眼靜謐且純潔。到昨天結束的自習中，讓我更加確信了這一點。」

魔眼是注視魔性的眼睛。藉由持續注視魔性，能提高水準，窺看到更深的深淵，然而這麼做也會讓魔眼（眼睛）在不知不覺中染上邪氣。

靜謐且純潔的魔眼，代表她的眼睛對魔力有著很強的耐性。蘊藏了就算暴露在邪崇的魔力之中，也能不沾染邪氣的實力。

「自、自習的時候你在想什麼啊……給、給我集中精神啦……？」

「不然要我想什麼？妳的魔眼，還有妳眼中的深淵，吸引著我的意識。」

藉由不斷防禦我的魔法，讓她的「破滅魔眼」更上一層樓了。然而，那雙魔眼所隱藏的力量卻仍然深不可測。只論才能的話，神話時代的魔族大概也都輕易超越了吧。

「喂……」

莎夏就像害羞似的低頭說：

「……也讓我看你的魔眼（眼睛）……」

唔，是想參考我的魔眼嗎？

「這樣可以嗎？」

我讓「破滅魔眼」浮現在眼瞳上，直盯著莎夏看。

「……你的魔眼比我的漂亮喔……」

「我可不這麼認為。」

我堅決斷言後，莎夏頓時啞口無言。

「妳的魔眼比較漂亮。這話我只說一次，妳就用心聽好吧，莎夏。」

「……咦………好的……」

莎夏的視線彷彿被我的眼瞳吸入似的直直望來。

「我想要妳的魔眼。」

「……咦…………？」

「我可是很難得說出這種話喔。」

莎夏的才能就是如此罕見。只論「破滅魔眼」的話，她的力量說不定有一天遲早會超越我。雖說這也要她努力不懈，持續注視著魔法深淵。

「妳明白我的意思嗎？」

「……咦……等、等等……讓我考慮一下……」

莎夏表現得不知所措。雖說只是一部分，但聽到自己的力量說不定能凌駕在暴虐魔王之上，她會感到不知所措也在所難免。

「你、你是這個意思吧？」

莎夏別有含意地問我。她能超越我的事，就連要說出口都讓她感到忌諱吧。

「就是這個意思。」

我明確斷言。

「……你……阿諾斯居然會對我說出這種話來……」

「難以置信嗎？」

莎夏點了點頭。平時總是擺出一副好勝的態度，現在卻說這麼可愛的話。

「畢竟，會讓你對我說出這種話的事……我什麼都沒做……」

「表面上的行為不算什麼。我看的是妳的深淵。是在妳體內深深沉眠的那道無上莊嚴的光輝，深深吸引了我的目光。」

莎夏啞口無言。應該已經變得可以控制的「破滅魔眼」彷彿失控般的浮現在眼瞳上，讓周遭激烈地震盪起來。

「看著我的眼睛。」

「咦……？」

「不要避開眼睛。」

「……好、好的…………」

「再看仔細一點。」

「就算你要我再看仔細一點……」

「再靠近我一點。」

莎夏照著我的話靠到我身旁。

在近距離下，我將莎夏逐漸失控的「破滅魔眼」，用我的「破滅魔眼」壓制住。

唔，我得在這種距離下才能完全封住她的力量啊？她的魔眼果然隱藏驚人的力量。

「懂了嗎？」

莎夏嬌羞地點了點頭。

「……可是，那個，你之前不是和米夏約會了嗎？」

約會？是指一塊出門的事嗎？

「這又怎麼了？」

「……所以，那個，你對米夏……」

莎夏就像難以啟齒似的停下話語。

「呃，我的意思是，你不想要米夏的魔眼（眼睛）嗎……？」

原來如此，莎夏也看出米夏的才能了吧。

「米夏確實也有一對好魔眼（眼睛）。但妳也不輸她。」

莎夏戰戰兢兢地向上窺視我。

「……你比較喜歡誰……？」

「我沒辦法選。」

是在意誰比較優秀吧？要是比較對象是自己親近的人，那就更不用說了。只不過，她們的魔眼各有不同的資質，分不出孰優孰劣。

「……是在猶豫嗎？」

唔，是我說得不夠清楚嗎？

「是我兩個人都想要。」

「咦……！兩、兩個人都要？」

莎夏就像嚇到似的驚叫起來。

「兩個人都要，妳不服嗎？」

「……因為，這樣很奇怪吧……？」

我哼笑一聲。

「你、你笑什麼啦？想成為第一名有這麼好笑嗎……？」

「沒有，只是覺得這很像妳會說的話呢。聽好，莎夏。邁向頂點吧。唯有競爭才能讓人更加閃耀。」

「……這樣啊……」

她就像鬆了口氣，也像感到失望地喃喃唸著。

「那個……」

莎夏像是下定決心般的說道：

「……我也只說一次喔……」

聽她這麼說，我就以認真的表情回看莎夏。

「如果你想要，我願意將這對魔眼給你。」

唔，魔眼確實不是無法奪走的東西，但被奪走魔眼之人將會永遠失去光明。居然展現出如此的忠誠，還真是堅強啊。但我可不能收下。

「既然如此，那就跟我約定吧。」

莎夏用眼神表達疑問。

「說不定有朝一日，會發生我束手無策的事態，讓我守護不了我想守護的事物。」

「我可不覺得會有這種事情發生耶……」

「這是當然的。但同時，這世上沒有絕對的事。所以，莎夏，在萬一的時候就由妳來守護。妳的魔眼隱藏充分的力量。」

莎夏沉思了一會後說道：

「要是我遵守了約定，你也會願意聽我的要求……是嗎？」

「不論妳要什麼都行。」

她開心地點了點頭，然後就像叮嚀似的說：

「約定好了喔？」

「需要定『契約』嗎？」

聞言，莎夏搖了搖頭。

「不需要。約定比契約好。」

「是嗎？」

她的「破滅魔眼」似乎收斂下來了。

一離開我身旁，莎夏就開開心心地邁開步伐。

「話說回來，你打算去哪裡啊？」

「我想調查一下勇者的傳承怎麼了。」

「這樣啊？那麼，嗯——到勇者學院走一趟，或許會知道些什麼吧……？」

莎夏指著前方的岔路。

「去看看吧。」

「好。」

我們朝著遠方的勇者學院亞魯特萊茵斯卡走去。

§ 8 【勇者學院的傳承】

走了一會後，我們來到勇者學院。亞魯特萊茵斯卡是座美麗莊嚴的城堡，而且帶有強大的魔力。城內肯定設置了上古的魔法具與魔法陣吧。就從城外感受到的這股力量來看，跟兩千年前相比是毫不遜色。

「話說回來，雖然順勢就來了，但我們不能擅自進入吧？應該說，我們進不去吧？」

「好啦，雖不知是好是壞，但這世上沒有我進不去的地方喔。」

莎夏擺出一臉傻眼的表情。

「……我說啊……能別在學院交流前製造問題嗎？」

「別這麼擔心。」

我筆直走向前，站在勇者學院的門口試著輕推一下，但推不開。

「是『施鎖結界(dejitsuto)』的魔法呢。只有獲得許可的人才進得去。」

大概是設定成只有學生或教師等勇者學院的相關人員才能開門吧。

「要是硬闖，我想大概會被通報吧，果然還是沒辦法——」

「開門。」

在我的命令之下，魔法鎖喀嚓一聲解開了。帶有魔力的話語，強行讓門上施展的「施鎖結界」魔法允許我通行。

「唔，看來是放我通行了喔。」

「……不用魔法就讓『施鎖結界』開啟了……你還是一樣亂七八糟呢……」

到底是怎麼辦到的啊？嘀咕起來的莎夏用魔眼打量著門。

我就這樣把門推開。

「等等，你真的要去？被發現的話怎麼辦？」

「要跟妳講我的拿手絕活嗎？」

「……是什麼？」

「封口。」

莎夏擺出非常厭惡的表情。

「別擺出這種臉來，有一半是開玩笑的。」

「可以不要有一半是認真的嗎？你要是這麼做，就再也沒辦法進行學院交流了。就算要調查勇者的傳承，也不需要現在就去勇者學院吧？反正十天後就要來了。」

「別嚷嚷。只要表現得堂堂正正，就意外地能蒙混過去。」

我再次把手放在門上。就在這時，身後傳來聲音。

「好的──你們兩個請不要亂動。」

莎夏嚇得抖了一下，朝我瞪來。就像在說：「你看，我就說吧。」

我沒特別在意地回過頭，接著便看到後方站著一名穿著深紅色制服的女子。她留著長過腰際的漆黑長髮，露出悠哉的溫柔表情。最讓我感興趣的，是她身上那兩塊幾乎撐破制服的隆起。

唔，真大啊。就連兩千年前也沒有胸圍這麼大的人。

是因為人類的糧食情況與睡眠時間改變導致的嗎？兩千年前的人類活在嚴酷的環境下。

除了一部分的人類以外，大多數都無法吃飽，晚上也無法安心入睡。但是現在的人類擁有營養豐富的飲食，還準備了能安心入睡的環境。毫無疑問排除了一切會妨礙成長的要素。

也就是說，這才是人類本來的生活狀態。是我所追求的和平象徵。

「不行喔，勇者學院可是禁止外人進入的。」

人類少女以有點悠哉的語調說道。

「唔，這我可就不知道了。抱歉，我們剛從迪魯海德過來。」

「迪魯海德？」

像是注意到了什麼，少女盯著我與莎夏的制服。

「啊～你們該不會是魔王學院的學生吧？」

「沒錯。」

「難怪、難怪。你們好，小弟是勇者學院三年級生的艾蓮歐諾露・碧安卡。在學院交流的時候應該也會一起上課喔。」

聞言，莎夏就不可思議地來回看著艾蓮歐諾露的臉與胸部。或許是注意到她的視線吧，艾蓮歐諾露豎起食指笑道：

「不會給妳喔？」

「呃……我、我才不需要呢！是因為妳用『小弟』自稱，所以才覺得有點奇怪……」

「嗯～？這是真的喔？」

艾蓮歐諾露用食指敲著自己的胸口。

「我、我也不是……懷疑這個啦……」

莎夏難為情地縮起身子。應該是因為規模相差太大，所以瞬間起了疑心吧。

「咯哈哈，抱歉了，艾蓮歐諾露。看來這傢伙被常識束縛得太深了。不論是用小弟自稱，還是用吾輩自稱，都無關緊要嘛。」

「……到底是不會用吾輩吧……」

莎夏碎碎唸道。

「我也覺得吾輩很怪喔。」

艾蓮歐諾露吟吟笑起，直爽地伸出手。

「我是阿諾斯．波魯迪戈烏多。」

「我是魔王學院一年級生，莎夏．涅庫羅。阿諾斯也是一年級生。」

我們做了簡單的自我介紹，握手問好。

「嗯～話說回來，阿諾斯弟弟和莎夏妹妹是來做什麼的？學院交流還要一段時間才會開始吧？」

「我對勇者的傳承有點興趣。」

「哇～阿諾斯弟弟還真是用功呢。那要進去嗎？」

艾蓮歐諾露指著大門。

「方才不是說禁止外人進入的嗎？」

「嗯，只有外人的話是這樣呢。但要是跟我在一起的話，就不會挨罵了喔。」

在我們答應之前，艾蓮歐諾露就已經把手搭在門上。

「咦？」

她不可思議地用魔眼凝視。大概是發現到我突破「施鎖結界」，把魔法鎖撬開了吧，她轉頭過來看著我們。莎夏露出尷尬的表情。

「不乖喔，今天我就幫你們保密，下次不准再這樣子嘍？」

她就像在教訓小孩子似的說道。

「唔，我會跟莎夏說的。」

「啥、啥啊！你幹麼推到我身上來啦！我阻止你了吧！」

我咯哈哈地笑出聲。

「一點小玩笑。偶爾也要放鬆一下吧？」

「幹麼用這種偶爾的小玩笑陷害我啦。」

「因為跟艾蓮歐諾露是初次見面，所以想展現一下我直爽的個性啊？」

「直！爽！你！的！頭！啦！這麼自然的推卸責任，只會展現出你的黑心。」

我們兩人的對話似乎讓艾蓮歐諾露看傻了眼，不過她很快就露出笑容。

「嘻嘻，阿諾斯弟弟，你這樣不行喔。必須對女孩子溫柔一點。」

「抱歉，魔族可沒有那種價值觀。」

「明明就有！」

莎夏立刻說道。

「什麼？」

「你在懷疑什麼，明明就有。」

「唔，可是魔族跟人類不同，不會因為性別導致自身能力造成差異，為什麼會出現這種價值觀啊？」

「我不知道人類是怎樣，也更加不知道為什麼會有，但這是理所當然的禮貌吧？」

唔，兩千年前可沒有這種禮貌，時代變了呢。

「你該不會是那個吧？」

艾蓮歐諾露穿過大門，一面往勇者學院的內部走去，一面豎起食指說道：

「阿諾斯弟弟是轉生者嗎？」

「沒錯。」

我跟在她後面，邊走邊這麼回答。

「哇～魔族果然也有轉生者啊。」

她以輕鬆的語調說道。就像轉生者不怎麼稀奇的反應呢。人類應該不知道「轉生」魔法才對，不過爸媽以前住的是邊境城鎮。這是在蓋拉帝提就很一般的知識嗎？還是說就只限勇者學院知道呢？

「轉生者在這裡並不罕見嗎？」

「精英班『傑魯凱加隆』的學生就全都是喔。啊……！」

艾蓮歐諾露就像搞砸似的叫了一聲。

「怎麼了嗎？」

「啊～轉生的事情基本上是禁止和外人說的。你想想嘛，對一般人來說，果然會覺得很噁心吧？」

原來如此。只不過，我不覺得理由就只有這樣。

「不過，沒差吧？反正也要和魔王學院進行學院交流了，而且你們那邊也有轉生者呢。沒問題的，儘管放心吧。」

艾蓮歐諾露握緊拳頭，就像是在說給自己聽一樣。

「反正，我不會特意說出去。」

「真的嗎？謝謝你。我很高興喔。」

她一副鬆了一口氣的樣子說道。

「魔王學院也會那樣吧？說誰是某某人的轉生炒熱氣氛之類的？我們學院是屬勇者加隆的轉生最受歡迎就是了。」

會在意什麼受不受歡迎，還真像是人類會做的事。

「有勇者加隆的轉生嗎？」

「嗯，有四人。啊，這也是祕密喔。」

莎夏不可思議地歪著頭說：

「四人……？」

「勇者加隆有七個根源，如果每個根源都分別轉生到不同的肉體上，就算有四個人也沒

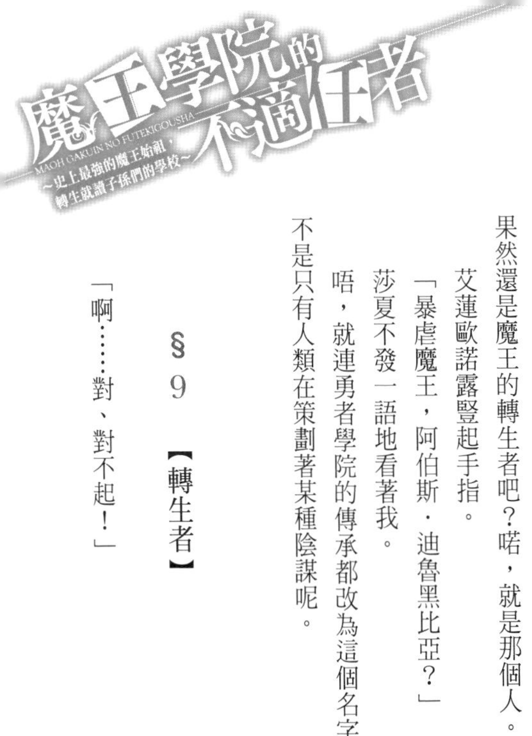

什麼好不可思議的。」

艾蓮歐諾露點頭認同我的解釋。

「就是這麼一回事喔。不過，勇者的事蹟在魔王學院也相當有名呢。啊，還是說，因為阿諾斯弟弟是轉生者的關係？」

「沒什麼，這在魔王學院也是一般常識。」

實際上應該沒人知道，不過我就這麼隨便回答了。

「啊，對了。回到方才的話題，我想問一下魔族的人，魔王學院最受歡迎的轉生對象，果然還是魔王的轉生者吧？喏，就是那個人。」

艾蓮歐諾露豎起手指。

「暴虐魔王，阿伯斯·迪魯黑比亞？」

莎夏不發一語地看著我。

唔，就連勇者學院的傳承都改為這個名字了啊？也罷，雖然還無法妄下判斷，不過看來不是只有人類在策劃著某種陰謀呢。

§9【轉生者】

「啊……對、對不起！」

突然，艾蓮歐諾露很抱歉似的低下頭。

「為何道歉？」

經我詢問，她臉上露出疑惑的表情。

「咦？暴虐魔王的名諱不是令人惶恐，所以不能直接說出口嗎……？」

「是啊。」

是這一回事啊？雖然至今都沒有交流，但看來他們對魔族的情報有一定程度的了解。是誰調查的？為了什麼目的？

「呃……那麼，被其他人直呼名諱，果然會感到不愉快吧？」

「我是不在意啦。」

我看向莎夏。

「我雖然也不在意，但學院交流時還是別說會比較好喔。要是被皇族派盯上，可是會很麻煩的。」

聞言，艾蓮歐諾露就鬆了口氣。

「太好了，兩位是不在意的人。學院上課時曾囑咐過我們，這樣直呼名諱會造成大問題，所以絕對不能把名字說出口。不過雖說是魔族，也是有各式各樣的人吧？」

「是啊。」

都警告到這種地步了，卻還是這麼輕易地說出口，看來她的個性還挺散漫的呢。

「不過，對不起喔，我不小心說溜嘴了。」

就像犯錯似的，艾蓮歐諾露輕輕吐舌。

「啊，等等、等等。」

她突然停下腳步。

「抱歉，走過頭了。我們是要到這個房間啦。」

艾蓮歐諾露折返回去，推開方才經過的房門。

屋內是挑空的圓形空間。能看到從一樓通往頂樓的樓梯，寬廣的室內空間全都陳列著書架而顯得狹窄，放眼望去到處都塞滿書籍。

「這裡可是勇者學院自豪的魔法圖書館。收藏來自亞傑希翁各地的魔法相關書籍。這裡調查不到的傳承，就只能到迪魯海德等其他國家去找了吧。」

艾蓮歐諾露熟門熟路地走在圖書館內，來到一個書架前。

「勇者傳承的話，應該是記載在這邊的書籍上吧。你想知道的是哪個勇者的傳承？」

「加隆的。」

「哇，勇者加隆果然連在迪魯海德都很有名呢！」

明明不是在玩，艾蓮歐諾露卻露出很開心的模樣。

「是因為他打倒暴虐魔王的關係嗎？」

艾蓮歐諾露此話一說出口，身旁的莎夏就瞬間露出凶惡的眼神。

「啊……對、對不起。剛剛的請忘了吧……」

「這是什麼意思？妳說勇者加隆打倒了暴虐魔王？」

莎夏向前朝艾蓮歐諾露逼近一步。如果是不久之前的她，現在大概已經露出「破滅魔眼」了吧。

「對不起……」

「我不是要妳道歉，是在問妳這是什麼意思。難道亞傑希翁有勇者加隆打倒暴虐魔王的傳承嗎？」

艾蓮歐諾露一臉抱歉地點點頭。

「那牆壁是誰建的？」

「……咦？牆壁？」

「『四界牆壁（beno iebun）』啊。將世界分為四塊的牆壁。」

「妳該不會是在說『四聖結界（aru ienoto）』吧？」

莎夏露出詫異的表情。

「『四聖結界』……？」

「勇者加隆在擊敗暴虐魔王之後，為了守護人類、精靈與眾神不被殘存的魔族襲擊所建立的結界。妳不是在說這個嗎？」

「別開玩笑了。」

莎夏帶著怒意低聲說。莎夏睜著雙眼狠狠瞪向艾蓮歐諾露。

唔，真是傷腦筋。我輕輕按住莎夏的頭，安撫著她。

「等……等等……阿諾斯……你、你幹麼突然按住我的頭啊？」

「別生氣，莎夏。這沒什麼好不可思議的。」

聽我這麼一說，她有點鬧彆扭地把臉別開。

「……那可是你拚命建造的牆壁耶……」

莎夏小小聲地，以只讓我聽見的音量喃喃說道。

「我很高興妳這份心。不過，人類就是會將歷史修改成對自己有利的生物。要是一一計較起來，可是會吃不消的喔。」

「……你覺得這樣就好的話，那就算了……放……放開我啦……」

我照著她的話把手霍地放開後，莎夏就「啊」了一聲。

怎麼了嗎？我用眼神詢問她。

「……沒事啦……」她低垂著頭。

「對不起。」

艾蓮歐諾露再度道歉。

「方才的話也是禁止跟我們說的嗎？」

她點了點頭，

「迪魯海德的歷史是怎麼說的？」

「暴虐魔王召集勇者、大精靈和創造神到德魯佐蓋多，結合全員的魔力建造將世界分為四塊的牆壁。魔王承受不住這股龐大的魔力而失去肉身，將會在兩千年後，也就是現在這個時代轉生復活。」

我的話語讓艾蓮歐諾露聽傻了眼。

「就算不信也無妨。畢竟你們打從出生起，就一直聽聞勇者打敗了魔王。」

她儘管困惑，也還是打算點頭。

「別被騙了，艾蓮歐諾露。」

一道冰冷尖銳的聲音突然插入。

朝聲音的方向看去，就見到一名跟艾蓮歐諾露同樣穿著深紅色制服的男子面向桌子，桌上攤開書本。他有著一頭藍髮，臉上戴的眼鏡後方有著一雙如寒冰般冰冷的眼瞳。

「巧妙說著彷彿很正當的話語蠱惑人心，是魔族的一貫手法。」

唔，跟艾蓮歐諾露不同，表露著敵意的樣子呢。

雖說都是勇者學院的學生，但也有各式各樣的人啊。

「說到底……」

男子把書闔上站起，緩緩朝這邊走來。

「暴虐至極的魔王，為何有必要捨棄生命建造守護人類的牆壁？這完全不符道理。太過敬仰先祖而不肯承認他的敗北，甚至無法作出正常的判斷，就只能說是愚昧了吧。」

男子佇足面向我。

「你不這麼認為嗎？魔王學院的客人。」

「完全同意，人類。既然如此，你也用那所謂的正常判斷思考一下。將世界分為四塊的牆壁，你們是稱為『四聖結界』嗎？如此規模，維持如此歲月的魔法屏障，光憑區區人類的

魔力真的有辦法建立嗎？」

男子用食指推了一下鼻梁架，滿不在乎地說道：

「不可能。但這個不可能的事實，述說了這正是勇者所為的真相。你們魔族之所以無法接受，也是情有可原吧。是勇者的意念與我們人類祈求和平的心願，引發了奇蹟。」

「呵、咯咯咯。」

我不禁發自內心大笑。

「咯哈哈哈哈哈。什麼不好說，居然說是奇蹟。不論過去還是現在，人類老是在說這種讓人傻眼的話。忠告你一句，這世上絕不會有只需要祈求就能實現的方便奇蹟。」

「我也不認為你能理解。」

男子冷漠地說道。

「我是要你當心，別被眾神給騙了。」

男子一副「你在說什麼啊？」的模樣蹙起眉頭。

「話說回來，你是轉生者嗎？」

男子不改冰冷的表情說道：

「我是勇者學院排行第二位，精英班『傑魯凱加隆』所屬，勇者加隆的第一根源轉生者，聖水的守護騎士雷多利亞諾．加隆．阿傑斯臣。」

是勇者加隆的第一根源轉生者啊？

「唔，我可不這麼覺得。」

雷多利亞諾的表情凶惡起來。

「你這是什麼意思？」

「我不覺得你是加隆的轉生。或是七個根源之中，有六個是落空的。」

加隆的七個根源，本是從他人身上匯集來的。加隆本來就只有一個根源。

在轉生之際，就算其餘六個根源沒有完全繼承到加隆的存在或是變質，也沒什麼好不可思議的。

「……你現在還能收回這句發言唷。」

「什麼發言？」

「指稱我不是勇者加隆的發言。你可能不了解，繼承傳說勇者的根源，對我們人類來說是種榮耀。要是被人惡意否定，是沒有人能忍得住這口氣的。」

「我只是說出事實。我不認為你是那個加隆的轉生。要是你有確切的證據，又何必在乎無知魔族的發言？」

雷多利亞諾嘆了口氣。

「為了你好，我就再說一次。」

他用指尖扶著眼鏡架，彷彿威脅似的冷冷說道。

就在這時——

「太遲了啦，雷多利亞諾。」

二樓傳來了一個人聲。在場的眾人朝聲音的方向看去，大概是從窗外進來的吧，窗邊坐著一個人。

那是個穿著深紅色制服的紅髮男子。

「察覺到像是魔族的魔力就過來看看，唉呀呀，這是怎麼回事啊？」

紅髮男子從二樓跳下，剛好落在雷多利亞諾身前。

「我就先自我介紹吧。我是勇者學院排行第四位，精英班『傑魯凱加隆』所屬，勇者加隆的第三根源轉生者，聖炎的破壞騎士萊歐斯・加隆・吉爾馮。」

萊歐斯向前走出一步。

「你這傢伙的名字是？」

「唔，看來你也落空了呢。」

「什麼……？」

萊歐斯顯然很不高興地蹙起眉頭。

「你剛剛說啥了？」

「看來你聽力不好呢。我說我也不覺得你是加隆。」

「喂，不知名的魔族老兄啊。」

萊歐斯怒火中燒地說道：

「你該不會不知道，你家老大是被誰幹掉的吧？」

「你囂張的理由是這個？想相信虛假的歷史是你的自由，但要搞清楚你在對誰說話。」

萊歐斯露出不悅的表情，咂了一聲。

「現在的話還來得及喔。我也不是魔鬼。畢竟任誰都有犯錯的時候。」

萊歐斯就像威嚇似的冒出全身魔力說道：

「就承認暴虐魔王是被勇者打倒，牆壁是由勇者建造的吧。這樣我就原諒你。」

他的發言讓我失笑。

「哦？你這傢伙，是在瞧不起我嗎？」

「唔，你很清楚嘛。」

「……什麼？」

「勇者打倒了暴虐魔王？沒看過的事，還真虧你能如此盲信地說出口。」

萊歐斯直瞪著我，眼中充滿著殺氣。

「好吧，就讓我來教教你。打倒暴虐魔王的，就是這份勇者加隆的力量。這樣你也能接受了吧。」

「萊歐斯，住手。他是客人，要是讓他受傷，事情會很麻煩的。」

雷多利亞諾開口制止他。

「沒什麼，我不會拔聖劍的。只不過，那位老兄好像對我們一無所知呢。我就只是要代替招呼，讓他稍微見識一下勇者之力。」

「住手，你要是在這種地方鬧事的話——」

我笑了一笑說道：

「還請務必讓我領教一下呢，你那所謂的勇者之力。」

「你瞧，這傢伙也想打吧。」

雷多利亞諾放棄似的嘆了口氣。

「作好受處分的覺悟吧。」

毫不在意他的話，萊歐斯迎上前來。他一握緊雙拳，拳頭上就纏繞起閃耀的火焰。

「你可別眨眼喔。現在就讓你瞧瞧驚人的東西吧！」

萊歐斯當場猛烈揮出拳頭，所發出的聖炎朝我直衝而來。

「唔，你說的眨眼——」

我瞬間闔上眼睛。然後下一瞬間，聖炎熄滅了，萊歐斯則是朝後方飛去。

在撞倒好幾個書架，陷入牆壁之後，他才總算停了下來。

「是指這樣嗎？」

「發……了……什……發生了……什麼……？」

萊歐斯就連自己是怎樣被打倒的，都無法理解的樣子。

「……你……做了什麼……？」

「沒什麼，就只是眨眼。」

以帶有魔力的眨眼風壓吹熄聖炎，將萊歐斯的反魔法化成粉碎。

「……怎麼……可……能……！有……這種蠢……事……！」

萊歐斯已經動彈不得的樣子。

「得在歷史教科書上補上一句呢。勇者的子孫，被一個眨眼打敗了。」

§ 10 【忠告】

大概是對我的話感到憤慨吧，萊歐斯用手撐住地板，在腳上用力使勁。然而被眨眼打得遍體鱗傷的身體卻不聽使喚，依舊站不起來。

「該、該死……！」

萊歐斯咬著牙，朝我瞪來。

「萊歐斯，夠了吧？是你輸了。」

雷多利亞諾邊說邊擋在我面前。

「這邊是他失禮了。能否請你看在我的面子上到此為止呢？」

「要對他的失禮道歉的話，還有其他話要說吧？」

聞言，雷多利亞諾就毫不猶豫地說道：

「就如你所說，勇者加隆或許沒有打倒暴虐魔王。畢竟我們無從得知兩千年前的事。」

他的回答讓我有點意外。

「沒想到你會這麼輕易地改變態度。」

「你希望這樣不是嗎？既然你都展現如此巨大的實力差距了，我也只能照你說的意思去做了。」

他這是很冷靜的判斷，但實在令人費解。

這麼輕易就收手的男人，會表露出那麼深的敵意嗎？

「你所謂的榮耀怎麼了？勇者加隆的轉生能這麼輕易就認輸嗎？」

「沒有比生命還重要的榮耀。如果低頭就能平息事態，不論要我低頭幾次我都做。」

唔，說得很有道理。

「哎，好吧。我們走，莎夏。」

「咦……就這樣？還以為你會再鬧一陣子。」

「就算欺凌喪失敵意的對手也無濟於事。」

我們朝大門走去。

「啊，請等一下。」

雷多利亞諾在我們背後叫道。

「能請教你的名字嗎？」

「阿諾斯．波魯迪戈烏多。」

一回答完，我就推門離開魔法圖書館。

「等等、等等——」

艾蓮歐諾露追了上來。

「我送你們到大門吧。」

她豎起食指說道。

「不就在附近嗎？」

「別在意啦。你想想嘛，我們的人給你們添麻煩了，就當作是賠罪吧。」

這麼說完後，艾蓮歐諾露送我們到大門口。

「真是對不起，居然跟你們吵起來了。不過，阿諾斯弟弟很強呢。我嚇了一跳喔。」

走出勇者學院後，她在告別時說道。

「沒關係，到處都不乏這種血氣方剛之輩。要是認為我凡事都只會用暴力解決的話，可就傷腦筋了。」

「……真是毫無說服力的臺詞呢……」

莎夏就像在發牢騷似的說道。

「唔，妳這是什麼意思啊，莎夏？」

「沒事啊，別理我說什麼。」

看著我們之間的互動，艾蓮歐諾露嗤嗤笑了起來。

「阿諾斯弟弟和莎夏妹妹的感情真好。你們在交往嗎？」

「咦……才……才沒有……這回事……！」

「嗯~？妳在慌張什麼？」

艾蓮歐諾露像在捉弄她似的說道。

「誰、誰啊！我才沒慌呢。」

「哦？是這樣啊？哼——原來如此，妳沒有慌張啊？」

艾蓮歐諾露頻頻點頭。

莎夏像是在偷看我似的往後方瞥了一眼後，低垂著頭。

「怎樣啦……」

艾蓮歐諾露呵呵微笑。

「阿諾斯弟弟，你過來一下。」

她這麼說後，朝我微微招手。

「怎麼了嗎？」

當我靠過去後，她就把嘴巴貼到我耳邊。

「學院交流還是別來比較好喔。因為勇者學院從兩千年前到現在都毫無改變。」

咬完耳朵後，艾蓮歐諾露就立刻從我身旁離開。

「這是什麼意思？」

「別去追究會比較好喔。拜拜。」

艾蓮歐諾露帶著吟吟的笑容，再次回到勇者學院裡頭。

「她說了什麼？」

從兩千年前到現在都毫無改變嗎？

「開門。」

我強行讓「施鎖結界」允許我通行，將門推開。

「喂、喂，阿諾斯，你想做什麼？」

「沒什麼，這次我會安分的。妳就上街隨便逛逛吧。」

「啥……！」

無視驚呼的莎夏，我施展「幻影擬態(rainerue)」的魔法隱藏身影，再用「隱匿魔力(najira)」消除魔力。

我就這樣走進門內，從庭院繞過去，來到魔法圖書館的外側。抬頭看去，方才萊歐斯進來的二樓窗戶還開著。我輕輕一跳，從窗戶進到屋內。

接著，剛好聽到對話聲。

「讓你吃虧了呢，萊歐斯。」

「這沒什麼，小事一樁啦。」

朝一樓看去，萊歐斯正受到恢復魔法的光芒所包覆。

「只不過，魔族還真強呢。」

他若無其事地站起。

「剛剛那傢伙是怎樣的水準？」

雷多利亞諾平靜說道：

「目前抵達蓋拉帝提的學生有五人，他應該是其中一人吧。恐怕是魔王學院的頂級水準。應該是三年級生，或許也有可能是那個混沌世代。」

「暴虐魔王的轉生啊？」

「既然如此——」

魔法圖書館裡響起天真無邪的聲音。出現的是一樣穿著深紅色制服的少年。他金髮黃

眼，容貌端正。

「魔族就不是我們的對手了呢。」

萊歐斯就像同意似的笑起。

「是啊，你說得沒錯。對方的實力也大致明白了。確實是很強。強得可怕。但並非只要強大就能打贏戰鬥。況且他們現在恐怕正認為人類是烏合之眾，瞧不起我們吧。」

「被你優秀的演技給騙了嗎？」

雷多利亞諾這麼說後，萊歐斯就點點頭。

接著，金髮少年說道：

「學院交流的日子能不能趕快來啊？我彷彿現在就能看到魔族們驚訝的表情呢。」

唔，是為了讓學院對抗測驗對他們有利，而故意營造出被我打敗的假象啊？人類還是一樣擅長這種小手段呢。

只不過，艾蓮歐諾露所說的跟兩千年前毫無改變，跟他們有關嗎？就常理來判斷，是在指人類對魔族的怨恨沒有減少吧？但就目前看來，就只是在學院交流前感到很興奮的樣子。

「不管怎麼說，我們可是有聖母跟著呢。對吧，艾蓮歐諾露。」

金髮少年朝回來的艾蓮歐諾露說道。只不過，她不發一語。

「艾蓮歐諾露？」

「……沒事。」

艾蓮歐諾露就這樣獨自走上樓梯。

「還是一樣不知道她在想什麼呢。」

雷多利亞諾這麼說後，金髮少年就苦笑起來。

艾蓮歐諾露就這樣來到二樓，筆直走向我所在的窗戶。

她凝視著窗外。

不，不對。

是跟我目光相對了。

「…………」

艾蓮歐諾露張開嘴巴，沒有發出聲音，只有動著嘴唇。

——壞小孩，不能做這種事喔——是在這麼說吧。

她指著外頭吟吟笑起，然後用「飛行」的魔法飛出窗外。

我尾隨在後。艾蓮歐諾露停在離魔法圖書館有點距離的樹蔭下。

「就說不能擅自跑進來，而且也忠告過你了。」

她果然看得見我的樣子。我解除「幻影擬態」的魔法，現出身影。

「真了不起，能看穿這招的人可不多喔。」

「嘻嘻，完全看不見身影與魔力呢。但根源可是藏不住的喔。」

原來如此。確實是這樣沒錯，不過根源一般要帶有魔力才看得到。能直接看到根源，表示她的魔眼非同小可。

擅長根源魔法的勇者加隆好像也做得到這種事吧？

「既然知道了，還是離開這裡會比較好喔。跟勇者學院扯上關係，不會有什麼好事。」

「妳不也是勇者學院的學生嗎？」

「我雖是這裡的學生，但我可沒有說謊喔。」

「證據呢？」

「沒有喔。」

艾蓮歐諾露毫不遲疑地說道。由於她說得太過名正言順，讓我忍不住笑了出來。

「啊——你不相信我？」

「沒有，只是覺得妳是個有趣的傢伙。今天就看在妳的分上離開吧。」

「真的嗎？那能看在我的分上告訴我一件事嗎？」

艾蓮歐諾露雀躍地問道。還真是個厚臉皮的傢伙，不過我很中意。

「好，不論妳問什麼我都回答妳。」

「阿諾斯弟弟有轉生前的記憶嗎？」

「有。」

「那你認識勇者加隆嗎？」

「這是第二個問題了。」

「啊。」

艾蓮歐諾露露出「糟了」的表情，掩飾害羞地吐舌。

「我太不小心了。」

「我確實認識加隆。我在轉生之前，跟他作了一個約定。由於他轉生了，所以就來見他一面。」

「咦……？」

她露出不可思議的表情。或許是在困惑我為什麼要告訴她吧。

「就當作是順便。」

「那我也告訴你一件事吧。不過，這是我們之間的祕密喔？」

艾蓮歐諾露豎起食指。

「就跟妳約定吧。」

聞言，她悠哉的表情便嚴肅起來。

「勇者加隆已經不在了。至少，你所找的加隆是這樣。」

「唔，這是什麼意思？」

「他在兩千年前被殺了。即使他的根源還在，他也已經不是過去的那個勇者了。就算找到他，也肯定只會讓你後悔的。」

就在這時，遠方傳來「喂——」的呼喊聲。我連忙施展「幻影擬態」隱藏身影。

「艾蓮歐諾露，妳躲在這種地方幹麼？海涅要大家集合喔！」

「抱歉，我這就過去。」

她這麼說完後，便往魔法圖書館移動。

「艾蓮歐諾露。」

我一叫住她，她就轉過頭來。

「是被誰殺的？」

她露出悲傷的表情。

「……是人類喔。」

§11 【單片貝殼的項鍊】

一離開勇者學院，就在門旁看到莎夏垂著頭的身影。

「莎夏，妳特地留下來等我啊？」

我一搭話，莎夏就綻開笑容朝我望來。不過，她很快就像是改變主意似的狠狠瞪著我。

「說什麼妳在特意等我啊！太慢了，也太慢了。人家會擔心你是不是出什麼事吧？」

「擔心？我有什麼好擔心的？」

「還說有什麼好擔心的……」

莎夏想了一下接著說：

「像、像是你會不會在學院交流之前，把他們通通殺光之類的啦。」

我哼笑起來。她這不是挺了解我的嗎？

「學院交流雖然也有互相教導對方魔法術式的用意，但主要目的還是為了建立迪魯海德與亞傑希翁的友好關係，所以要是你像在德魯佐蓋多的時候一樣亂來，事情可就嚴重了。」

「就不知道對方有沒有這個意思呢。」

莎夏就像洩氣似的沉默下來。

「……的確，捏造出那種歷史，確實會讓人懷疑他們真的想建立友好關係嗎……」

我邁步走開後，莎夏也在我身旁並肩走著。

「我方才也說過，光憑他們將勇者加隆打倒我的虛偽歷史流傳到後世，就認定人類與魔族敵對是言之過早。」

「為什麼？」

「要是宣稱束手無策的強大魔王，因為一時興起而為世界帶來了和平，這樣人類將永遠無法忘記魔王的恐怖。因為無法保證轉生後的魔王，這次不會因為一時興起就毀滅世界。」

聽我這麼說完，莎夏就像理解似的點頭。

「也就是說，儘管知道這是謊言，但為了讓國民安心，才說魔王是被勇者打倒的？」

「這麼做或許是最好的辦法。暴虐魔王死去是事實。而且就算說暴虐至極的敵人其實渴望和平，也幾乎不會有人相信。」

在兩千年前的那場大戰之中，怨恨與怨念就是激起如此龐大的漩渦滿溢而出。甚至到令人討厭的程度。

「就算他們相信了這種傳承，認為自己等人是英雄的後裔耀武揚威，進而在魔族面前擺出強勢態度也是無可厚非的事。很可愛吧？」

「裝得一副很能理解的樣子，真不知剛剛很不成熟地把耀武揚威的人類打飛的是誰？」

莎夏直瞪著我。

「沒什麼，因為太過可愛了，所以就稍微撫摸了一下。」

「……喔，這樣啊？這會成為他一輩子的心理創傷喔。」

看來是不用擔心這點呢。

「那你說他們的目的或許不是要建立友好關係，是什麼意思啊？除了剛才的事情外，你還知道了什麼嗎？」

「要說的話，我確實是知道了一些事，但反而讓謎題增加了呢。」

「咦？」

兩千年前，勇者加隆被人類殺害。這是我在世界上建立牆壁，轉生之後發生的事吧？到底發生了什麼事？與暴虐魔王交戰無數次，拯救了人類的英雄，為什麼人類要親手殺了他？是被捲入權力鬥爭之中嗎？還是阿伯斯・迪魯黑比亞搞的鬼？

就目前得到的訊息來說，直接去問艾蓮歐諾露似乎是最快的方法。

「那個叫萊歐斯的傢伙，好像是故意營造出被我打敗的假象。」

「……是為了在學院對抗測驗時讓我們掉以輕心嗎？」

「好像還想藉此衡量我的實力。甚至還特意裝出那種明顯的態度找我吵架呢。」

「哼——真是囂張呢。」

莎夏的眼神變得凌厲。是方才的爭執讓她積了不少怨氣吧。要是在測驗時跟他們對上，不知還會不會有我出場的餘地。

「喂，阿諾斯。」

莎夏就像注意到什麼似的，拉著我的袖子。

「你看那邊。」

她所看著的方向上，是有著中性長相的白髮男子與栗色頭髮亂翹的少女。

是雷伊和米莎。兩人感情很好地走在街上。

「看來是建議完粉絲社該怎麼走了呢。」

「啊，等一下啦。」

我正打算跟他們搭話，莎夏就一把抓住我的手。

「怎麼了？」

「咦……打擾他們不好吧？」

「會打擾什麼？」

「那個，說不定沒有打擾啦，可是，說不定會打擾到啊。」

唔，真是拐彎抹角的說法。

「真是的，別露出這種眼神好嗎？那個呢，簡單來說，就是米莎好像喜歡上雷伊了。」

「喔。」

是什麼時候喜歡上的啊？

真有意思。

「雷伊的意思呢？」

「……完全看不出那傢伙在想什麼。不過，他經常找米莎聊天喔。不如說，這種事不是男人之間會比較清楚嗎？」

「很不巧，我們沒聊過這種話題。」

「……也是呢。」

雷伊他們轉過街角，往中央大街走去。

「跟上去吧。」

「啥！不、不行啦。這也太不謹慎了。」

「沒關係，沒興趣的話，妳可以不用跟來。」

我尾隨在雷伊他們身後，走進中央大街。雖然人潮洶湧，但我的魔眼是不會看丟的。我豎起耳朵，傾聽兩人的對話。

「呵呵呵，真壯觀呢～有這麼多攤販耶～」

「是在舉辦祭典嗎？」

雷伊與米莎就跟平常一樣嬉笑著。

「我記得好像是大勇者傑魯凱的聖誕祭。遠征測驗前發的單子上有寫。傑魯凱的生日就快到了，所以會配合這一天慶祝一個月以上的樣子。」

「哦～」

雷伊他們一面欣賞街旁的攤販與表演，一面開心地走在街上。走著走著，米莎的視線忽然停在一個攤子上。

「想玩嗎？」

「是啊，我想挑戰一下！」

兩人前往打靶攤。似乎是要用木弓射擊攤販設置的靶來玩的樣子。靶有許多種類，射中不同的靶能拿到不同的獎品。

迪魯海德與亞傑希翁的貨幣不同，不過我們已在事前兌換過了。米莎付完錢後，便拿到一把木弓。

她離靶的距離大約八公尺吧。箭有三支。米莎在瞄準之後拉弓放箭，但一連三發連邊都沒擦到。

「啊哈哈，我完全不行呢。」

雖然失敗了，米莎卻很開心的樣子。

「雷伊同學要試看看嗎？」

「我沒用過弓耶。」

「妳想射哪一個靶？」

雷伊付錢給店長，從米莎手中接過木弓。

「呃……那一個。」

米莎伸手指著，獎品是貝殼項鍊的樣子。

「射得中嗎？」

雷伊拉弓瞄準，射出去的箭矢微微擦過箭靶。

「啊！太可惜了啦！就只差那麼一點耶。」

「下次會射中的。」

雷伊爽朗微笑著。

「咦？說這種話行嗎？要是沒射中會很丟臉喔？」

「要賭嗎？」

「那麼，沒射中的話你要請客喔。」

「好啊。」

雷伊話才說完，箭矢就已正中靶心。

「哇——！真不愧是雷伊同學，太厲害了！而且還正中靶心耶！」

第一次拿弓就有這種表現啊？雖說不是劍，但他還是一樣進步得很快。

「……總覺得他們非常恩愛呢……」

莎夏在我背後探頭看著他們。結果她還是很感興趣的樣子。

「唔，不過他們兩個，不是一直都是那種感覺嗎？」

「才不是呢。總覺得他們兩人醞釀出來的氣氛，是平常的三倍甜蜜。」

莎夏露出有哪裡很羨慕的表情。

「恭喜中獎。有這種本領的話，就算深邃黑暗到來也能安心了呢。」

店長說道。

「……深邃黑暗？」

「唉呀，不好意思，聖誕祭不該說這些呢。客人想要哪一條？」

店長拿出好幾條貝殼項鍊展示。

「有單片貝殼的嗎？」

店長把手伸到後面的架上，拿出一條貝殼項鍊。

「好的，要幫女朋友戴上喔。」

店長將串著兩個貝殼的項鍊交給雷伊。

「謝謝。」

雷伊向店長道謝，米莎帶著笑容行禮，兩人離開了打靶攤。

「啊哈哈，被店長誤會了呢。真是抱歉，害你被誤會跟我這種水準的人是情侶。」

「我不認為妳的水準很低喔。」

「啊……是、是嗎……啊哈哈……」

米莎害羞地笑著。

「妳才是，被誤會沒關係嗎？」

「咦？什麼沒關係？」

「要是妳喜歡阿諾斯，被誤會是我的女朋友會很困擾吧？」

米莎的表情瞬間愣了一下，然後連忙搖手。

「不、不是的。你這才是誤會，是誤會！阿諾斯大人確實讓我很尊敬、很憧憬。可是這種事情說起來，光是幻想就讓人太過惶恐了，就連粉絲社也只是統一派的偽裝。而且……」

聞言，雷伊爽朗地微笑起來。

「這樣的話，就太好了。」

「……那個，你說太好了……是嗎？」

雷伊將方才的貝殼項鍊迅速遞給她。

「因為我想把項鍊送給妳呢。」

「咦……？」

米莎驚訝地回看雷伊的臉。

「是妳照顧我母親的謝禮。不是什麼大不了的東西，真是不好意思。」

「怎麼會……到頭來，我並沒幫上任何忙。雷伊同學的母親能得救，全都多虧了阿諾斯大人。」

「為了不怎麼熟識的我，妳願意捨身拯救我的母親。說到贈送謝禮，這個理由就相當充分了。」

「……聽你這麼說，總覺得挺難為情的……」

「我也是呢。」

雷伊注視著米莎的眼睛。

「可是……我可以收下嗎……？」

「打賭是我贏了吧？」

「啊……說得也是呢……」

米莎的臉頰微微飛紅。

「妳不肯收下嗎？」

她儘管害羞，也還是點頭答應。一從雷伊手中收下項鍊，就打算立刻戴上。

「咦？這個要怎麼解開啊？構造跟迪魯海德的不同……？」

「借我一下。」

雷伊拿過項鍊，一下子就把扣環解開。倏地把手繞過米莎的脖子，為她戴上項鍊。

「啊哈哈……還真是不好意思……我戴起來怎樣……？」

「很適合妳唷。」

米莎害羞地低下頭。

「這條項鍊很漂亮呢，貝殼有兩片，繩子也有兩條，是迪魯海德很少見的款式，是亞傑希翁的流行嗎？」

「或許吧。」

對話就此中斷。在街上的喧囂之中，兩人彷彿時間靜止般互相凝望。不知過了多久，雷伊說：

「要去看其他表演嗎？」

「好啊。」

兩人並肩邁步。前來參加聖誕祭的人潮讓街道比方才更加擁擠，使得米莎沒辦法自由移

動的樣子。

「米莎同學。」

說完，雷伊握起她的手。

「……咦……那個…………」

「我不擅長『意念通訊』，要是走散可就傷腦筋了。」

「啊……也是呢，好的……」

兩人牽著手，帶著笑容享受熱鬧的聖誕祭。

§ 12 【險惡】

十天後——從今天起開始學院交流。

我和雷伊一塊從餐廳返回房間後，他就直接躺在床鋪上。

「你要睡啊？」

「時間還早嘛。」

大概是吃飽想睡吧，很快就聽到他的鼾聲。

叩叩兩聲，響起敲打東西的聲音。是從窗戶傳來的。我開窗後，看到米夏在外頭。

「怎麼了？」

「小貓，喵～」

米夏叫喚後，一隻眼熟的黑貓就跑了過來。一腳躍上米夏的肩膀，然後跳到窗邊。這是七魔皇老艾維斯・涅庫羅。

「迪魯海德發生什麼事了嗎？」

與梅魯黑斯相同，我一樣吩咐艾維斯留在迪魯海德打探阿伯斯・迪魯黑比亞的動向。牠會特地跑來找我，想必是發生了緊急情況吧。

「三名七魔皇老好像離開了迪魯海德。」

那隻黑貓——艾維斯開口說道。

「哦？是去哪裡了？」

「在進入蓋拉帝提這裡之前還確認到行蹤。儘管下落不明，但沒有離開這座城市。應該是潛伏在某處了。」

在要進行學院交流的這個時機啊？這怎麼看都是要進行某種企圖的動向。

「與勇者學院的關聯如何？」

「尚不清楚。小的也監視了勇者學院的人類，但就目前為止，沒有與疑似七魔皇老之人接觸的樣子。」

倘若勇者學院與阿伯斯・迪魯黑比亞共謀，就是簡單明瞭的構圖了呢。

「你繼續打探七魔皇老的動向。」

「遵命。此外，還有件事想跟您報告。雖然這或許跟阿伯斯・迪魯黑比亞無關，但令小的很在意。」

「什麼事？」

「是小的造訪此地時偶爾耳聞到的。蓋拉帝提的人類之間流傳著深邃黑暗的傳承。」

唔，這麼說來，打靶攤的店長也曾提到。

「這有什麼問題嗎？」

「這感覺像是人類從上古時代流傳下來的口傳。深邃黑暗最終將再度吞噬亞傑希翁。然而，眾人無須害怕。伴隨著希望祈禱吧。向我們傳說的勇者獻上祈禱。如此一來，勇者將再度降臨，以希望之光驅逐黑暗。」

是很常見的口傳。

「小的以為這裡所說的深邃黑暗，會不會是在指暴虐魔王。」

「是預言我會轉生的口傳嗎？」

「正是。這說不定是為了再度殺害復活的吾君，所流傳下來的傳承。」

「唔，有根據嗎？」

「因為有點在意而調查了一下，這個口傳似乎是由勇者學院的畢業生們散播到亞傑希翁各地的樣子。宣稱深邃黑暗會對人類帶來絕望。但具體來說會發生怎樣的事態，勇者們卻沒有多加說明。說是為了要跨越深邃黑暗，不能讓眾人知道具體的情況。」

能用這種曖昧說詞讓口傳傳開，是因為勇者的信用吧。人類打從以前就很愛信仰這種莫名其妙的東西。

「你想說的也就是這個意思吧？勇者學院企圖瞞著魔族，將轉生後的魔王再度殺害。而且這次會連根源也不留，意圖澈底消滅掉吧？」

「假如是暴虐魔王會帶來絕望的口傳，會立刻傳到我們七魔皇老耳中吧。會用深邃黑暗這個名稱隱瞞敵人的身分，或許是不想給迪魯海德發動攻勢的口實吧。」

世界和平了，魔族與人類也斷絕往來。是打算藉由這個機會，一面裝得若無其事，一面虎視眈眈地等待機會吧。等待我轉生復活的機會。

「這不是不可能的事。但要是這樣，有件事就奇怪了。就連在勇者學院，流傳下來的魔王之名也是阿伯斯．迪魯黑比亞。」

「此事當真？」

「似乎是下了封口令，不過一個有點呆的學生說溜了嘴。儘管無法斷言絕對無誤，但應該不會有錯。」

艾維斯不發一語地沉思著。在長達兩千年的歲月中，以口傳與傳承將意志流傳下來，為了打倒暴虐魔王等待時機，到這邊還算可以理解。

但要是搞錯最重要的魔王之名，那未免也太愚蠢了。這樣勇者學院可是會找不到我，變得要和虛假的魔王開戰。

「會不會是阿伯斯．迪魯黑比亞的企圖與勇者學院的企圖互相影響，導致事情變成目前這種情況……？」

艾維斯說道。

「天曉得。只不過，既然七魔皇老來到了蓋拉帝提，這就不是不可能的事。」

目前阿伯斯・迪魯黑比亞、勇者學院，還有我這三個陣營各懷鬼胎，聚集在蓋拉帝提這座城市裡。要不發生任何事情，是不可能的吧。必須考慮到可能會發生出乎意料的事態。

「你去追查七魔皇老的行蹤，我到勇者學院裡打探。學院交流正好從今天開始。」

「遵命。」

艾維斯跳出窗外離開。

「工作？」

米夏用雙手抓著窗邊踮起腳跟，把臉從窗後探出來窺看。

「工作？」

「魔王的工作？」

是這個意思啊？

「算是吧。看來是來到一個麻煩的地方了呢。」

「幫忙？」

「有必要的話。妳在外頭做什麼？」

「上學。」

米夏淡然說道。

「時間不是還早嗎？」

「因為是第一天。」

很有米夏的風格。

我從窗戶跳出去。米夏不可思議地仰望著我。

「一塊走吧。」

「嗯。」

她開心地微笑。

我與米夏兩人悠悠哉哉地走到勇者學院。

或許是「施鎖結界」的條件改變了吧，一把手放在門上，魔法鎖就自動解開了。

我們穿過大門，踏入學院裡頭。

「話說回來，是要去哪裡上課啊？」

「大講堂。」

米夏東張西望看著周遭。

「那邊。」

她所指的地方，擺著一面指示大講堂方向的看板。這大概是為了魔王學院的學生準備的吧。我們依照看板指示走上樓梯，往通道內部走去。

盡頭有一扇雙開門，房間名牌上寫著大講堂。

推開門後，裡頭是一個廣大空間。最後排的座位在高處，講臺是在最低的位置，不論是坐在哪個位置上都能看到黑板。

「真大呢。」

「學院交流人很多。」

畢竟光是魔王學院就有兩個班級的學生，要是再加上勇者學院的學生，即使是這種規模的教室也很勉強能容納得下吧。

「哇！是阿諾斯弟弟耶。早安～」

最前排的座位上，一名留著黑色長髮的女學生用力揮著手。是艾蓮歐諾露。她從大講堂平緩的樓梯上跑過來。

「你來得真早。阿諾斯弟弟該不會意外是個優等生吧？」

「沒什麼，只是一時興起。」

米夏不可思議地歪著頭。

「認識？」

「啊～抱歉，我還沒自我介紹呢。我是勇者學院三年級的艾蓮歐諾露・碧安卡。」

聽到她自我介紹，米夏也跟著低頭敬禮。

「我是魔王學院一年級生，米夏・涅庫羅。」

「請多指教，米夏妹妹。叫我艾蓮歐諾露就好了。」

米夏點了點頭。

「請多指教。」

「正好，我想問妳勇者加隆的事——」

隨後，入口處傳來說話聲。

「咦？是要問什麼事呢？假如不介意的話，我可以回答你喔？魔王學院的大哥哥。」
走過來的是之前在魔法圖書館看到的金髮少年，雷多利亞諾與萊歐斯也跟他走在一塊。
「初次見面，我是勇者學院排行第三位，精英班『傑魯凱加隆』所屬，勇者加隆的第二根源轉生者，聖地的創造騎士海涅．加隆．伊歐魯古。」
唔，盡是些自我介紹很長的傢伙。
「聽說萊歐斯給你添麻煩了。真是抱歉，他的個性有點毛躁呢。」
「不需要道歉，就只是稍微玩玩罷了。」
在海涅身旁，萊歐斯不高興地蹙眉。
「你能這麼說就太好了。啊，對了。我就順便問一下，要不要也陪我玩玩呢？」
「哦？你想怎麼玩？」
「今天雖是室內課，不過預定會在休閒活動時，順便讓德魯佐蓋多與亞魯特萊茵斯卡稍微進行像是對抗賽的活動。活動中輸的一方，就要回答對方任何問題如何？」
原來如此。
「無妨。」
「那就這麼決定了。」
海涅施展「契約」魔法。內容是今天對抗賽的敗者要誠實回答對方的問題。
「順道一提，我想知道的是，誰是暴虐魔王吧。」
海涅就像在試探我地詢問道。

「啊啊，當然，等聽完對抗賽是怎樣的內容後再考慮也——」

我沒特別在意地在「契約」上簽字。

「咦？這樣好嗎？這麼輕易就簽字了。這跟魔法戰不同，沒辦法靠力量解決喔？」

「就算讓你知道誰是暴虐魔王，也不會有什麼特別的問題。而且——」

我告訴海涅他們一件理所當然的事實。

「不論是不是室內課，不論條件為何，我都不可能會輸。」

§ 13 【勇者學院的授課】

海涅露出天真的笑容。

「要是太瞧不起人類，你可是會後悔的喔，大哥哥。」

留下這句話後，他就往大講堂的最前排走去。

「阿諾斯弟弟。」

艾蓮歐諾露朝我微微招手。我一靠過去，她就低聲說：

「不乖喔，我都忠告過了。忘了嗎？」

「是說人類從兩千年前到現在都毫無改變的事嗎？」

她點了點頭。

「那就沒問題了。體會到自己不論企圖做什麼都是在白費功夫的，向來都是人類。打從兩千年前就是這樣了。」

聽到我這麼說，艾蓮歐諾露愣了一下。

「阿諾斯弟弟，你原本是叫什麼名字的魔族啊？」

「一樣。」

「一樣是指，就叫做阿諾斯・波魯迪戈烏多嗎？」

我點頭後，艾蓮歐諾露歪頭沉吟起來。大概是沒有印象吧。

「看來人類已完全遺忘我的名字了呢。」

「不過，就算你是再有名的魔族也要小心喔。」

留下這句警告，艾蓮歐諾露轉身離去。

「艾蓮歐諾露。」

她回過頭，投來疑問的眼神。

「妳在轉生之前的名字叫什麼？」

「跟阿諾斯弟弟一樣喔。我也叫艾蓮歐諾露。一直都是。」

倘若是亞傑希翁的重要人物，我全都記在腦海裡，但對這個名字毫無印象。她可是能直接看到根源的厲害人物，就算是在神話時代，我也不認為她會沒沒無名。

「我們應該沒見過面喔，因為我不認識你。」

意思是她有轉生前的記憶嗎？既然如此，她很可能是我轉生之後才出生的。

恐怕是在暴虐魔王之名被竄改為阿伯斯・迪魯黑比亞之後吧。

「拜拜。」

她朝海涅他們的方向離開。

「何時認識的？」

米夏不可思議地問道。

「抵達蓋拉帝提的當天偶然認識的。」

米夏直盯著處於最前排的艾蓮歐諾露身影。

「……看起來好哀傷……」

「艾蓮歐諾露嗎？」

米夏點了點頭。

「在我看來她相當無憂無慮喔？」

「表面上是這樣。」

我朝艾蓮歐諾露看去，她的表情還是一樣悠悠哉哉，毫無緊張感的樣子。

「不過，說不定是我誤會了。」

「很難看出來嗎？」

米夏點頭。

「忘了吧。」

「不。」

至少，艾蓮歐諾露確實對勇者學院的企圖有某種程度的了解。而且她大概不贊同這個企圖，不然她也不會向我提出忠告了。既然如此，就算在她那無憂無慮的個性底下，隱藏著備受煎熬的內心，也沒什麼好不可思議。

「我會留意的。」

聞言，米夏直眨著眼，然後淺淺微笑起來。

「好溫柔。」

「沒什麼，是因為妳有一雙好魔眼（眼睛）。」

米夏忙不迭地搖頭。

「是艾蓮歐諾露的事。」

「妳以為我會無緣無故去幫助他人嗎？」

「不會嗎？」

「我會關注她，是因為她似乎知道我轉生期間發生的事，而這些事情或許跟阿伯斯・迪魯黑比亞有關聯。」

就算我這麼說，米夏也還是直直仰望著我。

「如果她被捲入了什麼無聊的陰謀之中，要我順手幫她一把也行。」

米夏呵呵笑起。

「很像阿諾斯。」

米夏對我投來彷彿要看透我內心的眼神，總覺得心頭癢癢的。

「要坐嗎？」

「好啊。」

大講堂的座位分成兩大區塊。根據張貼的貼紙，從中央算起，面向黑板的右側是勇者學院，左側是魔王學院的座位。

我跟米夏一起前往左側，坐在中間部分的位置上。過了一會後，學生們陸陸續續到校。米莎、莎夏、皇族派他們，還有粉絲社等人皆聚集到大講堂。

勇者學院的學生也全員出席了吧，右側座位只留下一個空位，其餘全都坐滿了人。就像魔王學院分成黑制服與白制服一樣，勇者學院的制服也分成深紅色與藍色兩種。

既然雷多利亞諾、萊歐斯和海涅的制服是深紅色，那大概就是精英班「傑魯凱加隆」的制服了吧。考慮到深紅色制服的學生人數不多，這麼推論大概不會錯。

差不多是要開始上課的時間，有人用手指敲了敲我的背。

「阿諾斯大人，雷伊同學怎麼了嗎？」

米莎擔心地問道。這麼說來，他還沒來呢。

「他去睡回籠覺了。」

或許是還沒睡醒吧。才第一天上課就這樣，這男人的臉皮還真厚。

「算了，就只是上課而已。畢竟是那個男人，就算遲到也會一臉若無其事地出現吧。」

「啊哈哈……也是呢……」

上課鈴聲正好響起。與魔王學院不同，是很柔和的聲音。

不久後，梅諾走進大講堂，身旁還有一位面容粗獷的中年男子。

那個人身穿紅色法衣，長相看似很頑固的樣子。應該是勇者學院的教師吧。

「各位請坐好。」

男子以低沉嗓音說完，還站著的學生們立刻就座。

「本日就一如事前通知的，要進行學院交流。魔王學院的各位同學好，我名叫迪耶哥·加隆·伊捷伊西卡。在此擔任勇者學院的學院長與精英班『傑魯凱加隆』的導師。」

所以說精英班是由學院長親自指導啊？看來是投入了相當的心力。就從勇者子孫們的名字來看，迪耶哥也被視為加隆的轉生吧。

也就是勇者學院的畢業生。曾在勇者學院學習的學生，畢業後回到勇者學院執教鞭，然後對後世進行一成不變的教導啊？

只不過，他看起來也不像是兩千年前的那個加隆。是落空了吧。

「這邊向我的弟子們介紹，這位是在魔王學院擔任教師的梅諾·希斯特利亞老師。是長年在魔王學院教導三年級生的優秀老師。各位請勿失禮。」

梅諾向前一步。

「大家好，我是梅諾·希斯特利亞。學院交流期間要暫時麻煩各位照顧。請多指教。」

她帶著微笑向眾人打招呼。

「那麼就開始上課了，不過今天是學院交流的第一天，雙方都不太了解彼此。所以為了讓大家成為學伴，今天就先從簡單的活動開始。」

迪耶哥在黑板上以魔法書寫。

——學院對抗課程——

「學院對抗課程，這聽起來或許有點誇大，但規則就只是由兩邊學院的學生各自出題，然後由對方的學院回答，以答對率分出高下。」

也就是透過出題與解答來了解對方學院的擅長項目與水準吧。

「那麼，作為示範，首先由勇者學院開始出題吧。排行第二位，雷多利亞諾。」

在迪耶哥的叫喚下，雷多利亞諾起立。

「出題吧。」

「我知道了。」

雷多利亞諾用食指推了一下眼鏡。

「那就先從初級問題開始吧。勇者的魔法中，有個名叫『聖別（rihido）』的魔法，請回答其效果與魔法術式。」

語罷，魔王學院的座位就嘈雜起來。

「咦……？這誰知道啊……？」

「是啊，魔王學院又沒有教……」

「啊，不過，或許三年級生知道……？」

一年級生議論紛紛起來，於是梅諾拍了幾下手。

「好了、好了，大家安靜下來。那麼，就請三年級生的里貝斯特同學回答。」

黑制服的男學生起立。

「抱歉了……怎樣？你知道嗎？」

「……不，我不知道答案。只不過，梅諾老師，這個學院對抗課程本來就有缺陷吧？我們無從得知不同學院學習的內容，要是不侷限在一般問題，就根本無法正常進行活動。」

里貝斯特雖然語調平靜，卻也明確地提出忠告。

「我覺得這個問題已經十分一般了。」

雷多利亞諾如此反駁。

「無視自己的學習不足，反而指稱課程本身有缺失，我覺得是很要不得的行為喔？」

對方顯而易見是在找碴，使得里貝斯特火冒三丈。

「那你們知道『魔物化』的效果與魔法術式嗎？」

里貝斯特擺出一臉「你們怎麼可能知道」的表情。只不過，雷多利亞諾卻微笑了。

「知道。」

他在黑板上畫起魔法術式，同時開始說明。

「『魔物化』的魔法效果主要是以魔力讓動物產生變化。基本用途是強化動物的身體能力，不過也會依照動物的種類，還有魔法使用者的不同產生各種變化。有降低智能的例子，也有反過來能理解人話的情況。動物經由『魔物化』變成的姿態稱為魔物。目前在迪魯海德，只要沒有滿足一定的條件，似乎就禁止對動物施展『魔物化』。」

里貝斯特一臉無言以對的模樣。

「我回答得如何？」

「……正確答案……」

看到雷多利亞諾的說明還有他所畫的魔法術式，梅諾彷彿很佩服地說道。

「只不過，你們的三年級生就連這種初級問題都答不出來，考慮到彼此的程度差距，這場學院對抗課程確實還是取消比較好。或是由我方作出某種讓步，你覺得如何？」

雷多利亞諾提出這種建議。

「嗯，也是呢。沒想到會有學生連『聖別』都不知道……」

迪耶哥就像很困擾似的沉吟，但臉上的表情能明顯看出他是故意的。

「迪耶哥老師，那個……」

梅諾把迪耶哥帶到講臺角落。

「……這似乎跟之前談好的不一樣耶？今天的活動是要讓雙方理解到對方有著自己完全不知道的學識吧？」

其他學生應該聽不見，但我的耳朵清楚聽到了這句話。

「這是當然，不過到底是覺得你們也知道這種常識性的問題。沒想到魔王學院的程度居然會這麼低……唉呀，真是抱歉，我沒料到這點……」

勇者學院那邊漏出竊笑聲。迪耶哥和梅諾不同，講話完全沒有壓低聲量，就像是特意說給大家聽似的。

「各位同學，嘲笑他人也未免太失禮了。就算程度再怎麼低，他們也以自己的方式拚命

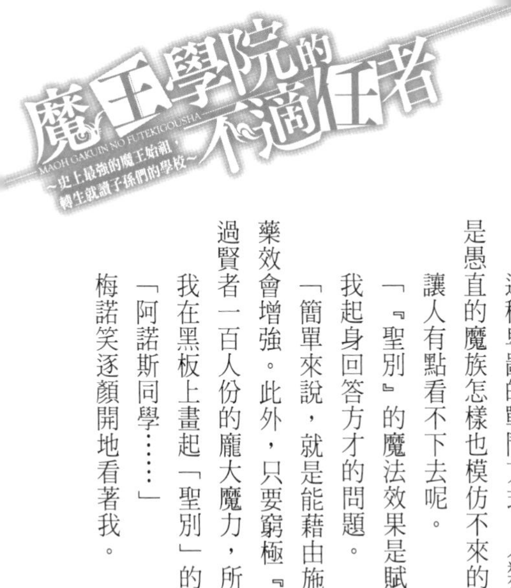

學習了啊。」

迪耶哥背對著梅諾訓誡學生。下一瞬間，他所露出的冷笑並沒有逃過我的法眼。發言本身也是表面上在訓誡學生，但怎麼聽都像是在瞧不起我們。如果有顧慮到魔王學院，是不會這麼說的。

「我會盡可能想辦法配合你們的程度的。」

梅諾咬緊下唇，她大概很不甘心吧。表面上裝得毫無敵意，所以才更顯惡質。這樣就像魔王學院的學生全都不如勇者學院一樣。

這種卑鄙的戰鬥方式，人類比魔族還要擅長。這種沒有明確敵對，暗中貶低他人的手法，是愚直的魔族怎樣也模仿不來的。

讓人有點看不下去呢。

「『聖別』的魔法效果是賦予武器、防具和道具神聖之力。」

我起身回答方才的問題。

「簡單來說，就是能藉由施展『聖別』來強化物品的功能。劍會變得更加鋒利，藥品的藥效會增強。此外，只要窮極『聖別』，也能將一般的物品變成魔法具。只不過，這需要超過賢者一百人份的龐大魔力，所以不是能輕易辦到的事。」

我在黑板上畫起「聖別」的魔法術式。

「阿諾斯同學……」

梅諾笑逐顏開地看著我。

「怎樣？」

「……正確答案……魔法術式也沒錯……」

迪耶哥呻吟似的說道。

「……不過，只要窮極『聖別』，就能讓物品變成魔法具這點，就有些過於誇大其辭。頂多就是讓物品擁有接近魔法具的力量吧，也未曾有過以『聖別』製造魔法具的事實。你的學識還算馬馬虎虎，但會被誇大的研究成果蒙騙，就還有待加強呢。」

在迪耶哥瞧不起人的說明後，勇者學院那邊就傳來失笑聲。

「還以為是個稍微能看的傢伙，但果然也是個笨蛋啊。」

「物品怎麼可能變成魔法具啦。畢竟就魔法術式來看，魔力就只能從外部賦予。」

「就是說啊。魔法具可是指能從內部散發出魔力的東西，這根本就不一樣啦。」

「看來這傢伙似乎誤解了魔法概念的基礎呢。」

哎呀哎呀，人類還是老樣子，太過於被常識所束縛了。

就知道他們會這麼說。

「唔，要是不知道，就讓你們見識一下吧。」

我走向講臺，邊走邊伸手指向裝飾在天花板附近的一把劍，並發出魔力，讓那把劍緩緩落在迪耶哥眼前。

我走上講臺，把手伸到那把劍上方，讓魔法陣浮現出來。

我施展的是「聖別」。施法完畢後，我就讓飄在空中的劍轉一圈，讓劍柄朝向迪耶哥。

緊接著，他瞪大了眼。

「……這、這是…………這該不會是…………！」

迪耶哥戰戰兢兢地碰觸那把劍。下一瞬間，劍身發出閃耀的魔力。勇者學院的學生全都一起向前探出身體。

「喂……！騙人的吧……那個光輝……！」

「怎麼可能……！這種事……怎麼可能！那個是……！」

「居、居然是……聖劍……！不可能……別說是用『聖別』製造魔法具了，他居然製造了聖劍嗎……！」

「等等……問題不在這裡吧？那傢伙不是魔族嗎！根本就不可能施展『聖別』啊！那是唯有勇者才能施展的魔法耶！」

迪耶哥茫然地注視著聖劍，一副無法置信眼前發生了什麼事的樣子。

「不要受常識束縛，要更加地窺看深淵啊，迪耶哥。身為學院長卻不知道正確解答的話，可是會被全體學生瞧不起的喔。」

§ 14 【勇者們的混亂】

我轉身返回座位。

粉絲社的女學生們一臉陶醉地尖叫起來。

「討厭啦——！阿諾斯大人，你果然是最棒的——！」

「對啊、對啊，總是在大家希望他出手的時候確實出手呢！我要一輩子跟隨他！」

「我也要——！不過，那個人是學院長吧？是勇者學院最了不起的人，而且是精英班的班導吧？他居然會比魔王學院的學生還不熟悉勇者的魔法，真不像樣呢。」

「阿諾斯大人太厲害了，對面的學生有點可憐耶。也還不習慣被阿諾斯大人。」

「阿諾斯大人什麼時候變成動詞了啦！」

「怎麼辦！我剛剛注意到一件驚人的事！」

「……我有種不好的預感，不過還是姑且問一下。究竟是什麼事？」

「那個呀，魔劍是男性用的吧？因為是魔劍。」

「……是說這種意思的魔劍啊……」

「那聖劍呢？」

「……！阿諾斯大人是二刀流啊！」

看著以壓倒性的氣勢「呀啊————」地放聲尖叫的她們，勇者學院的學生們有一半露出莫名其妙的表情，另一半露出莫名其妙但感到屈辱的表情。

「我稍微嚇了一跳呢。」

雷多利亞諾用食指推了一下眼鏡的鼻梁架。

「只不過，這樣就很清楚了。壓倒性的魔法知識，超乎尋常的龐大魔力，以及足以掌握唯有勇者才能施展的魔法，其脫離常軌的魔法技術。」

眼鏡底下閃著冰冷的眼神，雷多利亞諾以充滿確信的語氣說道：

「阿諾斯．波魯迪戈烏多，你就是轉生的暴虐魔王吧？」

他話一說完，這次輪到魔王學院的座位一齊失笑。

「噗哈哈哈，那傢伙在說什麼啊？因為阿諾斯回答得很好，展現了實力就說這種話，驚慌失措也要有個限度吧。」

「就是說啊，就連白制服與黑制服都沒辦法區分嗎？到底有沒有長眼睛啊，還真是丟人現眼呢。」

「別這樣，他可是勇者學院的人，對於魔王是一點也不了解吧？」

「那就別裝得好像自己很懂啦。」

「就算再怎麼厲害，阿諾斯的魔法都不尊貴。區區的人類是不會懂的吧。」

受到這些嘲笑，雷多利亞諾露出一臉訝異的表情。就像很意外自己的推論錯了一樣。

「既然各位說他並非暴虐魔王，那他究竟是誰？」

雷多利亞諾凌厲地追問。只不過，皇族派的學生們甚至嘲笑起他的問題。

「你是雷多利亞諾同學吧？」

三年級學生的里貝斯特說道。

「你好像多少了解一些魔族的魔法，那你知道魔王學院的校徽代表什麼意思嗎？」

「我當然知道。是魔皇的適任性與魔力診斷的結果吧？圖案一定會是多角形或是芒星，頂點愈多就表示該學生愈優秀。」

「一定會是多角形或是芒星啊？那你看阿諾斯的校徽是什麼圖案呢？」

雷多利亞諾看起我別在制服上的校徽。那不是多角形，也不是芒星。

「……十字圖案……這種情報……？」

「雷多利亞諾同學，那是不適任者的烙印唷，是離暴虐魔王最遙遠的存在。魔王學院史上第一個不適任者就是阿諾斯。要是說這傢伙是魔王，在迪魯海德可是會被譏笑的唷。」

里貝斯特話一說完，三年級生的皇族派也跟著叫囂。

「沒錯、沒錯。也就是說，貴院的學院長就連魔王學院的劣等生都比不上。」

「讓人十分清楚勇者學院的水準在哪裡呢。」

「輸給不適任者，又誤以為他是暴虐魔王，還真是丟人現眼。」

「阿諾斯在我們學院，可是誰也不承認的唷。」

或許是對勇者學院方才的態度感到火冒三丈，而且還斷定我是暴虐魔王吧，讓皇族派學生的怒氣一口氣飆漲。

「……擁有如此強大的力量，你們卻說他是不適任者……？那魔王學院的其他學生到底有多麼強大…………？」

就像是感到恐懼似的，雷多利亞諾吞了一口口水。

圍繞在皇族派與我周圍的氣氛與環境，是在最近這兩個月內形成的。看在外人眼中是難以理解的狀況，因此就算是勇者學院也沒有多加調查吧。

「嘖……這些傢伙是在虛張聲勢吧……？」

萊歐斯嘀咕起來。不過，雷多利亞諾卻搖了搖頭。

「暴虐魔王在迪魯海德是連直呼其名都會讓人惶恐的尊貴存在。就算是在演戲，也不可能像這樣惡意謾罵，更何況是蓋上不適任者的烙印……」

「那這是怎樣？難道就跟那些傢伙說的一樣，是迪耶哥老師的魔法知識不如一個不適任者嗎？」

「萊歐斯，你冷靜點。就只是輸了一次。」

「誰冷靜得下來啊！這可不是一般的魔法！是勇者的魔法耶！」

萊歐斯起身朝我問道：

「喂，你這傢伙。阿諾斯．波魯迪戈烏多，你就是暴虐魔王吧？」

「正是如此。」

「什麼……」

我輕易地承認，反倒讓萊歐斯提高警戒。

「既然你們都知道了，我就再告訴你們一件事吧。暴虐魔王之名是阿諾斯．波魯迪戈烏多。你們的歷史書與教科書也都寫錯了吧？所以去訂正回來吧。」

「……你說……什麼……？」

他到底是不會去懷疑勇者學院所教導的暴虐魔王之名吧。可能是不知道該怎麼判斷吧，萊歐斯一副陷入混亂的樣子。

「喂喂喂，你們看那傢伙，居然信了阿諾斯老掛在嘴邊的謊話耶？」

「半吊子就是這麼容易被騙呢。別真的相信不適任者說的話啊。」

「說到底，那傢伙可不是皇族呢。沒有完全繼承始祖之血，所以怎麼可能是暴虐魔王轉生啊！」

皇族派的學生們奚落著。

「唔，別在意他們的話。不被承認是暴虐魔王，也讓我很傷腦筋。」

萊歐斯一臉「這當中必定有詐」的感覺蹙起眉頭。

「……嘖……這是怎樣……簡直莫名其妙……！」

唔，一無所知的人們互相以自以為是的推論斷定事物，不斷無視近在眼前的真實。哎呀哎呀，還真是齣愉快的鬧劇。

「好……好了、好了！請大家安靜下來！」

梅諾拍起手，讓不斷擅自發言的學生們冷靜下來。

「迪耶哥老師，方才的『魔物化』就算是我方出的題，下一題就請勇者學院提出了。」

「啊，嗯嗯，就這麼辦。」

迪耶哥為了選出下一個出題者而朝學生們望去。

「唔，下次會出怎樣的題目呢？真是讓人雀躍。這次請不要再搞錯正確答案了唷？」

一聽到我這麼說，迪耶哥就僵住了表情。

「阿諾斯同學，不可以說這種話喔？迪耶哥老師方才就只是不小心搞錯了。身為勇者學

院的學院長，怎麼可能會搞不清楚勇者的魔法。你說是不是啊，老師？」

梅諾就像是要報方才的一箭之仇似的說道。她還挺會的嘛。

「咳、咳咳，現在時間比預定遲了一點。我雖然也想繼續活動，但看來還是先進行下一個課程會比較好。」

是打算在露出更多馬腳之前溜走啊？

「咦～勇者學院打算逃走嗎？」

「對啊、對啊，氣氛好不容易才炒熱了耶。」

「大概是認為現在結束的話，還能以答對率相同為由當作平手吧？啊～還真是卑鄙呢。就因為再進行下去會輸就這樣搞。」

「大致上來講，那邊就連老師都會搞錯正確解答了，我們是要怎麼輸啊？」

真不愧是魔族，該說是我的同胞吧。挑釁方式還真是直截了當。

「……無聊。既然這麼在意輸贏，就當作是我們學院輸了吧。」

隨後，海涅說：

「老師，我也想再繼續進行下去呢。得讓客人們見識一下我們勇者學院的自尊。」

迪耶哥走下講臺，大剌剌地走向海涅的座位。

然後，朝他低聲斥責道：

「你是想讓我在區區的魔族面前繼續丟人現眼嗎……！」

海涅露出錯愕的表情。迪耶哥轉身離開後，他就像放棄似的聳了聳肩。

「繼續上課。」
就像打圓場似的，迪耶哥沉聲說道。
咯哈哈，這算什麼啊？太小心眼了，不禁讓人同情起海涅他們。
跟這種人相比，感覺連艾米莉亞都還比較有教師的樣子呢。

§ 15 【險惡】

大講堂裡瀰漫著險惡的氣氛。
方才的糾紛讓皇族派的學生完全敵視起勇者學院，對方也因為臉上無光而惱羞成怒。他們到底有沒有在聽課呢？在這種一觸即發的凝重氣氛下，只有迪耶哥的低沉嗓音淡淡響起。
「——所謂的聖劍，主要是指受到眾神祝福的劍。劍本身帶有魔力，自行選擇持有者。此外也有劍上寄宿精靈而成為聖劍的情況。除了這兩種情形，不存在其他聖劍誕生的方式。」
話說到此，迪耶哥就一臉彷彿遭到背叛的表情。魔王學院的座位也傳來好幾道噗哧失笑的聲音，讓他「嗯哼」地輕咳了一聲。
「凡事都有例外。」
迪耶哥一副迫不得已的樣子說道，然後繼續上課。
「就如方才的說明，聖劍並非想要就能打造出來，是極為稀少的逸品。假如能大量生產

的魔劍是在數量上占優勢，聖劍就是在品質上占優勢。因為聖劍不只帶有魔力，還寄宿眾神與精靈之力。此乃神聖光輝的泉源。」

聖劍在品質上占有優勢，這種說法不見得是錯的。儘管存在魔力微弱的魔劍，但聖劍不論哪一把都帶有強大魔力。而且大半的聖劍上，都施加了封印魔族之力的魔法。而封魔之力達到登峰造極境界的聖劍，就稱為魔族殺手。

這是在力量與魔法上較為拙劣的人類能勉強對抗魔族的理由之一。

「目前世界上現存的聖劍據說有八十八把。當中君臨第一名的，是據傳勇者加隆曾經使用過的傳說聖劍——靈神人劍伊凡斯瑪那。這是兩千年前，由人類的名匠所鍛造，寄宿劍之精靈、受到眾神祝福的聖劍。」

唔，真是懷念。那個上頭可是帶有讓人不覺得那是把劍的誇張魔力。不過最主要的，還是因為那是一把為了消滅我而誕生的聖劍。

「靈神人劍雖在兩千年前失傳，但據傳當世界面臨重大災害時，靈神人劍就會與傳說中的勇者一起復甦，為世界帶來光明。」

失傳了嗎？兩千年前能拔起伊凡斯瑪那的，在亞傑希翁就只有加隆一人。要是他已不在人世，可以認為會自行選擇主人的聖劍是消失到某處了吧。畢竟該消滅的魔王在這兩千年間也不在這世上。

只不過，要說是否真的失傳了也很可疑。要是人類一如艾維斯的推論，為了消滅轉生後的我在等待時機的話，沒有伊凡斯瑪那可就談不下去。

至少不覺得散布傳承的那些人類會去相信，靈神人劍會隨著傳說中的勇者一起復甦這種不確實的傳說。

「那麼，說到兩千年前，在亞傑希翁有個從當時流傳下來的有趣逸聞，也就是米歐斯項鍊。這是個有關戀愛與轉生的故事，魔王學院的各位有誰知道嗎？」

亞傑希翁的逸聞，迪魯海德的魔族沒有理由會知道，當然也就沒有人舉手。但迪耶哥看到這種情況，卻露出痛快的表情。

哎呀哎呀，未免也太小心眼了。讓人看了都替他丟臉。

「果然沒人知道嗎？也對，這也是沒辦法的事。那就請勇者學院知道的學生——」

「米歐斯項鍊是人類前赴戰場時，贈送給戀人的東西。」

我一回答，迪耶哥就憤恨地咬牙切齒。

唔，說中了啊。哎，大抵是沒必要連這種常見的逸聞都特意修改掉。或許是以為只要無關魔法，我就不知道了吧？但這可是我轉生之前的故事，我當然略有耳聞。

「兩千年前在大戰初期，許多前赴戰場的人類無法活著歸來，所以戀人們為了能在死後轉生到同一個時代，就在米歐斯項鍊上許下心願，希望下輩子能共結連理。人們將棲息在蓋拉帝提湖的米歐斯貝的貝殼分成兩片，做成兩串項鍊。他們將一串送給戀人，另一串戴在自己身上，然後前赴戰場。」

迪耶哥氣憤地瞪著我。看來這個男人就只想著要愚弄魔族呢。

「米歐斯貝飲用聖水維生，因此謠傳是神的使徒。當時的人們相信，分成兩片的貝殼會在死後引導兩人的根源再度重逢。」

不過在我看來，米歐斯貝並沒有足以影響根源的魔力。那是一場悲慘且嚴酷的戰爭。會想依靠迷信，也沒什麼好不可思議的。

我在殺害戴著米歐斯項鍊的人類時，都會不指定轉生條件地對他們施加「轉生」魔法。魔法有時會受到心念大幅左右。如果他們的想法是真的，也許就會在轉生後再度重逢。雖然這就只是一點自我安慰。

「到了大戰後期，在勇者加隆的活躍之下，蓋拉帝提開始有了希望。戴著米歐斯項鍊從戰場歸來的人陸續出現，當中有許多人與戀人結婚。此後，人們就開始把米歐斯項鍊稱為單片貝殼的項鍊，產生了把兩串項鍊組合成一串送給戀人的習俗。」

隨著和平將近，人們開始追求希望。這說起來縱然好聽，但說不定只是想逃避現實。

當時儘管擁有勇者的蓋拉帝提勉強阻止了魔族的侵略，但就整座亞傑希翁大陸來看，人類可是節節敗退。

「此外也催生出將送給戀人的單片貝殼項鍊分成兩串，藉由將其中一串戴在自己身上來表示求婚的文化，並且流傳至今。」

我說明完畢後，迪耶哥露出苦澀的表情。就在他說不出「正確答案」這四個字時，下課鐘聲剛好響起。

「那麼，這堂課就到此為止。下一堂課於十分鐘後開始。」

迪耶哥就像落荒而逃似的離開大講堂。

「魔王學院的大哥哥。」

向我搭話的人是海涅。

「機會難得卻沒辦法分出勝負，還真是遺憾呢。」

我向笑得一派從容的海涅說道：

「你在說什麼，對決是我贏了。你們的教師認輸了吧？」

「嘖，還真是老奸巨猾呢。」

海涅不以為意地說道。只要讓我覺得對決不成立，就能讓「契約」的效果無效。到底是誰老奸巨猾啊？

「你想知道勇者加隆的事吧？」

「不。」

勇者加隆被人類殺害。儘管很想知道這件事的詳情，但艾蓮歐諾露說過這是祕密，沒辦法公然詢問。

這次的契約內容上，「契約」的效力就只限於一個問題回答一次。要是問得太過曖昧，就會得到曖昧不清的回答。

「我要問另一件事。你知道暴虐魔王的名字嗎？」

「……哦——可以嗎？要我在這裡說出來。」

「無妨。」

海涅說道：

「是阿伯斯·迪魯黑比亞吧？」

在「契約」的效果之下，他沒辦法說謊。要是違背契約，海涅應該會當場死亡。看來他是真的不知道暴虐魔王的名字。

「這怎麼了嗎？」

「沒什麼，就只是確認一下。」

「哦～」

海涅露出惡作劇似的笑容。

「話說回來，你知道嗎？明天要舉辦學院對抗測驗。這次可是實戰喔。」

「唔，又想賭什麼了嗎？」

「不了，明天就讓我們堂堂正正地打一場好比賽吧。」

海涅以天真無邪的表情要求握手。

「哎呀呀，這聽起來就像是你們會用卑鄙手段一樣呢。」

我一面跟海涅握手，一面露出藐視的笑容。

「怎麼會呢。敬請期待吧。明天就輪到大哥哥你們驚訝嘍。」

轉身離開後，海涅他們接著往魔王學院三年級生的方向走去。說了一些話後，像剛才一樣要求握手。

是在打什麼鬼主意嗎？

「喂喂喂，米莎，妳那個項鍊，就是剛才阿諾斯大人說的單片貝殼項鍊嗎？」

粉絲社的女孩子們聚集到米莎的座位旁。

「啊，好像……是呢……」

米莎說得含糊其辭。

「啊，等等。剛剛的反應很可疑。妳很可疑唷，米莎。這是別人買給妳的吧？」

唔，真敏銳。

「啊、啊哈哈……怎麼可能啊……這是我自己買的啦。」

「哦──是這樣啊～」

「說是自己買的，但其實是別人買給妳的吧？」

「對呀、對呀，絕對是這樣子。」

「該不會，是阿諾斯大人買給妳的吧？」

「叛、叛徒啊啊啊啊啊啊啊啊──！」

「就、就說不是了啦。這真的是我自己買的！」

「真的？」

「真、真的啦。」

「以性命發誓？」

「……好、好啊……」

米莎儘管被眾人的氣勢壓倒，還是回答她們的問題。

「咦？該不會第一堂課已經結束了？」

有人在背後向我搭話，回頭就看到雷伊站在那裡。

「剛結束。」

「這樣啊。我有點睡過頭了。」

雷伊並沒有很在意的樣子找起座位。

「米莎同學，這裡有人坐嗎？」

「啊，沒有，你坐沒關係唷。」

雷伊坐在米莎隔壁，看向她戴在脖子上的項鍊。

「妳戴來上課啦？我很高興喔。」

「啊……那個……啊、啊哈哈……」

米莎一臉尷尬地偷看粉絲社她們。她們毫不客氣地用興致勃勃的眼神盯著米莎。那是有如逼問般的凌厲眼神。

「…………是的……」

米莎就像認命似的說道。粉絲社她們嚇得大幅後仰。

只見她們接連與米莎拉開距離，全員一起面面相覷。

「她、她承認了。她承認了耶！」

「也就是雷伊同學送禮物給米莎了吧？」

「咦？可是，雷伊同學不是和阿諾斯大人……」

「這樣一來，該不會是……？」

「也就是說……？」

「她打算跟阿諾斯大人間接交往啊啊啊啊啊啊啊啊啊啊啊……！」

看來她們得到了一個出乎意料的結論。

§ 16 【學院對抗測驗】

隔天——

我們為了參加學院對抗測驗，來到城牆外的聖明湖。

魔王學院與勇者學院的學生們，目前正為了對抗測驗，仔細檢查著自己的魔法具。因為昨天的事情，兩校學生之間已完全是險惡的氣氛，彼此絕不會對上視線，互相散發著一觸即發的氛圍。雙方都一副想在學院對抗測驗上給對方一點顏色瞧瞧的樣子。

很快地，上課鐘聲響起，迪耶哥開口說道：

「那麼，今天要進行學院對抗測驗。就如事前跟各位說明的一樣，對抗測驗要以施展軍隊魔法來進行。勇者學院施展『勇者部隊』，魔王學院施展『魔王軍』。由於彼此的魔法特性各有不同，所以這應該會是一場有意義的訓練。」

迪耶哥淡然說明的眼神中，有某種讓人不舒服的感覺。

「陰沉沉的感覺。」

一旁的米夏低語。

「唔，確實是不怎麼覺得那是正常的精神狀態。是兩千年前經常看到的表情。」

「在憎恨的牢籠之中。」

形容得很恰當。只不過，假如這是對魔族的憎恨，對於至今久未交流的對象，有辦法抱持這麼深的敵意嗎？就算加上昨天發生的事，憎恨的沸點也太低了。

「測驗場地設在聖明湖裡。也就是水中戰。這是為了不讓蓋拉帝提受到魔法波及所採取的措施。水面上會設置反魔法的自然魔法陣，將水中攻擊魔法的影響降到最低。請各位千萬不要在湖面上施展魔法。」

蓋拉帝提也住著一般人。他們與魔族不同，由於身體很脆弱，萬一魔法影響波及到湖外，大概會出事吧。

「此外，聖明湖為了這次的測驗，事前建造了水中都市。除了建築物外，還存在著洞窟等地形。倘若能好好運用，應該會是致勝的關鍵。各位有疑問嗎？」

迪耶哥朝學生們看去，沒有人舉手。

「梅諾老師，我方會先派出慣於軍隊魔法與聖明湖訓練的精英班，所以我想魔王學院也派出對軍隊魔法與戰鬥訓練有著充足經驗的三年級生會比較好吧？」

梅諾朝我看了一眼。

「還是說，我記得是叫做混沌世代嗎？你們那邊也有轉生者吧？就算派他們出場，我們這邊也無所謂。」

「不，我們就派三年級生。」

這瞬間，迪耶哥露出令人不舒服的笑容。

「那麼，就請多指教了。」

「嗯。」

對話結束後，梅諾朝這裡走來。

「魔王學院的同學們，集合了。」

魔王學院的學生聚集到梅諾身旁。

「就如同迪耶哥老師的說明，等一下要進行學院對抗測驗。出場的是三年級生。一年級生還沒做過水中戰的訓練，再加上對方占有地利的狀況下，只有阿諾斯同學的小組有辦法與他們對抗。」

也是呢。有兩名混沌世代，莎夏與雷伊在我的小組裡。其餘的一年級生就算說是烏合之眾也不為過。

「不過，阿諾斯同學的小組只有五人。依照學院的規定，假如不是十人以上的小組，基本上是無法參加學院對抗測驗的。」

這麼說來，莎夏以前也說過類似的話。不過當時是在講班級對抗測驗的事。

「雖然不足的五人能暫時向其他小組借用，但一時之間也沒辦法好好配合吧。」

「只要能湊數就夠了。如果可以，要我一個人對付勇者學院的全部學生也行。」

我這麼說完，莎夏就露出一臉不滿的表情。

「等等，你為什麼想一個人打啊？要是不留一些給我可就傷腦筋了。」

雷伊接著說道：

「我差不多也想試用一下這把劍了。」

「啊哈哈……我或許派不上什麼用場，但我會努力的。」

米莎很有精神地笑著。

「幫忙。」

米夏看著我如此說道。

「梅諾，妳應該看得出我與我部下的實力吧？」

「是啊。」

梅諾給予明確肯定後，露出有別於平時的惡作劇表情。

「可是，我就只在這邊說了，老師我也有點生氣呢。」

「哦？」

「沒錯，阿諾斯同學或許能輕鬆獲勝，可是老師也想讓勇者學院的那群少爺見識一下，我教出來的學生有多麼厲害。」

唔，原來如此。沒錯，就算看我兩三下打贏他們，梅諾也消不掉心中的這口怨氣。所以才想藉由自己親手培育的學生之力，給他們一點顏色瞧瞧。

「梅諾，我明白妳的心情。但三年級生不清楚勇者們的手段吧？」

「……阿諾斯同學知道嗎？」

「妳以為我是誰？」

梅諾沒有回答，也沒有反駁，就只是保持沉默。

「他們打從以前就相當陰險。跟魔族不同，很擅長耍小手段。昨天就連在課堂上都那樣了，還是派我的小組出場較為明智。」

「那就這麼想吧？」

此時插話的是三年級生的里貝斯特。

「正因為不知道他們會耍什麼小手段，所以先派三年級生出場看看情況。」

唔，皇族派說了很難得的話呢。

「儘管不知道他們是去哪裡調查的，但勇者學院對魔族瞭若指掌。就這樣進行對抗測驗，會對我們有些不利吧？既然如此，首先該做的就是摸清楚對方的底細。」

這確實是標準作法呢。與人類之間的戰鬥已經過兩千年了。如果他們是真心打算消滅暴虐魔王，肯定會開發我所不知道的魔法。

不過，儘管不覺得他們會蠢到在這裡披露，但戰鬥方式也不可能跟兩千年前一模一樣。

「就算完全不知道對方的底細，我也不會輸。」

「跟傳聞中的一樣，是個傲慢的人呢。難怪會被說是不適任者。」

里貝斯特嘆了口氣。

「我是皇族派。阿諾斯・波魯迪戈烏多，坦白說，我是絕對不會原諒你這個假冒暴虐魔王之人。」

他以堅定的意志說道。

「不過，昨天你造出聖劍時，老實說讓我非常痛快。」

「喔。」

「雖然是個討厭的男人，但你也是魔族的一員。不過，他們可就不同了。侮辱魔王學院就等同是在侮辱暴虐魔王。」

哎，假冒暴虐魔王的行為，就某方面來講也能說是一種敬意的表現。畢竟沒有人會特意去假冒微不足道的身分。

「首戰就交給我們吧。既然你自認是暴虐魔王，那在後方擺架子看戲不就好了？」

他這話說得還真是深得我意。

「可以嗎？這就像是要你為我去打頭陣一樣喔？」

「今天是學院對抗測驗。我可不記得德魯佐蓋多有教我們連在與敵人作戰時都還要跟自己人起內鬨。為了獲勝而採取最佳行動，這是理所當然的事吧？」

很有魔族風格的想法呢。或者該說是梅諾的教育成果吧。

兩千年前的魔族也絕非鐵板一塊。有像辛這樣忠心耿耿的部下，也有看我不順眼的傢伙。甚至還發生過許多次在魔族內鬥時，外敵趁機入侵，導致深陷危機的局面。

只不過，一旦與人類或精靈開戰，大家就會忘了平時的紛爭，為打倒眼前的敵人而團結一致。儘管有許多事情因為阿伯斯·迪魯黑比亞而扭曲了，但似乎沒有連本質都一起改變的樣子。

「我們所尊敬的始祖是為了弱者而戰，我以身為他的子孫為榮。就算要成為不適任者的棄子，也正合我意。」

既然身為皇族派的里貝斯特都說到這種地步了，又怎麼能不體諒一下他的心情呢？這個男人也不是心甘情願這麼做的。換句話說，他不惜向不適任者的我讓步，也想要回應恩師對他的期待。

「好吧。不過，在摸清楚對手底細的同時，既然要出場，就順便讓我見識一下前輩的風範也無妨喔。」

他露出無畏的笑容。

「這是當然，用不著你提醒。」

真是不可愛的傢伙。也好，反正突然變得很順從，感覺也挺噁心的。

「那就這麼決定了。里貝斯特組，準備好了嗎？」

里貝斯特組整齊列隊的組員們一齊點頭。

「剛才我也說過了，坦白說，老師我是氣得要死喔。那些傢伙是怎樣啦，有意見就直接說出來啊。那個叫迪耶哥的傢伙也是，在那邊冷嘲熱諷、頻頻搞小動作，看這邊不想惹事就踩上天去，真是有夠煩的。」

在梅諾低聲抱怨後，里貝斯特組的眼神就銳利起來。這是想為恩師報仇的表情。

「聽好，要贏喔！就讓人類見識一下魔王學院的實力吧！」

她如此高聲一呼後，他們就「喔喔喔喔喔喔喔喔！」地高聲吶喊了起來。

§17【聖明湖的結界】

「那麼，現在開始勇者學院精英班『傑魯凱加隆』對魔王學院三年級里貝斯特組的學院對抗測驗。但願各位不辱先祖的名譽與榮耀，堂堂正正地戰鬥吧。」

迪耶哥喊出測驗開始的口號。

湖畔旁的我們以「遠隔透視」的魔法觀看水中的情況。而在湖中，勇者學院役使的隼鳥有如飛翔般的游著，用魔眼將影像傳送到「遠隔透視」上。

「阿諾斯同學，剛才真是抱歉。」

梅諾來到我身旁說道。

「為何道歉？」

「就是里貝斯特同學說的那些話。說你是討厭的男人什麼的，對你相當惡劣不是嗎？」

「沒什麼，皇族派的那種主張也不是現在才開始的。」

梅諾露出一臉非常抱歉的表情。

「里貝斯特同學平時是個很溫柔的孩子喔。不過他比其他人更加尊敬暴虐魔王，以自己的血統為榮。」

梅諾一面注視著「遠隔透視」，一面娓娓道來。

「里貝斯特同學現在雖然具有足以爭奪三年級首席的實力，不過在剛入學時，他的成績可是吊車尾的喔。施展不了『魔王軍』，也沒能當上組長。」

「這還真是意外呢。」

「對吧。里貝斯特同學不太喜歡與人爭執，所以心中某處排斥專為戰鬥開發的軍隊魔法與攻擊魔法。」

「哎呀，還真是個不像魔族的男人。」

「或許吧。他曾經討厭暴虐至極的魔王喔。我想那時候的他，就連繼承魔王血統的自己也不認同。」

還真是麻煩。不論祖先是誰、血統為何，自己就是自己。不過在這個時代，就連要這麼想都很不容易吧。

「那麼，是什麼改變了那個男人？」

或許是回憶起當時的事情吧，梅諾帶著懷念的表情說道：

「他二年級時，我擔任起『魔王軍』課程的教師，他在那時跑來向我坦白說他真的不喜歡與人爭執，還跟我商量說他想要放棄就讀魔王學院喔。」

畢竟魔王學院的課程偏向戰鬥呢。倘若討厭與人爭執，會想退學也是無可厚非的事。

「於是我就跟他說明：『魔王軍』是軍隊魔法，確實是專為戰爭開發的。可是，始祖肯定是為了守護魔族才開發這項魔法的。假如不是這樣，那麼遭許多敵人覬覦性命的暴虐魔王，又怎麼會創造出將自己的魔力分配給部下的魔法呢？」

喔，她說了有趣的話。

「這是教科書上寫的嗎？」

「如果只教學生教科書上的內容，那就用不著教師了吧？」

的確，她這句話很有教師的風範。

「阿諾斯同學不這麼覺得嗎？」

「嗯，真相會是怎樣呢。」

聽到我這麼說，米夏就轉過頭來。她彷彿看透一切似的微笑著。

「就算討厭與人爭執，有時也需要守護事物的力量。說不定始祖也跟里貝斯特同學一樣不想要戰鬥，我當時是這樣告訴他的。我想這對他來說是非常重要的一句話。從那時候起，里貝斯特同學就開始尊敬始祖，以身為皇族為榮了唷。」

「然後尊重過頭，成為了皇族派。」

梅諾露出苦笑。

「是有點呢。我想對他來說，認為暴虐魔王是特別存在的心情比一般人來得強烈喔。」

所以才會超乎一般地厭惡自稱是暴虐魔王的我啊？或許他也對當時開導自己的恩師抱持敬意吧。

因此不惜向討厭的我讓步，也想要回應梅諾的期待。

「看好吧，他可是我引以為傲的學生，一定會贏的。」

梅諾笑道。

我們看向「遠隔透視」，雙方陣營差不多要展開行動了。

傑魯凱加隆將據點設置在神殿與建築物櫛比鱗次的水中都市裡，里貝斯特組則是以岩山眾多的水中洞窟附近為陣地。

由於他們施展了「水中活動」的魔法，只要魔力不枯竭，大概就不用擔心窒息。

「里貝斯特大人，我們準備好了。」

部下以毅然的態度說道。不知是里貝斯特出身名門，還是他實力高超，能在組員們的話語中感到敬意。

又或者是他從吊車尾一路努力到足以爭奪首席的成果也說不定。

「動手吧。」

「遵命！」

首先是依照標準程序，里貝斯特在自家陣地上建起魔王城。那是座有如高塔般的細長城堡。周圍的水流激烈地捲起漩渦，化為阻擋外敵侵入魔王城的水牆。

因為水流變化而被吸進來的魚隻與巨岩，就這樣遭漩渦吞沒，被洶湧的水流絞成碎塊。

看來是具備強化水屬性魔法的地形效果。光是散發的魔力就能形成這麼激烈的漩流，這種魔王城居然只靠兩個人就建造出來，看來里貝斯特組的築城主（Guardian）還挺優秀的。

「漂亮的魔王城。」

米夏看著「遠隔透視」喃喃說道。

「該說不愧是三年級生吧。這種水準的城堡，一年級生還造不出來。」

米夏不可思議地微歪著頭。

「是指除了妳以外的一年級生。」

就像是接受了這個說法，她重新看向「遠隔透視」。

「咒術師（Shaman）先進行偵查。『勇者部隊』與『魔王軍』最大的差異，就是除了勇者之外，其餘都是賢者。他們雖然無法建造相當於魔王城的據點，但相對地，應該能經由賢者施展特殊的支援魔法。」

三年級生到底是稍微學習過「勇者部隊」的樣子。

里貝斯特組的咒術師有三人。一個人展開廣範圍的魔力網，確認傑魯凱加隆的位置；一個人使用魔眼探查魔力的變化；最後一個人用魔法操控湖裡游泳的魚隻，前去詳細調查敵人的動向。

他們在找賢者。「勇者部隊」是為了強化勇者的魔法，比方說魔法師與神官會分別帶給勇者攻擊魔法強化與恢復魔法強化的恩惠，然後由魔法師與神官代替勇者承受強化時的負面效果。

不過，賢者就有點不一樣了。這個職階能使用受到「勇者部隊」影響的人類魔力，對部隊整體施展支援魔法。賢者的存在能讓勇者們獲得強化，所以他們首先要做的事情就是讓賢者喪失戰鬥能力。

「里貝斯特大人。」

咒術師們向他回報。

「情況不太對勁。總覺得無法隨心所欲地操控作為使魔的魚隻。」

「我這邊也是。即便想展開魔力網，也立刻就被中斷了。」

「魔眼也一樣，完全看不到對方的魔力。」

也就是完全無法進行偵察。里貝斯特沉思了一會。

「這恐怕是應用反魔法的技術在干擾魔法吧。」

「讓魔劍士(Cavalier)、咒術師、治療士(Healer)組成部隊出城偵察吧。要盡可能避免交戰，一旦感到些許異常，請立刻用『意念通訊』向我回報。」

「遵命。」

里貝斯特組派出三隻部隊，合計九人離開魔王城，兵分三路前往作為傑魯凱加隆據點的水中都市。

暫時沒有異常，他們慎重地前往敵地。

「飛蛾撲火，就是這麼一回事呢。」

在前往水中都市正面入口的部隊面前，萊歐斯現身了。

「里貝斯特大人，敵人出現了。是勇者！」

咒術師施展「意念通訊」；然而無人回應。

「里貝斯特大人？里貝斯特大人……！」

不論呼叫再多次，都還是一樣沒有回應。「意念通訊」傳到中途就斷絕了。

「哈！你們知道為什麼沒辦法用『意念通訊』嗎？」

萊歐斯一握緊拳頭，就從中噴出閃耀著神聖光輝的火焰。即便是在水中，聖炎也依舊輝煌地燃燒。

「我們來爭取時間，你們快回魔王城！」

魔劍士打算抽出魔劍。

但是卻抽不出來。

「什……麼……？」

趁這瞬間的破綻，萊歐斯逼近到魔劍士身旁。

「看招！」

「糟了——呃啊……」

萊歐斯燃燒的拳頭打在魔劍士的心窩上，曲起的身體遭聖炎吞沒，當場無力倒下。

「嘖……！」

治療士立刻施展「抗魔治癒」，然而魔法陣才畫到一半就消失了。

「……這……該不會…………？」

「終於注意到了嗎？是你們的魔力變弱了啦。」

萊歐斯邁開步伐。治療士儘管想拉開距離，雙腳卻遲遲無法移動。

「不僅是魔力，就連身體能力也是喔。你們現在就只有比弱小人類還弱的力量啦！」

治療士被火焰吞沒，咒術師也很快就被打倒了。

「哈！真不起勁。這點程度，也用不著拔聖劍了呢。」

萊歐斯當場施展「意念通訊」。

「海涅、雷多利亞諾，我這邊結束了喔。」

「我也打倒了唷。」

「我也收拾好了。這樣就奪走對方的魔眼（眼睛）了吧？就這樣進攻魔王城嘍。」

萊歐斯離開水中都市，前往里貝斯特組的陣地。

「太奇怪了……」

梅諾看著「遠隔透視」喃喃說道。

「如果是因為魔力場淤塞導致魔力衰減的話，勇者學院應該也處於相同的情況。然而他們卻能施展『意念通訊』……要是彼此的魔力差距很大還可以理解，但方才施展的『意念通訊』帶有的魔力倒不如說比平時還要微弱……」

她沉思起來。

「里貝斯特組的魔力被封住了，所以他們應該是施展了某種魔法，但在勇者學院的學生們身上卻完全看不出這種跡象……如果不是直接施展在對手身上的魔法，再怎麼說範圍也太大了……」

梅諾抓著頭，露出苦澀的表情。

「唔，妳是想說勇者學院作弊，讓他們占有優勢嗎？」

「……是有嫌疑，但毫無證據……要是對方宣稱這只是他們很優秀的話，我們也無從反駁，而且也不是沒有這種可能性……」

說是這麼說，卻一臉無法接受的表情。

「要證據的話，有喔。」

「咦……？」

「他們是使用融入湖裡的聖水。那是不具形體的一種特殊魔法具。只要能發揮其力量，就能為人類帶來增強魔力的恩惠，對魔族則反而會是一種毒。」

這是為了封印魔族，由眾神賜給人類的神聖之水。就連在兩千年前都很少人懂得使用，不過看樣子是有把方法傳承下來呢。

聖水是應用性很高的魔法具，這種用法我也是第一次看到。他們創造出能巧妙隱匿聖水存在的方法了啊？

「簡單來說，就是他們用融入水中的聖水畫魔法陣。」

我一指出這點，梅諾就睜大魔眼凝視水中的情況。

「……完全看不出來……說到底，真的有辦法區分出融入水中的另一種水嗎……？」

很難吧。因為他們巧妙隱藏了魔力。

「就讓妳見識見識吧。」

我碰觸梅諾的魔眼，在上頭畫起魔法陣。我注入我的魔力，強化了她的魔眼。

「咦……？這是…………？」

「魔力看得很清楚吧？這就是我眼中的世界。」

正因為她的魔眼有一定的水準，所以才能強化到這種程度。否則，最慘將會導致失明。

「……難以置信…………魔力居然看得比物質還要清楚……」

梅諾看向顯示在「遠隔透視」上的水中情況。如果是現在的她，應該能清楚看出融入湖裡的聖水所畫的魔法陣吧。

「這是……結界系的……術式吧……？雖然不清楚具體的效果……」

「是發揮聖水的力量，提高結界內人類的魔力，同時封住魔族力量的魔法效果。聖明湖會湧出聖水，所以對勇者學院會無限量地供給魔力，但對魔族則是會無止盡地削減魔力。」

「……這算什麼……這怎麼說都不只是占有地利的程度了。是只有勇者學院才能使用的魔力源吧……」

梅諾氣得火冒三丈。雖然知道這裡會湧出聖水，但只要不發揮其力量，就不會有任何影響。沒想到他們居然會在學院對抗測驗的名目上使用。

他們不惜對今後的關係造成遺恨也想獲勝嗎？還是說，他們以為這點把戲不會被發現？

「要怎麼做？要是允許這種事，就根本無法比賽了。」

「謝謝，有這些證據就夠了。我這就去向對方抗議。」

梅諾橫眉怒目地朝迪耶哥走去。

§ 18 【學生的願望】

「里貝斯特大人，各部隊都沒有回應。」

魔王城這裡，里貝斯特的部下因為「意念通訊」不通而慌了手腳。

「請問我們該怎麼做？既然『意念通訊』不通，不是正在交戰，就是可能已經敗北了。我認為應該要放棄派出偵察部隊，由本隊直接進攻。」

「……總覺得不太對勁。我不認為他們會連施展『意念通訊』的空隙也沒有，就輕易敗給對方。最好還是認為外頭設了某種陷阱。要是輕舉妄動，會正中對方的下懷吧。」

既然看不出敵人的手牌，就應該繼續等待時機，里貝斯特看來是這樣判斷的。

「儘管令人氣憤，但我們就守城吧。」

只要待在魔王城裡就能獲得地形效果，也能受到魔王職階的里貝斯特支援。守城戰才是「魔王軍」的看家本領。

「先累積魔力，一待對方現身，就讓他們瞧瞧我們的厲害。」

「遵命！」

里貝斯特組一面不著痕跡地暗中準備大魔法，一面等待敵人的到來。

過了一會——

「哈！總算是找到了啊。那就趕快解決掉吧。」

魔王城東側，萊歐斯出現在可目視的距離內。

「萊歐斯還真是心急，不稍微玩一下會很無趣吧？」

西側是海涅。

「你們兩個可別大意了。還不知道對方會怎麼出招，請慎重行事。」

北側則是雷多利亞諾。

「發現敵影，北、東、西三個方向上，各有一名勇者！」

里貝斯特的部下喊道。

「沒有只強化一人，而是分配給三個人嗎？不過，情況依舊不變。各位，要上了！讓他們見識一下魔王學院的力量吧！」

「收到！『絕水殲滅砲（rio eiasu）』預備！」

「『絕水殲滅砲』預備！魔法陣展開！」

魔王城上浮現巨大魔法陣，化為十門砲塔。

「供給魔力開始！」

注入的魔力啟動魔法陣，讓光芒聚集到砲塔上。

「發射準備完畢！」

魔法分別瞄準萊歐斯、海涅與雷多利亞諾。

「上吧，『絕水殲滅砲』，發射！」

里貝斯特毅然喊道，然而就在此時——

湖水籠罩起皎潔的聖光。

以萊歐斯、海涅和雷多利亞諾為頂點，魔法線連成一個三角形，中央浮現一個巨大魔法陣，升起彷彿覆蓋住整座魔王城的光芒。

「……里、里貝斯特大人，魔力、魔力供給量突然減少，維持不住魔法陣！」

在魔王城上展開的「絕水殲滅砲」的魔法陣乍然消失。不僅如此，就連魔王城周圍的漩流也消失了。

「……使、使不出魔力！再這樣下去，魔王城會……！」

築城主大喊後，魔王城就攔腰折斷，被水流沖走。

「呃、呃啊啊啊啊啊啊啊……！」

外牆、地板與天花板眼看著逐漸瓦解，將城內的里貝斯特等人拋出城外。魔王城的崩坍使得湖水激盪起來。里貝斯特施展「飛行」魔法在水中飛行，勉強重新站穩腳步。他立刻發出「意念通訊」。

「大家冷靜下來，預防敵人的攻擊，我立刻就去救援！」

「哦？你辦得到嗎？」

海涅出現在里貝斯特背後。

「大哥哥是魔王職階，也就是將來會成為魔皇吧？」

「這怎麼了嗎？」

海涅呵呵笑起。

「請看那裡。看得出來嗎？」

里貝斯特朝海涅所指的方向看去。

有東西在一閃一閃地發光。魔王城崩坍的瓦礫在水中四散，朝著被拋出城外的學生們，聖炎從湖底不斷地發射出來。

「不、不行……反魔法也完全施展不……呃啊啊啊啊啊！」

「呀啊啊啊啊啊！」

水中迴蕩著淒厲的慘叫。勉強還在運作的「水中活動」魔法，將他們的聲音微弱地傳給里貝斯特。

「哈！真弱！一旦變成這樣，魔族還真是脆弱呢！」

萊歐斯連續施展「聖炎(saifua)」，一一焚燒著學生們。反魔法與恢復魔法都被結界封住的他們，只能束手無策地在水中倒下。

「啊哈哈哈哈哈，真是難堪啊。簡直笑死我了，這麼丟人現眼的傢伙，居然會是將來的魔皇。魔王學院到底在教什麼啊？怎麼對夥伴見死不救嗎？」

朝著愉快大笑的海涅，里貝斯特的眼神凶狠起來。儘管想從劍鞘中抽出魔劍，卻因魔力不足而沒辦法抽出。

「為什麼你們的魔力會變弱，要我告訴你嗎？」

海涅就像在嬉鬧似的說道：

「融入這片湖水裡的聖水會製造出特殊的魔力場。只要好好運用，就能作為魔力源使用，否則就會反過來干擾魔力的行使唷。不過就算跟你說，你也辦不到這麼困難的事吧。」

海涅特意用里貝斯特也能理解的方式，將聖水作為魔法具啟動。

「原來是這麼一回事啊……不過，這件事你應該隱瞞到最後的！」

里貝斯特正確分析了海湼的魔力流向，以完全相同的方式將聖水作為魔法具啟動。

然而，這是陷阱。

「……………啊……呃……」

里貝斯特的根源直接染上聖水之力。能給予人類增強魔力恩惠的聖水，對魔族卻是一種毒。這股神聖之力從內部撕裂著他的身體，全身上下溢出大量的鮮血。

「啊哈哈哈哈哈哈！抱歉、抱歉，魔王學院的學生果然辦不到這麼困難的事呢～」

海湼譏笑他，高舉右手。

「來吧，我的聖劍。大聖地劍傑雷。」

他的手掌上聚起光芒，在轉眼間化為實體。散發深綠光輝的聖劍握在海湼手中。

「喂，趕快盡全力施展反魔法吧。我雖然會手下留情，但要是正面接下這招，可是會死的唷！」

海湼當場揮下大聖地劍。驚人的魔力奔流與劍壓將湖水一分為二。或許是使魔的隼鳥遭到波及了吧，「遠隔透視」的影像就此中斷。

「……里貝斯特同學………！」

湖畔傳來梅諾彷彿悲鳴的叫喊。下一瞬間，她橫眉怒目地衝到迪耶哥面前。

「趕快把所有學生救起來！要是出了什麼事，勇者學院可脫不了責任！」

對於大發雷霆的梅諾，迪耶哥十分刻意地嘆了口氣。

「就算妳這麼說，但我們也沒料到魔王學院的學生會這麼弱啊。在我們學院的小組對抗測驗中，沒辦法自行歸來的學生，在這數百年內可是一個也沒有。當然，我們會立刻派人救援，但要將自己學生的無能怪罪到我們身上來，我們也很為難啊。」

梅諾氣得咬牙切齒。她有滿坑滿谷的話想說吧，不過她認為當務之急是要拯救學生，因而把這些話都吞了回去。

「有空說話還不趕快去救人！你還在這裡做什麼啊！」

「我剛剛已經派使魔去叫人了。只是事發突然，也不知道找不找得到人手來幫忙。還請稍待片刻。」

梅諾傻眼了。對抗測驗可是模擬戰爭，會有人受傷，也會發生事故。必須作好周全的準備以防萬一。但她大概沒料到對方居然完全沒有預防緊急狀況吧。

梅諾就像再也待不下去似的朝湖面衝去。

「別著急。」

我抓住她的肩膀，阻止她跳入湖中。

「在那個結界裡，魔族能做的事情很少。」

「就算是這樣，我也等不下去了！」

「連五秒也等不了？」

我話一說完，她就瞪圓了眼。接著，湖面濺起盛大水花。

倒下的學生們接連浮出水面，從湖裡飛上天空，然後一個接著一個地輕輕落在地上。

「這是阿諾斯同學做的……？」

「只要沒在交戰，要把人拉上來是易如反掌。」

用魔法從湖水裡拉上來的學生們，我讓他們全員躺在湖畔旁。

「……里貝斯特同學……！」

梅諾衝到傷勢最重的里貝斯特身旁，立刻畫起魔法陣，對他施展「抗魔治癒」的魔法。

然而，傷勢卻絲毫沒有恢復。

「……為什麼……？騙人的吧……」

梅諾繼續注入魔力，但里貝斯特的身體依舊血流不止。

「……為什麼……拜託，要生效啊……我求求你……！」

「梅諾老師，沒有用的。形成聖痕了。」

梅諾瞥了一眼作出沒同理心發言的迪耶哥。她繼續施展魔法，同時厲聲問道：

「這是什麼意思？」

「聖魔法所造成的重傷，會像那名學生一樣形成聖痕。這樣的話，恢復魔法就再也無效了。之後就只能賭在他的生命力上了吧。」

「給我治好他！」

「沒聽到我方才的說明嗎？恢復魔法是無效的。」

「這是勇者學院的責任吧！居然在對抗測驗中用上這麼危險的魔法，究竟是何居心？還有聖水的事，我剛才已經抗議過很多次了吧！」

「唉呀，這可不是危險的魔法喔。實際上，勇者學院的學生從未有形成聖痕的例子。這全是魔王學院的學生太弱的關係吧？至於聖水的事，就跟我方才說明的一樣，並沒有妳說的那種魔法具。在我方的認知裡，這裡是個會引發麻煩魔力場的環境，就只是你們的學生沒有能力適應這裡才會造成這種結果吧。」

「要我拿出這是魔法具的證據也行啊！」

「這我是無所謂，不過我方對此是一概不知情。如果我方是故意的話也就算了，妳這樣藉故發難，我方也很為難啊。唉，這是起不幸的事故吧。就讓我們當作是今後的教訓吧。」

還真虧他能把事情撇得這麼乾淨。

「而且我雖然不介意和妳爭論聖水的事，但當務之急應是想辦法醫治你們的學生吧？」

梅諾無言以對，迪耶哥就這樣離開了。

她依舊持續施展恢復魔法，但不論注入多少魔力都無法治好里貝斯特的傷勢。

「……阿諾斯同學……」

梅諾就像祈求般的望著我。

「妳何必這麼擔心？聖痕是治得好的。」

「真的嗎？」

我點頭回應，單膝跪在里貝斯特身旁，把手放在形成聖痕的部位，被大聖地劍傑雷刺穿的胸口附近上。就在這時，里貝斯特的手緩緩動起，用力抓住我的手臂。

「……對不起……老師……我無法回應妳的期待……」

聽到他這麼說，梅諾露出泫然欲泣的表情。

「嗯嗯，抱歉……里貝斯特同學，是老師不好，為了無聊的小事生氣，讓學生身陷險境……我沒資格當老師……」

「……才沒有……這回事……老師……是……最優秀的教師……我想要……證明……這一點……」

里貝斯特斷斷續續地說。

「這個……」

里貝斯特張開另一隻手，掌心上有勇者學院的校徽。

「這個怎麼了嗎……？」

「……是他們……用來……操縱聖水的……魔法具……只要沒有這個，他們的力量就會減半……」

原來如此。能隱匿聖水也是靠這個吧？

「你在被聖劍刺穿之前，沒有施展反魔法，而是把魔力全用在魔眼上了啊？」

是不惜讓自己毫無防備，也要看穿操控聖水的魔法具吧。這樣說不定會死，還真是令人敬佩的覺悟。

「……不適任者……」

里貝斯特呼喚著我。

「你是個討厭的男人……我最討厭你這種人了……」

「也是呢。」

他使勁握住我的手臂。

「……可是，我……今天……第一次覺得……要是我有……像你那樣的力量……就算不尊貴……我要是能像你一樣強的話……」

「別再說了，里貝斯特同學。這是勇者學院在作弊喔，居然準備聖水這種卑鄙的魔法具。我會向七魔皇老提出正式抗議的。」

里貝斯特咬緊牙關，搖了搖頭，流下淚水。

「……不好意思，就拜託你了……請……阿諾斯……請你……」

「你什麼也不必說，里貝斯特。」

要他把話全說出來也太殘酷了。我相當了解他的心情。

我也知道他絕對不想用抗議解決這件事。

「你很出色地盡到先遣隊伍的職責了。讓我得知有運用聖水的結界術式，還有操作聖水的魔法具存在。」

我在消去里貝斯特的聖痕後站起身。

「之後就交給我吧。我會堂堂正正地讓他們見識地獄的。」

§ 19 【阿諾斯組出陣】

我悠然邁步，朝勇者學院他們那邊走去。

帶著一意劍席格謝斯塔的雷伊走在我身邊，莎夏穿著「不死鳥法衣」走在我的另一邊。米夏默默地跟在她身旁。米莎帶著粉絲社的八人走了出來。她用眼神詢問我有沒有問題，於是我點頭同意。

這樣總共十三人，滿足參加學院對抗測驗的人數。

「海涅。」

他就像剛做完一件工作似的坐在湖畔的岩石上，臉上滿是天真無邪的笑容。

「嗨，大哥哥。那位學長還真弱，三年級生竟然是那種水準，看來魔族也沒什麼大不了的呢。」

海涅露出挑釁的笑容。

「是啊，如果是真正的勇者加隆，對付他根本不會用到聖水。」

方才笑得很開心的海涅，稍微變了臉色。

「你想說什麼？」

「不論怎麼說，你都只是個假貨。勇者是指兼具力量與勇氣之人。你一點也不像在大戰當時，就連魔族都會憐憫，總是作為一個人不停煩惱的那個男人。」

「哦？你說我不是勇者？聽你說得好像很懂一樣。」

海涅唾棄似的說道。

「大哥哥你又明白人類什麼了？你是轉生者吧？或許你曾經見過勇者，但我們可是一直都能聽到他現在的聲音喔。」

唔，他說了很有意思的話。等教訓完之後，再讓他仔細說清楚吧。

「所以？這次是輪到大哥哥陪我們玩嗎？」

「好啊，要玩是可以，但也許會稍微連你們那無聊的自尊心一起毀掉。」

海涅背後的雷多利亞諾用食指推了推眼鏡，萊歐斯站起身喀喀地折著手指。傑魯凱加隆全員都露出想打的表情。

「抱歉在氣氛正熱的時候打擾各位，但你們的對手不是傑魯凱加隆。」

迪耶哥邊說邊走過來。

「說到底，如果現在就比的話，傑魯凱加隆就是連續出戰了。或許你們認為趁我們疲憊時就能打贏，但這樣未免也太卑鄙了吧？啊啊，還是說，你們在魔王學院就是接受這種教育的嗎？」

迪耶哥嘲弄地說道。

「很抱歉，這裡是勇者學院。這次的學院交流，還請各位避免耍這種小手段。」

看來最得意忘形的人是這傢伙啊。

「所以與傑魯凱加隆的學院對抗測驗就改日再進行——雖然我想這麼說，但我也不是不明白各位想一雪前恥的心情。如果各位願意先跟我們的三年級生交戰，這樣條件就公平了，各位意下如何？」

原來如此。是想摸清楚我們的底細，同時讓傑魯凱加隆休息吧？

先跟勇者學院的三年級生交戰的話，就變成是我方連續出戰了。是打算以時間不足為由，在交戰後不讓我們休息就立刻開始測驗嗎？玩這種無聊的小手段。

「無妨。既然如此，就派你們那邊的雜兵過來吧。」

迪耶哥咧嘴一笑，一副正中下懷的嘴臉。

恐怕聖水結界，就算不是轉生者也能使用吧。或許是打算盡可能削弱我們的力量，再讓傑魯凱加隆給予最後一擊吧。

「那就立刻開始吧。各位要選擇哪一邊陣地呢？」

「水中都市就讓給你們。」

我們轉身前往湖畔。

「對了，先跟你們說，我不會用『水中活動』的魔法。」

雷伊帶著爽朗笑容說道。

「……那你打算怎麼辦？這完全是水中戰耶？」

莎夏驚訝問道。以雷伊的實力來看，這確實相當意外。

「放心，我憋氣可以憋很長。」

「啥？」

「還有人不會嗎？」

米夏微微抬手，催促其他人坦白，然後粉絲社八人就一臉尷尬地舉手。

「……就算是來湊數的，但放著不管就會溺死也有點那個呢……能不能讓她們浮在湖面上啊？」

「我來輔助？」

只要由米夏施展「水中活動」，粉絲社八人也能勉強在水中活動了吧。

「可是，這樣對米夏的負擔太大了。」

「不用想這麼多也沒問題的。」

我施展「水中活動」潛入湖中，用「飛行」在水中飛行，前往作為陣地的洞窟附近。

「等等，這麼隨便行嗎？」

莎夏等人立刻追上。遠方傳來好幾道躍入湖中的聲響。那是勇者學院的學生們。水中都市就在潛入湖裡不遠的位置。他們會占據那裡，迅速地構築結界吧。

我們一抵達陣地，就聽到迪耶哥以「意念通訊」發出的聲音。

『兩軍準備好了嗎？現在開始魔王學院一年級生對勇者學院三年級生的學院對抗測驗。但願各位不辱先祖的名譽與榮耀，堂堂正正地戰鬥吧。』

迪耶哥喊出測驗開始的口號。

「首先要設法處理對方的聖水結界才行。只要那個還在，魔族的力量就會減半。」

「搶走勇者學院的校徽？」

米夏與莎夏看著我。

「聖水結界之所以會成立，是因為他們能用校徽魔法具的力量控制湖水流向，自由移動湧出的聖水，藉此讓魔法術式得以成立。那麼，只要讓水流停止就好。」

「可是，要怎麼做啊？」

米莎問道。

「很簡單。」

我把手舉在眼前，畫出一門魔法陣，並在轉眼間擴大，冒出激烈的魔力粒子。

「…………咦…………？」

應該看我施展過魔法很多次的莎夏驚疑叫道：

「等、等等……你給我等一下……這、這是什麼非比尋常的魔力！這就連自習時都不曾看過……？」

「莎夏，妳在歷史課曾學過吧？兩千年前，暴虐魔王將迪魯海德全境燒毀的魔法名。」

莎夏驚訝地喃喃說道：

「你該不會，至今都沒認真過……？」

「當然。要是不控制威力，國家就會毀滅。不過，既然這裡有能抑制魔族力量的結界，威力就剛剛好吧。」

漆黑太陽從魔法陣的砲塔出現。只不過，就算有結界也還是不行使出全力吧。

「要上嘍，人類們。就好好見識一下魔王之力吧。」

漆黑太陽散發的黑光轉眼間就覆蓋住湖底。所有的湖水與聖水，都被我發出的「獄炎殲滅砲」給瞬間蒸發。在宛如黑夜來臨的黑暗之中，神聖湖泊被漆黑太陽持續焚燒。

「唔。雷伊，你沒必要憋氣了。」

不久後，光芒照進黑暗之中，讓湖底倏然放晴。聖明湖的湖水澈底乾枯，勇者學院的學生們倒在過去曾是水中都市的位置上。

「只要水乾了，就算想操縱水流也辦不到。就算會湧出聖水，也沒辦法用聖水畫起結界魔法陣。」

我將魔眼朝向湖畔，只見呆站在那裡的迪耶哥渾身發抖。

「……怎麼…………可能…………」

在驚愕與恐懼之下慘白的臉孔，結結巴巴地喃喃說道：

「聖明湖的湖水……眾神賜給……人類的神聖之水，居然乾枯了…………就只用……一發魔法…………」

他驚愕地看著乾枯的聖明湖。趴在湖底的三年級生們沒有一個站得起來，不可能繼續戰鬥了。我朝那邊發出魔力，讓倒下的他們浮起，送回到湖畔上。

「唔，開路用的一發就分出勝負了啊？三年級生竟然是那種水準，看來勇者也沒什麼大不了的呢。」

我朝傑魯凱加隆他們發出這段「意念通訊」。湖畔旁的萊歐斯、海涅與雷多利亞諾露出凝重的表情。

「……這是怎麼回事……？一發魔法就將結界連同湖水一起全部蒸發掉了嗎……那傢伙……是貨真價實的怪物啊……他還不是魔王，只是轉生者就有這種程度耶……」

「……看來跟對方的三年級生有著顯著的差距……我們的祖先居然是在對付這種程度的

對手……還真虧人類能活到現在……」

「不過啊，愈是強悍的對手，讓他屈服時的心情也愈是爽快吧。只要封進結界裡，就總會有辦法對付不是嗎？」

三人傳來這種對話。

「還在那邊囉哩囉嗦講什麼廢話？接著就輪到你們了。趕快給我下來。」

§20 【一千零八十八的結界】

雷多利亞諾他們朝著乾枯的湖水走去。

「喂……你們……」

驚神未定的迪耶哥勉強擠出話語。

「放心吧，迪耶哥老師。我們會用那個的。」

雷多利亞諾說道。

「等等，我不許你們擅作主張。」

「都給人看扁成這樣了，誰忍得下這口氣啊。」

萊歐斯喀喀地折著手指。

「老師就在一旁看好吧。我們會把那傢伙打得落花流水的。」

海涅躍下湖底後，雷多利亞諾與萊歐斯也尾隨而上。深紅色制服的傑魯凱加隆全員在湖底著地。

「等等，我可還沒允許喔。你們以為可以擅自開始學院對抗測驗嗎！」

「那麼，現在開始勇者學院精英班『傑魯凱加隆』對魔王學院一年級阿諾斯組的學院對抗測驗。」

代替迪耶哥，梅諾以「意念通訊」發出開始的口號。

「但願各位不辱先祖的名譽與榮耀，堂堂正正地戰鬥吧。」

「梅諾老師，請不要擅作主張。」

「哎呀？方才是你親口說跟三年級生打完後要與傑魯凱加隆進行對抗測驗的吧？還是因為怕輸，所以不想打了呢？」

「才不是這麼回事。既然聖明湖的結界已經消失，那麼進行對抗測驗就有可能波及到蓋拉帝提。」

迪耶哥的話才說到一半，我就展開足以蓋住乾枯湖泊的大規模反魔法與魔法屏障。

「我弄得比剛才還安全了喔。」

我向他發出這道「意念通訊」。

「我想一面展開反魔法一面戰鬥，對我方的學生比較不利，不過我們都作了這麼大的讓步了，你還想逃避嗎？」

迪耶哥憤恨地瞪著梅諾。

「隨妳高興吧。」

迪耶哥狠狠丟下這句話後，隨即向傑魯凱加隆發出「意念通訊」。

『喂，雷多利亞諾，你知道目的吧？既然要打就得不擇手段。絕對要贏。讓他們再也沒辦法狗眼看人低。知道了吧！』

『遵命。』

雷多利亞諾冷靜地答覆後，「意念通訊」就被切斷了。

「好啦。」

我再度展開一門魔法陣。已經發出測驗開始的口號了。

「我說啊，就叫你要留一份給我了吧？」

莎夏在一旁抱怨。

「這句話希望妳能跟那些傢伙說。」

我發出跟方才相同規模的「獄炎殲滅砲」。巨大的漆黑太陽發射出去，就像要將水中都市焚燒殆盡地傾注而下。

「『四屬結界封』。」

突然間，水中都市的東西南北處出現四個巨大魔法陣，分別是以水、火、土、風形成的。

四個魔法陣化為反魔法，在互輔相乘之下增強各個魔法陣的效果。

「獄炎殲滅砲」在那面護壁之前威力衰減，被阻擋了下來。漆黑太陽與神聖結界互相衝突，僵持不下地劈啪作響，所造成的餘波還颳起強烈暴風。

瞬間，一道人影跳出，劍光一閃。漆黑太陽被斬成兩段，在閃光的照耀下，倏地消失殆盡。斬斷「獄炎殲滅砲」的人影著地。

在遠方，我用魔眼捕捉到的是一名少女。一頭紫髮束在身後，手持耀眼的光之聖劍。

「唔，雖說已用結界降低『獄炎殲滅砲』的威力，但居然能這麼輕易地斬斷。」

這麼說來，我還沒見過勇者學院的排行第一位。照常理來看，應該也在傑魯凱加隆裡吧，會是那名少女嗎？

「看來也有相當值得交手的人在呢。」

「所以，該怎麼辦？發射威力更強的『獄炎殲滅砲』？」

莎夏直瞪著我。

「是可以這麼做，但要是再提高威力，就沒辦法控制力道。要是連同根源一起炸毀，事情可就嚴重了。」

因為這不是戰爭，不能在學院對抗測驗中做到這種地步。

「要衝過去嘍。」

我漫步向前，朝水中都市走去。

「不建魔王城嗎？」

米夏說道。

「就我看來，水中都市張設的結界範圍有限，所以力量相對強大。原理是藉由多重展開四種不同屬性的結界，藉此提高封魔之力的吧。既然我會施放『獄炎殲滅砲』，那麼他們應

該無法輕易離開那裡才對。」

就算建起魔王城嚴陣以待，也只會陷入膠著狀態沒完沒了吧。

「不過，在裡頭戰鬥會對我們不利吧？大概會落得和里貝斯特組一樣的下場。」

「只要讓術者喪失戰力，結界就會消失了吧。」

雷伊帶著爽朗的笑容說道：

「我想宣稱是加隆轉生者的他們，大概就是術者了。」

「可是，術者應該在都市裡頭，所以不論如何我們都得在那個結界內側戰鬥吧？」

米莎一臉認真地說道，粉絲社的少女們也紛紛點頭。

「在水中都市的中心建魔王城？」

米夏這樣提議。

「用魔王城的地形效果抵銷水中都市的結界效果。」

只要建起效果涵蓋整座水中都市的魔王城，儘管也要看術者的能耐，但應該可以抵銷結界的效果吧。根據魔力，還能製造出對我方有利的狀況。

「可是，建造這種專門強化地形效果的魔王城需要相當的時間吧？而且要在結界裡頭施展魔法。」

米夏點了點頭。

「三分鐘建好。」

「那就這麼做吧。在這三分鐘內，米夏與魔王城由我保護。其他人在結界外側待命。待魔王城建好，莎夏與雷伊就進到都市裡，打倒張設結界的術者。米莎等人就負責收拾剩下的雜兵吧。」

「了解。」

「我知道了。」

雷伊與莎夏答覆。

「啊，不能讓阿諾斯大人丟臉，必須抓準時機才行……」

粉絲社的愛蓮一臉凝重地握拳。

「沒問題的啦～不需要這麼緊張，魔王城建好後一眼就能看出來的。」

正當米莎這樣安撫時——

「不是在說這個，我是在說唱啦啦隊歌的時機。」

「……啊、啊哈哈……我想還是別唱比較好耶……」

唔，姑且不論雷伊他們，還以為事發突然，粉絲社她們會心生畏怯，想不到還是老樣子。她們的膽子還挺大的。

「有機會的話，就儘管唱。妳們就用自己的方式讓敵人喪失戰意吧。」

「……是、是的！」

愛蓮她們像是立刻鼓起了幹勁，點頭回應。

「那麼，我就先走一步了。」

我把手伸向米夏，她用指尖碰觸我。我將魔眼望向遠方，讓作為目的地的水中都市中央落在視野中。

我施展「轉移」讓我們轉移過去。風景瞬間染成純白一片，然後來到一座廣場。

有這麼大的空間，要建造魔王城應該就夠了吧。雖然感覺到結界的影響，但不會造成特別的影響。

「『創造建築』。」

米夏有如祈禱般的握住左手。她無名指上的「蓮葉冰戒指」才剛冒出許多冰結晶，這些冰結晶隨即構築起魔法陣，開始閃閃發光。

「冰城與冰之街道。」

冰結晶在廣場上擴散開來。凍結的地面像是朝天空伸展般，形成一座冰魔王城；不過尚未建造完成。而且「創造建築」的魔法也沒有停止，冰結晶的數量不斷增加，覆蓋起水中都市的地面。

「哦？能在『四屬結界封』的影響下施展這麼大規模的魔法啊？」

海涅以狂妄的語調出現在廣場上。

「只不過，看來還沒完成呢。」

雷多利亞諾跟著現身。

「你以為我們會讓你在陣地上輕易蓋起這種玩意嗎？」

一臉從容的萊歐斯出現了。

「…………」

而最後出現的是方才的少女，持著光之聖劍默默站在我面前。

「雖說是依靠什麼『四屬結界封』的力量，但居然能完全消滅掉我的『獄炎殲滅砲』，還真是了不起。報上名來。」

儘管我這麼問，少女依舊不發一語。

「抱歉，她不會說話，所以就由我代答吧。她是勇者學院排行第一位，精英班『傑魯凱加隆』所屬，勇者加隆的第四根源轉生者，聖風的再臨騎士潔西雅・加隆・伊捷伊西卡。」

排行第一位。這傢伙就是第四個轉生者啊？也就是艾蓮歐諾露所說的四人，並沒有包含教師在內。

只不過，唔，以我來說還真難得。居然窺看不了這傢伙根源的深淵。

「拿著相當不錯的聖劍呢。叫什麼名字？」

「是光之聖劍焉哈雷。在這把拒絕一切魔性，將其化為虛無的聖劍面前，那座建到中途的魔王城，或許將會被一刀兩斷吧。」

雖然想確認她是不是我所知道的加隆，但看來得先設法對付那把聖劍的樣子。劍上的光芒遮蔽了魔眼。

「喂，雷多利亞諾，別再跟他聊下去了。」

海涅舉起手，在手上浮現一個魔法陣。

「在魔王城建好之前，趕快收拾掉吧。」

雷多利亞諾、萊歐斯與潔西雅也展開同樣的魔法陣。

「『四屬結界鎖』。」

從四個方向發射出地水火風的魔法陣，朝建到中途的魔王城飛去。

「唔，不是要收拾我啊？」

我展開反魔法，擋下「四屬結界鎖」。就在這個瞬間，魔法陣碎裂，我的雙手雙腳被綁上魔法鎖鏈。分別是地、水、火、風屬性的鎖鍊。

「喔，看來『四屬結界封』也具備聖咒魔法的效果呢。」

這是勇者們使用的神聖詛咒。「四屬結界封」的內部，會經由這道詛咒引發對我方不利的現象。比方說，在我用反魔法阻擋魔法時發動詛咒，像這樣用魔法鎖鍊將我綁住。

「你也只能逞強到這裡了，大哥哥。被綁上『四屬結界鎖』，大哥哥你的力量與魔力都會降到十分之一以下呢。」

海涅邊說邊把手高舉過頭。

「來吧，我的聖劍。大聖地劍傑雷。」

光芒聚集在手掌上，現出一把散發深綠光輝的聖劍。

「呵呵呵，還是趕快求饒會比較好吧？像是請饒了我吧。」

「唔，你要求饒啊？好，只要你低頭認錯，我就饒過你吧。」

我儘管四肢被綁上「四屬結界鎖」，也依舊睥睨著海涅。

「我說啊。」

海涅不高興地沉下臉。

「我很討厭這種玩笑啊！」

他蹬地衝出，在轉眼間逼近。然後，他將大聖地劍傑雷高舉過頭，狠狠地朝我劈下。

神聖的魔法斬擊直擊我，炸開的光粒朝著四周擴散開來。

「呵呵呵，啊哈哈哈。怎麼樣？無法發揮實力就被幹掉的感覺？不過，你已經聽不到我說話了吧。」

我利用聖劍的斬擊砍斷了魔法鎖鍊。

「真是不錯的劍。哪怕是封魔的『四屬結界鎖』，只要是聖劍就能輕易斬斷。」

「…………！」

覆蓋住周邊的光粒完全散去，我毫髮無傷的模樣，讓他們看得目瞪口呆。

「既然難得抓到敵人，也稍微考慮一下攻擊手段。」

「……煩死了！既然如此，那就砍到中為止！雷多利亞諾、萊歐斯、潔西雅！」

「我知道了啦。」

四人再次展開地水火風的魔法陣，朝魔王城發射。

「好啦，快用反魔法擋下啊。不能讓魔王城被毀掉吧？」

「唔，也是呢。」

我展開反魔法，擋下他們的魔法陣。

「好啦，這次就如你所願，用更強的魔法斬擊——什麼……！」

海涅啞口無言。我的四肢並沒有綁上鎖鍊。因為會在我用反魔法防禦時發動的「四屬結界鎖」沒有發動。

「……怎麼會…………」

「你以為同樣的攻擊會對我再次奏效嗎？」

我踏出一步，海涅就像嚇破膽似的退開。

「怎麼會……我們的魔法……為了打倒魔族，每天苦心鍛鍊的魔法，居然這麼簡單就被破解了——」

海涅裝模作樣地癱跪在地上，用拳頭敲著地面。

「——哈哈，你以為我會這麼說嗎？」

唔，要是被人看穿的話，就沒有比這還要丟臉的行為了。他抬頭露出嘲笑的表情，在大地上展開魔法陣，而其餘三人也同樣在大地上畫起魔法陣。

「『四屬結界牢(de jjienkusu)』。」

大地震動，土堆隆起，將我的周圍整個包覆起來。

「就算是我們，也不認為相同的魔法會一直有效喔。同樣的攻擊不會再次奏效，還真是了不起的魔眼與分析能力，不過就告訴你我們傑魯凱加隆擁有的結界魔法數量吧。」

大地監牢將我完全關住。

「是一千零八十八個。」

「哈哈哈！還有一千零八十七次，就算是你也撐不下去吧。」

萊歐斯得意洋洋地說道。在這個瞬間，大地監牢衝出漆黑雷電。

「……什麼…………？」

一陣劈啪巨響，漆黑雷電以監牢為中心擴散開來。

「大家，快避——」

雷多利亞諾吶喊的瞬間，四人就被漆黑雷電纏上，將身上的反魔法撕裂開來。而且雷電的範圍還在繼續擴散，有如暴風般的席捲大地。

「……這種……威力，在『四屬結界封』的影響下……還能施展如此大的魔法……！」

「不、不行了……該死，明明就施展了多重結界魔法……卻壓制不住……這算什麼……這算什麼啊……這強大到誇張的魔力……！」

「呃、啊、啊、啊、啊、啊、啊啊啊啊啊啊啊！」

遭起源魔法「魔黑雷帝」淹沒，海涅、雷多利亞諾、萊歐斯與潔西雅四人被轟飛出去。

「你們好像誤會了一件事——」

大地監牢在漆黑雷電的肆虐之下，風化得無影無蹤。

「雖然我說同樣的攻擊不會再次奏效，但可沒說初次見到的攻擊就絕對有效喔。」

§ 21 【兩把聖劍】

遭到「魔黑雷帝」直擊的萊歐斯他們飛離廣場，直到撞上遠方的建築物後才總算是停了下來。他們渾身焦黑地趴伏在地上，別說是繼續戰鬥，就連起身都有困難的樣子。

不過下一瞬間，他們身上籠罩起耀眼光芒。那是恢復魔法。

「唔，還以為是這四人在維持『四屬結界封』，但看來不是呢。」

「四屬結界封」能削弱魔族的力量，提高人類的力量。恢復魔法是其中一個效果吧。只要待在這個結界裡，他們除非死亡，不然無論幾次都能瞬間治好傷勢。

要維持結界魔法，必須持續不斷地對術式注入魔力。如果「四屬結界封」是由那四人施展的話，方才「魔黑雷帝」的一擊應該就能解除結界。

「構築結界的是其他學生？」

米夏向我問道。

「看來是這樣。」

「我找找看。」

在她面前，冰魔王城已建造完畢。地面上描繪出無數的冰結晶，有如道路般的在水中都市內擴展開來。從冰道上冒出冰的樹木、花卉與建築物，形成一座城下城鎮。

米夏用指尖碰觸魔王城，用魔眼凝視。「創造建築」建造的冰城與冰之街道等同結界，米夏的魔眼能夠遍及全區。她是打算找出展開「四屬結界封」的術者，讓對方喪失戰力吧。

「找不到。」

喔，居然能逃過米夏的魔眼，是個相當優秀的術者。

「不過，知道了。」

她淡然說道。

「傑魯凱加隆的學生之中，有一個在我們面前躲藏起來了。」

唔，該說真不愧是米夏嗎，她把傑魯凱加隆的學生人數與長相通通記住了吧。也就是說，毫無疑問可以認為是躲藏起來的那個人在施展「四屬結界封」。

「是誰？」

「艾蓮歐諾露。」

原來是她啊？也對，畢竟是能直接看到根源的人嘛。就算能獨自施展要同時展開四種屬性魔法的「四屬結界封」，也沒什麼好不可思議的吧。

「交給我。」

「小心，她相當棘手。」

儘管排行似乎在雷多利亞諾他們下面，但不一定就連實力也排在下面。畢竟就連我都會被判定為不適任者了。

「我會加油。」

米夏舉起左手的戒指，朝冰城街區注入魔力。也就是「四屬結界封」與魔王城分別在看不到彼此的場所，比拚著魔法結界的高下。這還挺值得一看的呢。

「……嘖……真是夠了……未免也太像怪物了吧……要是沒有『四屬結界封』，說不定會死耶。」

在遠離廣場的位置，方才還是焦炭的萊歐斯若無其事地站起來。

「……真是討厭耶。明明是魔族，結界魔法卻沒有效果，那傢伙也太狡猾了吧……？」

同樣被轟到遠方的海涅爬起來。

「不過啊……不論再怎麼強，我們可是被幹掉再多次都無所謂。就一直奉陪到他沒力為止吧。」

「很遺憾。」

金髮少女從天而降，擋在萊歐斯面前。米夏的魔王城已建造完畢，目前針對魔族的「四屬結界封」效果幾乎遭到抵消。

「像你這種無名小卒，不需要勞煩阿諾斯動手。」

莎夏捻起裙擺，優雅地行禮。

「我是涅庫羅家的親族，七魔皇老之一艾維斯・涅庫羅的直系親屬，破滅魔女莎夏・涅庫羅。請好好記住。接下來，我將會把你打落絕望的深淵。」

萊歐斯露出好戰的笑容，迅速舉起拳頭。

「哈！正合我意。喂，海涅，混沌世代之一現身了。我稍微陪她玩玩，你先跟雷多利亞諾會合。」

萊歐斯發出「意念通訊」。

「要玩是沒關係，但你要趕快收拾掉過來喔。不然，我們就自己打倒那傢伙了。」

「你們辦不到吧？」

海涅的眼神凶惡起來。直到方才，他眼前都毫無人影，也沒有施展魔法的跡象。然而現

在卻宛如瞬間移動似的，站著一名白髮的魔族。

「你們是打不贏他的喔。不只是你們。誰也沒辦法打贏他。」

雷伊帶著一臉爽朗的笑容擋在他面前，輕輕揮舞手上的一意劍席格謝斯塔。

「哦？你是黑制服加上七芒星啊，大哥哥。」

海涅愉快地揚起嘴角。

「我知道你唷，混沌世代之一。你是鍊魔劍聖雷伊・格蘭茲多利吧？聽說你非常擅長使劍呢。」

「儘管言過其實了，卻還是比你強呢。」

就像被激怒似的，海涅的笑容僵住了。

「既然如此。」

從雷伊的攻擊範圍外，海涅將大聖地劍高高舉起。深綠色的劍身上凝聚起神聖魔力。

「就試著擋下這把傑雷吧！」

海涅使勁地揮下聖劍。在這瞬間，雷伊的手邊閃了一下。

「…………呃……什麼……！」

海涅握著傑雷的右手被砍斷，在空中飛舞著。別說是雷伊逼近的身影，他大概連手被砍斷的瞬間都掌握不到吧。

「只有這種本事，劍會哭的唷。難得是把好劍呢。」

「……你這傢伙……不過就只是個部下，真讓人火大……！」

海涅就像要拉開距離地向後跳離。在「四屬結界封」的效果下，他的右手立刻再生。他維持一臉瞧不起雷伊的表情，在腳邊畫起三道魔法陣。

「鍊魔劍聖，我知道你的弱點唷。你不擅長魔法吧？而且你的職階，看來應該是魔劍士吧？讓身體能力獲得提升，或許能動得比我快，但相對地，也會更加無法施展你不擅長的魔法吧？」

「沒錯。」

雷伊帶著爽朗笑容說道。

「你笑什麼啊？真讓人火大。你是笨蛋嗎？搞不清楚狀況嗎？意思是說，你沒辦法擋下我們的結界魔法啊！」

海涅的腳邊湧出水來。是聖水。他從聖水之中吸取魔力。

「『地震結界(agorasu)』！」

在轟隆與鏗鏗鏗鏗的聲響下，海涅半徑約三十公尺的範圍內，地面不自然地震動著。這是以地震束縛魔族的雙腳，奪取其力量的結界魔法。

「瞧，大哥哥，你沒辦法動了吧？就算劍術的本領再好，也不過如此呢。」

在激烈的地震中，海涅悠然走著，撿起掉在地上的大聖地劍傑雷。

「再讓你見識一樣好東西吧。」

這麼說完後，海涅舉起左手，並在手上聚集起聖光，讓魔力劍逐漸化為實體。

「來吧，我的另一把聖劍。大聖土劍傑雷歐。」

海涅右手握著大聖地劍傑雷，左手握著大聖土劍傑雷歐。

「我就告訴你吧。用傑雷歐造成的傷痕，只要被傑雷砍中，那道傷痕就會形成聖痕。這樣一來，恢復魔法就再也無法奏效了。被我砍中的人，全～～都哭喊著要我救他呢。呀哈哈哈哈哈！」

他發出扭曲的笑聲。

「可是啊，就算這樣求我，我也治不好啊。畢竟，我才不知道什麼治療聖痕的方法呢。」

海涅漫不經心地走到雷伊身旁，舉起雙劍。

「好啦，試著說說看啊。說我是最擅長使用這把聖劍的人。要不然，大哥哥可是會很慘的唷？」

他用瞧不起人的眼神盯著雷伊。

「你是海涅同學吧？」

「是又怎麼了？」

「你的劍，果然在哭唷。」

一意劍席格謝斯塔劍光一閃。海涅的左手被砍飛，傑雷歐插在地面上。

「……啊啊……痛……這傢伙……為……什麼……！」

海涅驚訝地跳開。伴隨著恢復魔法的光芒，他的左手立刻再生。

「……為什麼啊……！」

在激烈的地震中，雷伊踏出一步。他一臉若無其事的樣子問道：

「怎麼了嗎？」

「為什麼你能在『地震結界』裡行動啊！身上明明沒什麼像樣的反魔法……！」

「我認為你能在『地震結界』裡自由行動，是因為身上帶有神聖的魔力，所以我也用起神聖魔力了。」

海涅的表情扭曲了。

「這把魔劍——一意劍能隨心所欲地產生變化。所以我就試著在心裡想著要發出神聖魔力。能這麼順利真是太好了。」

一意劍溢出聖光，包覆雷伊全身。「地震結界」會束縛住魔族的身體與魔力，但不會對同種的魔力造成影響。地震在影響雷伊的身體之前，就被一意劍給擋下來了。

神聖魔力——由於神族與人類取了這個名字，所以基於方便才這樣稱呼，但到頭來就只是兩種波長不同且互相有害的魔力。就算是魔劍，就算是魔族，也不能一概說無法使用。

「……啊，這樣啊？哼——不過啊！靠這種假聖劍，是贏不了我的唷？」

「那我就用真的吧。」

雷伊拿起插在地上的大聖土劍傑雷歐。在這瞬間，海涅笑了起來。

「啊哈哈哈哈！大哥哥，你在搞什麼啊？我是不介意啦，但魔族要是使用聖劍，身體可是會被侵蝕，落得很慘的下場喔？你沒看到方才那個三年級生想要使用聖水的下場嗎？聖劍的話，可不會只有那種程——」

海涅的左手再次被雷伊手中的大聖土劍傑雷歐砍斷。

「呃啊啊啊、啊、啊啊啊啊……！」

他發出慘叫，按著被斬斷的手臂向後退。

「……為什麼…………？為什麼啊？這怎麼可能！」

雷伊追上後退的海涅。

「回來，我的聖劍，回到真正的持有者身邊！」

海涅伸出再生的手臂喊道。然而，大聖土劍卻毫無反應。看到這種情況，讓他的表情愈來愈焦躁。

「……為、為什麼……！」

「這把聖劍好像很喜歡我呢。」

「為什麼不回來！傑雷歐！喂，你有聽到嗎？」

縱使海涅拚命叫喊，傑雷歐也沒有回應他。因為誰才適合擔任持有者，是由聖劍自己決定的。

「騙人……騙人騙人騙人……這肯定是騙人的！那……那可是聖劍喔……？而且還不是一般的聖劍……大聖土劍是除了我以外，就連傑魯凱加隆之中也沒有其他勇者能用的聖劍耶……！那可不是魔族能用的東西啊！」

海涅揮下傑雷。即使魔力的劍擊襲來，雷伊也滿不在乎地用傑雷歐斬斷。

「……什麼…………！」

「看來你好像不太懂呢。那就讓我來教你聖劍的用法吧。」

雷伊將大聖土劍傑雷歐刺在地面上。

「……呼！」

刺在地面上的傑雷歐被他向前揮出。瞬間，廣大範圍的大地就像是被剜起似的浮起，讓海涅連同地面一起翻倒，整個人在空中飛舞。

「……嗚、哇啊啊…………！」

飛起的砂土、石塊和樹木彷彿擁有意識地襲向海涅，貫穿他的反魔法與魔法屏障，刨削他的身軀，將他手上的另一把聖劍傑雷打掉。

「這種……傑雷歐居然有這種力量……我怎麼不知道——」

海涅驚愕地瞠圓了眼。雷伊將一意劍收鞘，改拿起掉在地上的大聖地劍傑雷。

「傑雷歐造成的傷口只要用傑雷砍中，就會形成讓恢復魔法無效的聖痕對吧？」

「你說……什麼？你是辦不到的……你是辦不到這種事的。你以為我是修行了幾年，才有辦法同時操控兩把聖劍的！區區的魔族是不可能辦到——！」

兩把劍在喘息之間同時發出劍光。

「呃啊啊啊啊啊啊啊啊啊啊啊！」

海涅被砍斷的雙手上形成了聖痕。

「……該、該死……該死啊啊啊啊……！」

海涅在聖痕的部分展開魔法陣，打算連同聖痕一起把手臂砍斷。然而，聖痕不只出現在傷口上，還轉眼間不斷擴大範圍。

「……為什麼！這太奇怪了吧！傑雷歐與傑雷才沒有這種力量……！你對我的聖劍做了什麼！」

「這把聖劍本來就有這麼強大的力量，只是你發揮不出來而已。」

「閉、閉嘴！該死……不該是這樣的……我是不可能會輸的……我是不可能會輸給魔族的啊啊啊！」

海涅用上全部魔力施展「地震結界」。他應該是判斷將一意劍收鞘的雷伊會受到影響才這麼做的吧。

只不過，他將兩把聖劍刺在地面上的瞬間，就輕而易舉地制止了「地震結界」。

「這才是正確的使用方式唷。」

噗滋一聲，海涅的身體遭到四十四把劍刃刺穿。

「唔……呃啊啊啊……呀啊啊啊啊啊啊啊啊啊啊！」

尖銳的慘叫聲響徹四周。刺在地面上的傑雷與傑雷歐，在地面下將劍身增值為四十四把，然後像是伸長似的再度從地面上刺穿出來。被刺中的傷口全都化為聖痕。

既然恢復魔法無效，那麼這些傷勢就算是在「四屬結界封」的影響下也無法恢復。

「……啊啊啊……救、救我……好痛……啊啊啊，好痛好痛啊！啊啊啊……恢復不了……為什麼……我會遇到這種事……啊啊啊啊，呃啊啊啊啊……！」

像是難忍劇痛，海涅不停地哀號。

「喂、喂！你這傢伙！我、我投降了！趕快把我治好！這只不過是對抗測驗，你以為可以這麼做嗎？」

對於出言不遜的海涅，雷伊始終帶著平靜的笑容。

「很遺憾，我不擅長魔法呢。既然你都投降了，我也不會妨礙你，你就自己治好不就好了嗎？」

「……笨蛋……我治不好啊……！啊……啊啊啊啊，好痛……痛死了啦啊啊啊……救我……救我啊啊啊啊啊……！」

「有這麼痛嗎？你這傷勢看起來也沒很嚴重，這世上還有更像地獄的痛苦吧？」

「……哪裡會有這麼痛苦的事啊……！」

雷伊吟吟笑起。

「天知道，我就只是莫名這麼覺得罷了。」

他轉身離開。海涅朝著他離去的背影叫道：

「喂、喂！等等……你要去哪裡！救我啊！救我，快救救我啊啊啊啊！」

海涅的哀號在水中都市裡響徹天際。

§ 22 【炎之支配者】

遠離廣場的水中都市道路上，莎夏與萊歐斯對峙著。

「破滅魔女啊？根據傳言，妳擁有能破壞一切的魔眼吧？」

雙拳上纏繞聖炎的萊歐斯說道。

「哼——你知道啊？這怎麼了嗎？」

語罷，莎夏微笑起來。

「沒什麼，我也被稱為聖炎的破壞騎士。破壞可是我的拿手絕活，所以想稍微跟妳較量一下。」

「這樣啊？看你好像很擅長炎屬性的魔法，是能把湖泊蒸發掉嗎？」

萊歐斯咂了一聲，露出懊惱的表情。

「你一點也不想跟阿諾斯較勁吧？所以？認為我的話就能贏，於是想跟我較量？度量還真小呢。」

「魔族不論是哪個傢伙，都很擅長挑釁啊。」

「喂，我就告訴你一件事吧。」

嫣然一笑後，莎夏說道：

「這就只是你太沒耐性罷了。」

「吵死了啦！」

萊歐斯用拳頭發出「聖炎」。莎夏輕輕揮手，用反魔法將他的攻擊輕易打掉。

「哈！幹得不錯嘛。那接下來就用我一半的力量吧！」

萊歐斯將雙拳疊合，展開魔法陣。

「『大霸聖炎』！」

聖炎分為八道，從四面八方襲向莎夏。不過她隨即看出這招的要害，在八道火焰共同的根本上施加反魔法。斬斷魔力的根源後，逼近莎夏面前的「大霸聖炎」就輕易熄滅了。

「趕快使出全力吧。你可沒強到能在那邊裝模作樣，會在發揮實力前死掉喔，笨蛋。」

萊歐斯憤恨地咬緊牙關。

「……妳怎麼知道的……？」

「是指你不強的事嗎？」

「別開玩笑了！宰了妳喔！是在問妳，怎麼知道我要用『大霸聖炎』建造結界的！」

莎夏瞇縫著眼。

「居然問敵人這種事，你真是個笨蛋耶。」

「妳說什麼……！」

「你說的是『聖八炎結界』吧？」

萊歐斯變了臉色。

「……妳是怎麼知道的？我從未讓你們看過啊。」

唉，莎夏嘆了口氣。

「請稍微用點頭腦。古魔法我全都讓阿諾斯教我了。防備起來是很辛苦沒錯，但對手是你的話就輕鬆多了呢。」

「聽妳瞎扯！」

萊歐斯狠狠丟下這句，蹬地衝出，就這樣朝莎夏筆直撞去。

「既然如此，這招如何啊！」

萊歐斯全身纏繞起火焰鎧甲。是「聖炎鎧」的魔法。以防禦魔法作為假象，能藉由壓制住對手形成封魔結界；而被壓制住的魔族將會被封住大半的力量。

只不過，莎夏不但沒有後退，反而還迎上前去。

「哈！妳這是飛蛾撲火啊！」

萊歐斯大大地張開雙臂，朝莎夏撲去。

「『魔炎』。」

她的掌心上冒出黑炎，化為刀刃貫穿萊歐斯的心窩。

「啊……呃……」

「就說我全都知道了吧？笨蛋。要讓『聖炎鎧』形成結界，必須先用鎧甲的火焰壓制住對手。攻其不備或許還行得通，但要是對方知道效果的話，就只會讓你渾身都是破綻喔。」

莎夏在黑炎上注入魔力後，萊歐斯的身體就轟地一聲燃燒起來。忍受不了燒傷，他隨即向後跳開。

「嘖……！」

萊歐斯使出全力施展反魔法擺脫「魔炎」。當他正打算立刻反擊莎夏時，突然露出吃驚的表情。

「你在找這個嗎？」

莎夏手上拿著勇者學院的校徽。她是趁他方才靠近時搶走的。

「聖水會從這座湖泊裡湧出，所以就算蒸發湖水，也不會澈底消失殆盡，這我當然知道喔。要用就趕快用不就好了？你就是故作從容放水，才會被我搶走校徽唷。」

「吵死啦！既然如此，那我就如妳所願，讓妳見識一下我認真的實力吧！」

萊歐斯在眼前畫起聖炎的魔法陣。魔法陣中心冒出熊熊烈火後，一把劍影隨即浮現在火焰中。

「展現正義吧，卡流馮多！」

在萊歐斯大喊的同時，冒出的火焰被吸入聖劍之中，出現一把閃著深紅色光芒的長劍。

「怎樣？在八十八把聖劍之中，最為炙熱、燃燒得最為旺盛的聖劍。傳說中創造出太陽的此劍，聖炎熾劍卡流馮多的魔力如何啊？」

「笨蛋。」

莎夏付之一笑。

「不論擁有多厲害的魔力，使用者不行的話，就毫無意義了喔。」

「哈！怎麼啦？妳這是怕了嗎？」

莎夏嘆了口氣。

「我的意思是說，因為你是個笨蛋，所以就算拿再好的劍都只是在暴殄天物，你是聽不懂嗎？」

莎夏輕輕揮手，發出一道「魔炎」。

「沒用的啦！」

聖炎熾劍卡流馮多一纏繞起火焰，「魔炎」就瞬間消滅。

「真是夠了，打從方才就一直吵得要死。所謂的戰鬥啊，只要能把對手幹掉就好啦！」

萊歐斯身上纏繞著「聖炎鎧」，高舉著卡流馮多猛然衝來。

「看招！」

萊歐斯揮下聖劍。儘管攻擊被莎夏以「飛行」避開，也還是噴出猛烈的聖炎，將周遭一帶化為火海，形成讓莎夏無路可逃的火焰牆壁。

「我搶回來啦。」

萊歐斯拿著勇者學院的校徽。

「既然會特地搶走校徽，就表示妳不希望我用魔法結界吧？」

莎夏緊抿唇瓣，萊歐斯則在看到她這副模樣後說道：

「哈，被我說中了吧。怎樣？被瞧不起的對手看穿的心情如何啊？」

萊歐斯握住校徽，在上頭注入魔力。腳邊噴出聖水，浮起無數的水球。

「封印吧，卡流馮多。」

聖水形成的水球纏繞上卡流馮多的聖炎，飄到莎夏周圍組成魔法陣。這是封印魔族之力的強力魔法結界。

「怎麼樣？『聖熾炎結界（badeisudo）』的感覺還不錯吧？還能再施展魔力嗎？還能動嗎？我看是不行吧？」

萊歐斯將卡流馮多的劍尖指向莎夏。

「我要澈底毀了妳，讓那狂妄的嘴巴再也開不了口！」

他蹬地衝出，然後在下一瞬間口吐鮮血，當場跪倒在地上。卡流馮多從手中滑落，鏘地插進地面。

「……呃……呼………怎……怎麼……了…………？」

「你以為一度被搶走的魔法具還會完好如初地回到手上嗎？」

萊歐斯看向自己的校徽。只要用魔眼窺看更深層的深淵，應該就會發現魔力的波長改變了吧。

「我將那個校徽與『毒咒汙染（deienu）』的魔法融合了喔。」

萊歐斯雙腳使力，想要站起來，然而身體完全出不了力的樣子。

「我想你應該也知道，『毒咒汙染』是一種潛伏在魔力之中的毒，會侵蝕攝取者的根源與肉體，讓體內的魔力器官變得破爛不堪。由於你使用校徽，使得聖水受到『毒咒汙染』汙染。假如使用這種狀態的聖水魔力，就會連同毒素一起吸收進體內，因此會變成這樣也是理所當然的呢。」

「……魔法具能與魔法融合……這種事，我可沒聽說過啊……」

「真笨呢。涅庫羅的祕術就連其他魔族也都只知道基礎，你以為身為人類的你知道的就是一切嗎？」

萊歐斯在地上爬著，伸手想要握住卡流馮多。

「哼——還想努力嗎？」

「……吵、吵死了……就算聖水被毒汙染，也沒有失去效果吧？證據就是『聖熾炎結界』確實發動了。這是在這一百年內開發的魔法，不論是那個轉生者，還是妳這傢伙，都不可能會知道破解法。妳應該也不能動了才對。」

萊歐斯身上籠罩起聖光。那是恢復魔法。

「而且，只要待在『四屬結界封』之中，我們就能不斷復活。儘管努力了，但不論如何妳都是毫無勝算的啦。」

「『毒咒汙染』的傷害與『四屬結界封』的恢復力相比，大概是恢復力稍占上風吧，萊歐斯握住了聖劍的劍柄。他以聖劍為杖，緩緩站起。

「大抵而言，要是無法動彈的話，就算知道破解法也束手無策呢。」

「真是抱歉，我只要魔眼能看到就夠了喔。」

莎夏的魔眼浮現魔法陣。一瞥之後，不論是升起的火焰，還是纏繞聖炎的水球結界，都在這瞬間有如玻璃般粉碎消散。

「破滅魔女的由來，你不知道嗎？」

「……這、怎麼可能……？」

眼前的景象讓萊歐斯看得目瞪口呆。

「……『破滅魔眼』能破壞魔法……這種事，我可沒聽說過啊……」

「所以我說過了吧，笨蛋。你不知道的事在這世上可多了。」

莎夏用魔眼朝萊歐斯一瞥，他就立刻吐了口血。

「呃……怎……怎麼了………」

「只要在這麼近的距離下看到，就算是『四屬結界封』的魔法，我也能毀滅喔。」

「破滅魔眼」是究極的反魔法。就連猶格．拉．拉比阿茲的時間停止魔法都能抵抗的魔眼之力，只要能運用自如，就不可能抵銷不了「四屬結界封」的效果。當然，只要在她的注視之下，就連解毒魔法也無法發揮作用。

「……呃啊……啊、啊……混帳，用下毒……這種……卑鄙手段……」

「你有資格說嗎？難道已經忘了你的同胞對里貝斯特做了什麼事嗎？」

只要莎夏的魔眼還看著他，萊歐斯別說是恢復傷勢，還會因為「毒咒汙染」一分一秒地逐漸衰弱。

「……不是我動手的………那是海涅那傢伙……」

「真讓人傻眼呢。戰鬥時好歹認清楚自己是屬於哪個陣營的。」

「呃……啊啊……吵死了……我沒動手，就是沒有動手……我才不管這麼多……呃、呃啊啊……」

萊歐斯繼續吐血，當場捲曲起身體。

「既然如此，我就來告訴你犯了什麼罪。還記得吧？你在魔法圖書館說的話。」

莎夏冷眼看著他，帶著怒意地淡然說道：

「敢那麼粗魯地對我的魔王大人說話，你以為能輕易了事嗎？」

「……開什麼、玩笑……就這點事……」

莎夏在「破滅魔眼」裡注入魔力，冰冷地微笑起來。

「罪該萬死喔。」

「四屬結界封」的效果愈來愈弱，萊歐斯的全身開始冒出黑斑。這是他被「毒咒汙染」侵蝕的緣故。

「……唔、啊……呃啊啊……混帳，給我……記住……下次遇到的話……」

「下次？」

莎夏呵呵笑起。

「你還真是笨得澈底呢。你以為還有下次嗎？一旦讓毒侵蝕全身，你就再也無法使用魔法了喔。」

「……什麼……………」

「這也沒辦法呢。貴院的學院長不也說過，對抗測驗偶爾也會發生這種事故。雙方可是堂堂正正地戰鬥，所以不要怨恨彼此喔。」

萊歐斯臉上充滿絕望，虛弱地喊道：

「…………等……等、等…………」

莎夏用「破滅魔眼」看著他，嫣然一笑。

「好啊，我會等你喔。在這裡目不轉睛地看著你在那邊痛苦打滾的模樣。直到你慢慢虛弱，毒侵蝕全身為止，我都會一直看著你的。」

§ 23 【愛的魔法】

我朝遭到「魔黑雷帝」吞沒，燒成一片焦灰的位置喊道：

「是要裝死到什麼時候？都特意不用反魔法露出破綻了，趕快攻過來怎麼樣？」

語罷，焦灰籠罩起耀眼光芒。雷多利亞諾震開周遭的焦灰，站起身來。

「哎呀哎呀，不愧是慧眼獨具。本來想攻其不備的，不過被看穿了啊？看來是不得不跟你堂堂正正地認真對決了呢。」

雷多利亞諾伸手將眼鏡摘掉，他的魔力隨即膨脹開來。

「話說在前頭，勇者學院排行第一位與第二位，和三位以下可是天壤之別。要是不像這樣用魔法具封印力量，過於強大的魔力甚至會毀滅己身。」

雷多利亞諾在眼前畫起魔法陣，就在他集中魔力之後，背後傳來一道殺氣。

光之聖劍朝我揮下。我用右手接住朝我頭頂劈來的劍身。

「用解放力量吸引我的注意，讓另一個人偷襲我啊？還真是高尚的堂堂正正呢。」

我抓住焉哈雷，將潔西雅狠狠地往地面砸。

「……呃……！」

地面轟隆一聲裂開，但就算砸出一個大坑，潔西雅也沒有放開劍。大概是知道聖劍要是

被我奪走，他們就毫無勝算了吧。

「唔，相當結實呢。」

就算我再度舉起右手將她猛然砸向地面，裂開的也只有地面，潔西雅毫髮無傷的樣子。

「沒用的。她那由聖劍的庇護與她的反魔法展開的雙重防禦結界，是不會那麼輕易被打破的！」

雷多利亞諾把手懸在地面上，隨後那裡就形成一灘小水坑。

「守護吧，治癒吧，聖海護劍貝因拉梅提。」

水坑倏地浮上空中，化為劍的模樣，讓人聯想到大海的碧藍聖劍握在雷多利亞諾手中。

我朝他輕輕施放「魔黑雷帝」。

「『聖海守護結界（besutoreto）』！」

雷多利亞諾全身覆蓋魔法結界。儘管受到「魔黑雷帝」直擊，也以聖劍為盾站穩腳步。

「『聖海守護屏障（rega indorea）』！」

雷多利亞諾在結界上重複施放魔法屏障。

「『聖海守護咒壁（riado anzemura）』！」

然後再對魔法屏障重複施放隔絕魔性的聖咒。

「守護吧，聖海護劍。守護自古以來的生命，貝因拉梅提。將汝之力，將汝之意志，在此展現吧！」

雷多利亞諾完全解放聖劍之力，把重複施展的魔法屏障之力增幅數十倍。

「——喝啊啊啊啊啊啊啊啊啊！」

他揮出貝因拉梅提，把纏上的漆黑雷擊彈開。轟隆一聲，周遭的建築物被「魔黑雷帝」轟成粉碎。

「以為一發魔法就能解決我嗎？要是太小看人類可就傷腦筋了喔。」

雷多利亞諾立刻蹬地衝出，舉著貝因拉梅提，朝我直撲而來。

「也許你是打算封住焉哈雷，但這反而封住你的右手了啊！」

「唔，很不錯的魔法屏障。這就沒什麼好挑剔了。」

我將抓著焉哈雷劍尖的右手往上揮，然後下一瞬間，雷多利亞諾就瞠大了眼。

「什麼……………」

我連同握住焉哈雷的潔西雅一起往雷多利亞諾手上的貝因拉梅提砸去，用她的身體打掉那把劍。

「那麼，不知道排行第一位和排行第二位，是誰的魔法屏障堅固了？」

轟隆一聲巨響，雷多利亞諾與潔西雅猛烈相撞，兩人一起飛到數公尺外。

「唔，原來如此。是排行第一位的比較堅固啊。」

在猛烈相撞的瞬間，潔西雅放開了焉哈雷的劍柄。她會這麼做，大概是因為直接撞上光之聖劍的威力，雷多利亞諾會無法全身而退吧。

這樣一來總算能調查潔西雅的根源了。當我用魔眼看過去時，閃耀的光芒再度掩蓋住她的根源。光之聖劍焉哈雷握在潔西雅手中。

「喔。」

我手中的焉哈雷化為一道光，倏地消失無蹤。潔西雅召喚回去了？不，不對。焉哈雷確實增加為兩把，然後我手中這一把才消失不見。

「……潔西雅，用那一招。他輕視我們的力量。他還沒認真起來的現在，正是我們獲勝的機會。將他一口氣收拾掉。」

潔西雅點了點頭。然後，兩人在腳邊展開神聖魔法陣。

真是讓人相當懷念的魔法術式。這是兩千年前勇者與我交戰時，絕對會施展的魔法。

「是『聖域』啊？」

能讓眾人團結一心，將希望與心願轉換成魔力的大魔法。

『加油，傑魯凱加隆！』

水中都市裡響起吶喊聲。是無數的聲音。

『你們是亞傑希翁的希望！世界和平的象徵！』

『別輸給外來的人。』

『就跟往常一樣，展現你們大獲全勝的樣子！』

或許是對抗測驗的情況傳播出去了吧，這些聲音似乎是蓋拉帝提居民們的聲援聲。

「……該說不愧是轉生者吧……看來也知道這個魔法呢。只不過，你也許很清楚過去的事，但是太過輕視人類了。兩千年前和現在有一個決定性的差異。」

從城市裡溢出的光芒，聚集到潔西雅與雷多利亞諾身上。就像兩千年前的勇者一樣，兩人將「聖域」纏繞在身上。

「兩千年前，因為大戰導致犧牲者不斷增加的蓋拉帝提，人口約為十萬人。而在和平之後，就連湖泊之外也不斷擴大城市規模的現在，人口是一百倍的一千萬人！」

「聖域」之光聚集在聖劍上，潔西雅與雷多利亞諾一左一右地瞪著我。

「只要有眾人的聲援，我們傑魯凱加隆就絕對不會輸！就讓你見識一下吧！然後，你將會知道。跟只有力量，只有強大的魔族不同，人類是有心的。這份愛在兩千年前，我們的祖先勇者加隆為世界帶來和平之後，變得更加廣大了。」

是想說在世界和平之後，隨著人口增加，人類的意念與愛也相對增加了吧？

「兩千年前，魔族與人類或許是勢均力敵，但是這段和平的歲月讓你們和我們之間有了決定性的差距。過去打倒暴虐魔王的勇者之力，如今是一百倍。你們再也不會是人類的對手。因為在這個和平的時代裡，魔族是不可能有勝算的。」

帶來和平的人是我就是了。算了，他是不會相信的。

「正是這份偉大的愛，在兩千年前、在現在，為我們人類帶來了勝利！」

如果是兩千年前，會先從蓋拉帝提的人類開始收拾，但也不好在對抗測驗時這麼做。畢竟是那些傢伙。很可能會指責我們對單純在聲援的居民們動手，藉故發難。

而且說到底，不毀掉他們的自尊心就太無趣了。

「說什麼愛，扯這些文不對題的事。」

雷多利亞諾哼了一聲，用鼻子嗤笑我的臺詞。

「還不明白嗎？所以是你輸了。要說的話，壽命長到甚至能活兩千年的魔族會被逼到需要轉生，正是人類的愛獲勝的證據。要是腦袋在轉生後轉不過來的話，就讓我幫你再次回想起這個事實吧。」

兩名勇者同時蹬地衝出，從左邊刺出聖海護劍貝因拉梅提，從右邊用光之聖劍焉哈雷朝肩膀斜砍過來。

對於他們的攻擊，我在雙手纏繞聖光，從正面擋下。

「什……什麼……？這是…………？」

雷多利亞諾的表情變得扭曲猙獰。這也在所難免。我施展的是「聖域」的魔法。

「怎麼啦？你以為魔族就沒有愛嗎？」

一臉驚愕的雷多利亞諾很快就恢復冷靜，用鼻子嗤笑起來。

「……確實是嚇了我一跳。不過，這就只是在耍馬戲。就算能施展魔法，魔族也沒有心，也沒有愛。你有的就只是渴望他人的醜陋慾望，忌妒、憤怒，以及怠惰。這已由歷史獲得證明，而這些絕對稱不上是愛。」

這是勇者學院的教育成果啊？哎，還真虧他能堅信到這種地步。

「這樣是無法發揮『聖域』的真正力量。說到底，我們有一千萬人。不論質還是量，都是壓倒性地凌駕在魔王學院不滿一百人的聲援之上。」

「一千萬人啊？那又怎麼樣？我這邊只要八個人就夠了。」

我用「意念通訊」向她們說話。

「米莎，妳那邊如何？」

『是的。目前已進入水中都市，正在搜尋傑魯凱加隆的行蹤。」

「暫時在原地待命。」

『咦……是、是的。我明白了。』

「愛蓮，聽得到嗎？」

『是、是的，阿諾斯大人。』

「潔西卡。」

『是的！』

「麥雅。」

『我、我在！』

「諾諾、希亞、西姆卡、卡莎、謝莉亞。」

每當我呼叫名字，她們就大聲答話。

「要進行一場啦啦隊對決了。」

粉絲社用心聽著我的話。

「對方好像有一千萬人，但這算不了什麼。妳們對我抱持的心意，我怎麼樣都不覺得會輸給區區的一千萬人。」

「意念通訊」的對面一片沉靜。不過她們堅強的決心，透過微弱的魔力變化傳達給我。

「唱吧。把妳們的愛交給我。」

就在我這麼說的瞬間，我身上的「聖域」有如龍捲風般狂暴地衝上天際，形成連接天地的光柱——

§24 【阿諾斯大人啦啦隊歌合唱曲第三號〈絕・魔王〉】

「……活著，是指什麼？」

愛蓮如此詢問後，粉絲社齊聲回答：

「「「是的，那就是阿諾斯大人！」」」

「……人生，是指什麼？」

再次的詢問，粉絲社齊聲回答：

「「「是的，那就是阿諾斯大人！」」」

「……那麼，阿諾斯大人是什麼？」

最後的詢問，粉絲社齊聲回答：

「「「是的，那是零也是無限，涵蓋世間一切萬物的概念！」」」

愛蓮揚聲喊道：

「那位阿諾斯大人說，要我們唱歌。那位阿諾斯大人！在等待我們的歌聲！哪怕是一千萬人、一億人，我們都不能輸！今天不在這裡送上這首歌，我們就沒有活下來的價值！」

「「「阿諾斯大人！阿諾斯大人！阿諾斯大人！」」」

「各位，要上嘍！阿諾斯大人啦啦隊歌合唱曲第三號〈絕・魔王〉！」

眾人心無雜念地集中精神，讓現場靜默下來。下一瞬間——滿溢而出的意念，伴隨著歌聲綻放開來。

『不會認真的♪』『嗯嗯～♪』

『絕・魔王～～～♪』

「呃啊啊啊啊啊啊啊啊啊啊啊啊！」

彷彿被「聖域」的光芒制裁，應該用聖劍攻擊過來的雷多利亞諾與潔西雅反而遭到震開，而且「聖域」還化為光線，有如追擊般的襲擊兩人。

「那・個・時・候，我啊，就只是一時興起～♪』

雷多利亞諾身上的結界輕易地龜裂了。

「……什麼……！怎麼可能……！我這就連『魔黑雷帝』都能擋下的結界，為什麼會輸給沒有心的魔族施展的『聖域』……！」

粉絲社的歌聲連在這裡都聽得見。該說真不愧是魔族吧。這響徹整座城市的驚人聲量，就連兩千年前都沒有歌手能唱得出來。

『不・過・就・是・對・你，稍微溫柔了一點～♪』

就像在呼應歌聲，她們的意念化為魔力，增強「聖域」的氣勢。

「這、這不可能……魔族應該是沒有心，沒有愛的啊……！」

『你・是・在誤會，什——麼啊♪』

就連潔西雅的光之聖劍焉哈雷都被我的「聖域」壓制，沒辦法斬斷。

「……怎麼能在神聖魔法上……輸給魔族……這邊可是有一千萬人，就讓我來告訴你『聖域』的真正力量……！」

儘管雷多利亞諾打算提取「聖域」的力量，不過在行動之前，灌注在歌曲之中的意念卻猛烈增強。

沒錯，副歌要開始了。

『秤秤自己有幾兩重吧♪支・配・者，是本大爺啊♪』

「呃啊啊啊啊……」

『讓我瞧瞧♪嗯嗯~♪玩物的舞蹈吧~♪』

「可、可惡……！呃啊啊啊啊啊啊啊啊啊啊啊啊啊啊啊！」

『別這樣瞪著我♪嗯嗯~♪讓我認真起來吧~♪』

「嘎啊啊啊啊啊啊啊啊啊啊啊啊啊啊啊啊！」

被狂暴的光之龍捲風吞沒，雷多利亞諾身上的結界被撕成碎片。

「……怎、怎麼能輸……我們可是勇者加隆的轉生，背負著蓋拉帝提的未來，以及國民們的期待於一身！怎麼能……輸給這種愚蠢的歌曲啊……！」

原來如此，不枉我試著這麼做啊。

「愚蠢的歌曲嗎？你果然不是加隆的轉生，就連是否為七個根源之一都很可疑。」

雷多利亞諾咬緊牙關。

「我是不會受你挑釁的。」

「這不是挑釁，而是事實。那個男人對於心是比誰都還要敏感。不是用眼睛看，而是擅長機敏地察覺他人內心深處的真正想法。正因為如此，他的『聖域』魔法才會運用得比歷代任何一名勇者都來得好。」

如果是「聖域」對「聖域」，我怎樣也不會是勇者加隆的對手。

「無法看穿那些少女們的純粹意念，還真虧你敢自稱是加隆的轉生。」

「魔族怎麼可能會有純粹的意念！你們是沒有心的怪物，是只會折磨人類的惡魔！」

「你這麼說就怪了。既然如此，為什麼還要跟我們進行學院交流？」

雷多利亞諾儘管面露凶光，卻不打算回答我的問題。

「目的是什麼？」

「……這次輪到我們施展了。我就來讓你領教一下，『聖域』的真正力量，以及人類的意念吧……！」

雷多利亞諾與潔西雅兩人一起在眼前畫起魔法陣，中心聚集著凝縮的聖光。

「唔，是『聖域熾光砲』啊？」

將「聖域」聚集起來的神聖魔力化為砲彈一口氣發射出去，是勇者最強的光屬性魔法。

「遠比兩千年前還要強大，灌注一千萬人份意念的『聖域熾光砲』，哪怕你是神話時代的魔族也承受不住吧？」

「我方才說過了。」

我在眼前畫起一門魔法陣，跟雷多利亞諾他們一樣聚集起神聖魔力。

「這邊只要八個人就夠了。」

啊——啊——啊——啊————，靜謐的聲音在周邊響起。瞬間，聚集在我眼前魔法陣上的魔力，龐大地擴展開來。遠比方才還要強大——

「……什麼……這到底是怎麼了……！人數明明沒有增加，意念怎麼可能會有這麼劇烈的變化……」

「不懂嗎？」

我一面將「聖域熾光砲」對準雷多利亞諾，一面說道：

「第二段要開始了。」

『不會認真的♪』『嗯嗯～♪』

『絕・魔王～～～～～～♪』

瞬間，雷多利亞諾與潔西雅從魔法陣中一口氣發射魔力。大概是打算趁我還沒準備好之前分出勝負吧。

「『聖域熾光砲』！」

巨大的光之砲彈朝我襲來，我也同樣發射「聖域熾光砲」迎擊。光與光的衝突，將世界染成純白一片。「聖域熾光砲」之間相鬥，略占下風的是我這邊。

「……呵呵呵，魔族的心果然不可能贏過人類。他們不知道真正的愛，不知道真正的希望。潔西雅，就這樣一口氣決定勝負。讓他知道，人類的意念要比魔族強上好幾百倍吧。」

大概是聚集了更多人類的意念吧，雷多利亞諾與潔西雅發射的「聖域熾光砲」又增加了好幾倍的威力。我發射的光彈在轉眼間就被推了回來，他們的魔法已近在眼前。

「這樣就結束了！」

雷多利亞諾就像是使出最後一擊地追加魔力。就在這瞬間——

歌聲響起了——

『那・個・時・候，我啊♪就只是一時興起～♪』

我的「聖域熾光砲」稍微推回雷多利亞諾他們的「聖域熾光砲」。

『不・過・就・是，對你♪稍微撫摸了一會～♪』

我發射的「聖域熾光砲」繼續推開他們的光彈，威力不斷增加。

『你・是・在・誤・會什～～麼啊♪』

甚至將「聖域熾光砲」推回到勢均力敵的位置。

『喔～！正合我意的接近～戰，雖～然～很愉快～♪』

我的「聖域熾光砲」還更進一步地將雷多利亞諾他們發射的「聖域熾光砲」推回，朝他們逼近。

『就只是玩玩罷了，注定被拋棄的命運～♪』

「……怎、麼會……不可能會輸的……不過才八個人，不過是魔族那微不足道的心，我們人類的愛……怎麼可能會輸……！」

即使雷多利亞諾這樣喊話激勵自己，我的「聖域熾光砲」也已逼近到他的眼前。

『沒發現這點的可憐玩物唷～♪』

「呃、呃啊啊啊……不可能……這種歌，怎麼可能帶有意念……這種愚蠢的歌……！」

『別這樣悲嘆啦～♪嗯嗯～♪讓我認真起來吧～♪』

「……別小看……人類的……我們的意念啊啊啊啊啊啊啊……！」

雷多利亞諾與潔西雅被「聖域熾光砲」的光芒吞噬。

『不會認真的♪嗯嗯～♪絕・魔王～～～～♪』

瞬間——發生了大爆炸。

那就彷彿是粉絲社的愛引發了這場大爆炸般的閃耀光芒。雷多利亞諾與潔西雅束手無策地遭光芒吞噬，並且炸飛開來。在粉絲社的愛之前，他們輕易潰敗。

不久後，光之洪水平息下來，他趴伏在地面上，以微微顫動的身體看著我。

「……為、為什麼……？這是怎麼了…………不過才八個人……？」

雷多利亞諾茫然低語。他連自己輸掉的理由都還不知道的樣子。

「不論是『聖域』還是『聖域熾光砲』，關鍵都是要讓眾人的意念團結一心。兩千年前，蓋拉帝提的人們為了打倒暴虐魔王團結一致，對勇者加隆寄予極大的信賴。這就類似一種相信他一定能拯救世界的信仰，是一股強大且比什麼都還要迫切的意念。」

人類面臨了死亡的危險。豈止如此，這還是人類說不定會滅絕，此等前所未有的事態。

正因為在這種狀況下，人類還能相信勇者加隆，眾人的意念才能團結一心，轉變成強大、高貴且龐大的魔力。

「明白嗎？跟當時加隆背負於一身的沉重期待相比，人類對於你的期待根本不值得一提。就算有一千萬人也沒用。在變得和平的這個時代，對於還是學生的你們，人們所寄予的希望可想而知。豈止如此，就連要讓意念團結一心都辦不到。」

這樣是無法發揮「聖域」的真正力量。相較於以不惜賭上性命的覺悟團結一心的那八人的意念，根本是判若雲泥。

「我不會說人類的愛不如魔族。但寄予你們的愛，就只有這種程度。」

無法承認擺在眼前的現實，但也沒辦法反駁，雷多利亞諾當場垂下頭去。儘管「四屬結界封」治好了他的傷勢，但是他卻沒有再度起身戰鬥。

就算治得好身體，也治不好挫敗的心。他大概是醒悟到至今所相信的愛，不過就只是個幻想罷了吧。

那麼，就剩下——

「……嗯？」

好像聽到了什麼。是幻聽嗎？不，不對。不是雷多利亞諾的聲音，不是潔西雅的聲音，也不是粉絲社的歌聲，更不是「意念通訊」。直接滲入心裡、滲入根源的這個聲音，是「聖域」發出來的。

——殺。

沒有人說話。

——殺掉魔族——

是我施展的「聖域」魔法發出了聲音。發出了在遙遠的過去，曾在某處聽過的聲音。

§ 25 【生命的光輝】

「……殺掉……………魔族………………？」

愛蓮茫然說道。

「……殺掉………暴虐魔王…………？」

潔西卡神智不清地喃喃說道。

「…………殺掉？」

遠方傳來粉絲社少女們彷彿夢囈般的喃喃自語。

唔，好像不太妙。需要叫醒她們嗎？

「……不，不對。各位，不要去想奇怪的事……！這個聲音肯定是敵人的攻擊！像是洗腦魔法之類的……！」

「啊，是……是這樣啊……該怎麼辦？」

「沒問題的。我們就去想阿諾斯大人的事情，讓自己保持清醒。用阿諾斯大人蓋掉這種大叔臭的聲音吧！」

「好、好的……阿諾斯大人！」

「阿諾斯大人今天也好帥喔……」

「被說了把妳們的愛交給我這種話……我這輩子再也不洗耳朵了！」

「……啊啊，我還是不行了……！」

「振、振作一點，愛蓮。不是妳說要去想阿諾斯大人的事情，讓自己保持清醒的嗎！」

「是沒錯，但是阿諾斯大人的聲音太尊貴了，光是回想起來，就讓我快要發瘋了……」

「……呃，敵人的攻擊呢？」

「咦？完全沒感覺。」

「不愧是阿諾斯大人……」

「嗯，阿諾斯大人好厲害……」

意志力意外地強韌呢。雖說如此，還是別再用下去會比較好吧。

我解除「聖域」的魔法。

「阿諾斯。」

米夏叫喚著我。

「剛剛的是？」

「喔，妳聽到了嗎？」

她點點頭。大概是因為用「魔王軍」接起魔法線吧，她能聽到也沒什麼好不可思議的。

「憎惡的化身。」

確實是很符合這種形容的聲音。

「還有感受到什麼嗎？」

「知道相似的心情。」

米夏平靜地說道：

「學院長。」

原來如此。而且，記得海涅說過他們聽得到勇者加隆的聲音吧。他所說的，該不會就是這個聲音吧？看來勇者學院這邊的麻煩也不遜於魔王學院。

「……阿諾斯・波魯迪戈烏多……」

雷多利亞諾發出陰沉的聲音。眼神跟方才一樣毫無生氣，但有哪裡不同。借用米夏的話語，就是在憎恨的牢籠之中吧。

遭到「聖域熾光砲」波及的潔西雅也站起身，而她手中的光之聖劍焉哈雷散發著前所未有的強大魔力。其激烈閃爍著，就恰如即將燃燒殆盡的星辰。

「……就算你不是暴虐魔王，這份力量也很危險。總有一天，絕對會成為我們人類的威脅吧……」

雷多利亞諾以半失常的語調說道。潔西雅對他的話語毫無反應，就只是看著我。沒有感情的眼瞳，讓人聯想到只會聽從命令行事的人偶。

「……你會參加這次的學院交流……對我等來說，似乎是無上的僥倖啊……」

就在雷多利亞諾低語的同時，潔西雅朝我直衝而來。

「阿諾斯。」

「別擔心。」

我向米夏這麼說後，為了迎擊潔西雅走上前去。她在自己的左胸上畫起魔法陣。更正確來說，是在她的根源上。那個術式是——？

「米夏，退後！」

我為了保護身後的米夏展開反魔法。

「聽我說，潔西雅。別施展那個魔法，結果不會如妳所願的。」

無視我的忠告，潔西雅衝了過來。

「現在才怕了嗎？結束了，阿諾斯・波魯迪戈烏多。就好好見識一下勇者的決心吧。」

潔西雅逼近到我身旁。儘管施展魔法並不一定要喊出話語，但潔西雅儘管到了這個地步也仍然不發一語，而雷多利亞諾就像是要代替她展現榮耀般的喊道：

「——『根源光滅爆』！」

潔西雅在貼近我的距離下，將光之聖劍焉哈雷刺進自己的左胸。瞬間，她的身體與她的根源發出無數耀眼的光芒，開始崩潰。

「根源光滅爆」——將根源具有的一切魔力強制解放，引發光魔法爆炸的禁咒。俗稱根源爆炸的這個魔法，也是犧牲生命的自爆魔法。別說是自己的生命，甚至捨棄復活與來世的可能性，將未來應該能持續好幾個世代的魔力引爆。這份威力遠遠超出術者能控制的範疇。

閃光覆蓋了世界。聲音靜止。比白還要白的純白生命光輝充斥了整座聖明湖。

「……看來你似乎是小看我們的覺悟以及勇氣了……」

根源爆炸平息下來，純白的世界慢慢取回原本的色彩。

「——就要你們別施展了吧。」

聽到我的聲音，雷多利亞諾露出驚愕與絕望交雜的表情。

「你瘋了嗎？雷多利亞諾，她這是白死一場喔。」

「…………什麼…………呃…………………………」

響起牙齒打顫的聲音。他渾身顫抖，不停地發出呻吟聲，一副沒辦法好好說話的樣子。

「米夏，沒事吧？」

我向聽從指示退到魔王城附近的她問道。

「有阿諾斯保護我。」

我以「破滅魔眼」與反魔法抑制住根源爆炸。雖然也能靠「轉移」暫時撤離，但「根源光滅爆」的範圍廣大。即使爆炸中心以外的威力會下降，也依舊是相當強力的魔法。就算雷伊與莎夏能勉強擋住，米莎與粉絲社她們也無法得救。

「……為……什麼……………？」

雷多利亞諾總算是說出像樣的話語。我看向他後，他開口問道：

「……為什麼你在『根源光滅爆』的爆炸中心……卻毫髮無傷啊……！」

「不過就是捨棄了未來，難道你以為就能傷到我嗎？」

我朝雷多利亞諾緩緩踏出一步。

「我確實是小看了你們。不過就是學院對抗測驗，想不到居然用上『根源光滅爆』。」

我再踏出一步。

「真是精彩的覺悟。只不過，我這條命可沒有廉價到用你們全員的未來作為交換就能奪走喔。」

我接著再踏出一步。就在這時，一道閃光般的劍擊襲來。我用右手撥開這一擊。

「……喔。」

這到底是不得不驚訝了。這是怎麼回事？

「…………」

不發一語擋在眼前的人，是方才應該因為施展「根源光滅爆」而消滅的潔西雅。她引發了根源爆炸，是不可能復活的。應該一起消滅的光之聖劍焉哈雷也還握在她手中。

「還真是做了一件相當有趣的事呢。雷多利亞諾，你說對吧？」

就算我這麼說，他也只像是被嚇到似的不停顫抖。照他之前的個性來看，應該會得意洋洋地開始解說起來。也就是說，這背後有什麼蹊蹺嗎？

「…………」

潔西雅蹬地衝出，猛烈加速的她瞬間逼近我身旁，再度在左胸上畫起魔法陣後，立刻將焉哈雷刺在自己身上。

「根源光滅爆」的爆炸將周遭染成一片純白。我用「破滅魔眼」與反魔法抑制著爆炸的威力。

潔西雅死了。連同根源一起消滅了。

然而——

「…………」

不知從哪裡冒出來，應該消滅的潔西雅第三次擋在我的面前。

「唔，沒完沒了呢。」

話雖如此，「根源光滅爆」可不是能輕易擋下的魔法。必須得找出她能復活的原因。如果她不會因為這個自爆魔法消滅，那不論怎麼做都無法消滅她吧。真是夠了，開始有像是在跟勇者戰鬥的感覺了。

『——阿諾斯弟弟，聽得到嗎？』

「意念通訊」的聲音響起。是瞞著勇者學院，傳給我的隱匿通訊。

『——到神殿來。拜託你。只有我才能阻止潔西雅喔。』

只說了這些，「意念通訊」就中斷了。

「艾蓮歐諾露？」

米夏問道。

「無法斷言這是不是陷阱。」

米夏忙不迭地搖頭。

「不是謊話。」

艾蓮歐諾露的情況看來也跟其他傢伙不同。算了，既然米夏這麼說，那就不會錯了吧。

「我過去。」

「交給妳了。我來壓制這傢伙。」

潔西雅這次打算在遠離我的位置再度施展「根源光滅爆」魔法，她將光之聖劍刺進自己的胸口。我就在這瞬間逼近她身旁，用右手貫穿了她的左胸。

「……呃……！」

「黔驢技窮的傢伙。妳以為我會讓妳自爆這麼多次嗎？」

我在她體內畫起魔法陣，施展起源魔法「時間操作」。施展對象是「根源光滅爆」，停止魔法本身的時間，防止根源爆炸。

「唔，到底是無法立刻停住啊。」

對魔法本身施展起源魔法是有點勉強，哎，但就只是時間早晚的問題吧。

「小心。」

「妳也是。」

米夏點了點頭，施展了「轉移」魔法。

§ 26 【兩千年的憎惡】

米夏轉移到神殿前。

我跟米夏經由「魔王軍」的魔法線連結在一起，就算是遠望的魔眼看不到的位置，也能藉由共享視野，透過她的魔眼看到。

米夏東張西望地環顧四周，但不見艾蓮歐諾露的身影。

『——在這裡喔——』傳來微弱的「意念通訊」。

米夏循著魔力的發訊源，將魔眼朝向神殿。她連眨了兩下眼睛。大概是感受到這座神殿的異質性吧。感受不到內部的魔力。連應該在裡頭的艾蓮歐諾露的魔力都幾乎看不見。

「等等。」

米夏把手放在神殿門上——被「施鎖結界」的魔法上鎖了。

『——打得開嗎？』

「沒問題。」

米夏用魔眼看向「施鎖結界」。要解開魔法鎖，必須先正確分析出魔法的結構與術式，不過這對她來說是小事一樁。米夏立刻就分析完「施鎖結界」，施展「解鎖」的魔法。

米夏輕而易舉地解開魔法鎖。她把手搭在門上，用力推開。嘰地一聲，大門伴隨著鐵鏽聲開啟。

「…………」

一踏入神殿，米夏表現出身體有點沉重的反應。她甩了甩頭，向前走去。在並排著柱子的神殿內部，有一扇莊嚴的雙開門。地面、天花板，還有牆壁上都畫著魔法陣，大量的水球飄浮在半空中。這些水球是由聖水構成的。

房間中央飄著一顆巨大的聖水球，裡頭是一絲不掛的艾蓮歐諾露。她的全身就像在釋放魔力一樣發光，使得整個人的輪廓很模糊。許多的魔法文字就像在守護這副身軀似的，飄浮在她的周圍。

「咦，是米夏妹妹……？」

或許是以為我會來吧，艾蓮歐諾露不可思議地說道。

「阿諾斯的代理。我不行嗎？」

「不會，沒問題喔。」

艾蓮歐諾露笑道。

「能帶我去潔西雅那裡嗎？」

「……阻止她？」

「嗯。因為只有我能阻止她。抱歉，我現在沒辦法靠自己的力量移動。」

米夏歪著頭。

「因為在施展魔法？」

「正確來說，我就是魔法喔。」

米夏直眨著眼。應該是無法理解艾蓮歐諾露這句話的意思吧。

不過她沒有詢問，立刻說道：

「我帶妳去。」

米夏走近艾蓮歐諾露，把手伸進聖水球之中。激起些許波紋後，她伸進聖水裡的手指，

碰觸到艾蓮歐諾露。大概是打算施展「轉移」吧，米夏在腳邊畫起魔法陣。

「擅自做這種事情，還真是讓人困擾呢。」

神殿入口發出聲響，飛來一道光之砲彈。那道攻擊是「聖域熾光砲」。

「冰盾。」

米夏以「創造建築」瞬間構築起一面巨大冰盾。即席構築的盾牌強度可想而知，不過儘管冰盾在光之砲彈面前脆弱地粉碎，她卻接連不斷地在冰盾粉碎之後構築起下一面冰盾。米夏「創造建築」的創造速度超越了「聖域熾光砲」的破壞力，光之砲彈在不久後消失殆盡。

「違反規則。」

米夏喃喃低語。

出現在神殿入口處的人，是勇者學院的學院長迪耶哥。

「別大言不慚了，魔族。這裡是蓋拉帝提，規則由我決定。話說在前頭，外頭不會知道這裡發生的事。」

迪耶哥再度發出「聖域熾光砲」。這次不是朝著米夏，而是神殿內部。

隨後，神聖的砲彈就被莊嚴的門扉吸收進去。下一瞬間，門上浮現魔法陣，開始發出閃耀光芒。

「開啟吧，神聖之門。解放那道封印。」

雙開門緩緩開啟，從中伴隨著龐大魔力，開始溢出神聖的光輝。白光、白光、澈底的白光——不允許一切魔族存在的神聖光輝。

「米夏妹妹！」

艾蓮歐諾露發出悲鳴。神聖光輝貫穿米夏的反魔法，刺在她身上。

米夏當場痛苦地跪下。

「在這個聖域裡，魔族的力量會歸於虛無。別說是『轉移』，就連纏繞反魔法應該都辦不到。也就是說，不會有人來救妳的。」

「住、住手，迪耶哥老師！要是對米夏妹妹做過分的事，我是不會原諒你的！」

「失敗作品給我閉嘴。」

迪耶哥話一說完，艾蓮歐諾露周圍的聖水球就變得純白一片，看不見艾蓮歐諾露的身影，也聽不見她的聲音。

「好啦。」

迪耶哥伸出手後，光芒隨即聚集在他手上，形成劍的模樣。與潔西雅手中的劍一樣，是光之聖劍焉哈雷。

「妳的夥伴好像讓我們丟了很大的臉呢。」

迪耶哥露出陰沉的表情，站在米夏身旁。

「作好覺悟了吧，齷齪的魔族。」

迪耶哥將焉哈雷的劍刃抵在米夏的臉頰上。或許是受到內部大門溢出的光輝影響吧，她動彈不得的樣子。

「就好好體會被你們殺害的人類恨意吧。」

「……沒有殺……」

也許是被米夏的話觸怒了吧，迪耶哥怫然變色。

「人類與魔族的戰爭是在兩千年前。現在很和平。大家都活著。」

「以為只要時間經過，就能夠遺忘仇恨嗎？妳這隻齷齪的老鼠！」

迪耶哥狠狠踢開米夏的臉。他握緊聖劍，朝倒在地上的米夏緩緩走去。

「認為建造牆壁，將彼此隔開，只要經過千年就能遺忘仇恨？要我們當一切都沒發生過地和平生活？啊啊，這還真是……你們的始祖，還真是傲慢啊。不會忘的。絕對不會忘的。就算經過千年、經過兩千年，你們所犯下的罪孽都不會消失！」

迪耶哥舉起焉哈雷，刺在米夏的胸口上。鮮血四濺，她的魔力逐漸消失。

「……這沒辦法說是事故……」

如果是在學院對抗測驗中，就算有人死亡也能當作事故處理。不過本來沒有參與對抗測驗的人，況且還是教師殺害學生的話，可就是個大問題了。

「這又怎麼了？原本就預定要讓你們魔族死一個人在這裡了。不對──」

迪耶哥露出滿是瘋狂的笑容說道：

「就讓妳連復活都不行，連同根源一起消滅掉。這樣魔王學院的傢伙們肯定會氣得怒不可遏吧。」

刺在米夏身上的焉哈雷前端浮現一道光之魔法陣，上頭畫著「聖域熾光砲」的術式。

「要恨就去恨你們的祖先，去恨那個暴虐魔王吧。齷齪的魔族。」

焉哈雷上聚集起「聖域」的光芒。

「『聖域熾光砲』！」

迪耶哥充滿怨恨地吟唱魔法。光芒化為砲彈，朝米夏的體內發射——在這之前，焉哈雷的劍身被一道漆黑極光吞噬，消失殆盡。

漆黑極光就像是要守護米夏一般，覆蓋住她的全身。

「……什……麼……………？」

「有印象嗎？這是兩千年前，將世界分為四塊的牆壁，『四界牆壁（beno iebun）』。」

我施展「轉移」轉移過來，站在迪耶哥的背後，緩緩抓住他的肩膀。

「…………在……聖域裡……應該是無法施展魔族的魔法……」

「喔，那要試看看嗎？」

瞬間，令人倒抽一口氣的寂靜降臨。迪耶哥一轉過身，就發出「聖域熾光砲」。

「去死吧，魔族！」

我用「破滅魔眼」消除這道攻擊後，一把抓住他的臉。

「呃……呃喔喔……！」

我用力捏起手指後，他的腦袋發出咯吱咯吱的扭曲聲響。

「不論是要玩弄無聊的小手段，還是要制定什麼策略，都隨你高興就好。如果只是想跟你們竄改的歷史一樣，誇耀人類比魔族優越的話，是很和平的行為。你們就擅自去耀武揚威就好。」

我在迪耶哥體內畫起魔法陣，注入魔力。

「不過，你方才打算做什麼？」

迪耶哥伸出雙手抓住我的手臂，試圖掙脫掌控。不過，我的手卻是文風不動。

「……住、口……」

「我在問你，方才打算做什麼？」

我將「四界牆壁」直接打進迪耶哥的體內。

「呃啊啊啊啊啊啊啊啊啊啊啊啊啊啊啊啊啊啊啊！」

遭到漆黑的極光吞噬，迪耶哥消滅得無影無蹤。我用拇指指甲稍微切開食指，當場滴下一滴血。

施展「復活」魔法復活迪耶哥的肉體。

「……什麼……………」

我朝茫然地注視自己的迪耶哥說道：

「你怎麼擅自死啦？在我面前，別以為你能自由死去啊，愚蠢的人類。」

§27 【根源殺害】

迪耶哥當場跳開，以充滿憎恨的眼神看著我。

「邪惡的魔族……讓我復活，是想打探勇者學院的祕密嗎？」

「唔，迪耶哥。」

「呃……哈、啊…………！」

開口的瞬間，我已逼近迪耶哥的眼前，伸手貫穿他的左胸。

他吐出一灘鮮血。

「誰准你開口了？你很傲慢喔。」

我一把抓住他的心臟捏碎。抽出右手後，迪耶哥就面朝下地倒在地上。身體動也不動一下，已經斷氣了。

「我應該說過，要你別擅自死去吧？」

我再度施展「復活」魔法讓迪耶哥復活。身體一恢復，他就朝我瞪來。

「你、你這傢伙——呃唔唔呃呃呃！」

我一腳踩住迪耶哥的腦袋，壓在地面上。

「……可、可惡啊啊啊！該死的魔族……我不知道你在打什麼主意，但別以為身為勇者的我會屈服於你……！」

「還在以勇者自居啊？真是讓人瞧不起的傢伙。」

我在掌上創造魔劍，連同迪耶哥的根源一起刺穿他的胸口。

「……啊……呃………沒、沒用的……才這點痛楚……我是為了人類、為了和平而戰的！不論是怎樣難以忍受的痛苦，我都會忍下去。不懂何謂愛與勇氣的你們是怎樣都無法理解的吧！你這齷齪的魔族！」

「睜大你的魔眼凝視，仔細看清楚畫在自己身上的魔法術式。」

迪耶哥將魔力集中在魔眼上，瞪向我畫的魔法陣。下一瞬間，他嚇到了。

「……這是…………『魔物化』……？」

雷多利亞諾在大講堂上解說過的，讓動物魔物化的魔法。

「人類也是動物，這個魔法很有效喔。」

「哈……哈哈哈……哈、哈、哈……！做這種蠢事。受到靈神人劍祝福的勇者，是不會墮落成魔的。我是不可能變成魔物的……！」

「唔，這點你錯了喔。」

他胸前被魔劍刺穿的傷口，就像是遭到魔性侵蝕似的長出漆黑體毛。

「……呃……啊，怎麼會…………」

迪耶哥連忙在傷口上展開魔法陣，以神聖魔法抑制魔物化；然而毫無效果。

「『魔物化』的魔法是利用動物根源裡的獸性與魔性。擁有理性的人類雖然難以魔物化，但絕非無法魔物化，而且也存在著個體差異。到這邊就跟你知道的一樣。」

迪耶哥露出走投無路的表情，拚命地發出魔力。

「靈神人劍只承認心如明鏡、充滿光明的根源之主為持有者，懂嗎？不是因為受到靈神人劍的祝福，所以才不會魔物化；而是不會魔物化的人，才會被靈神人劍選上。」

迪耶哥的指甲微微伸長，嘴邊即將長出尖牙。

「怎麼啦，迪耶哥，你那副模樣？你真的是勇者加隆的轉生嗎？」

「……當然……我是迪耶哥．加隆．伊捷伊西卡。擁有加隆根源的勇者後裔……要打倒你們魔族，拯救世界……！」

「我可不這麼覺得。只要轉生，為人就會改變，記憶有時應該也會消失吧。然而，唯獨那個人的根本不會改變。你一點也不像勇者加隆。因為你的本性，既醜陋又扭曲。」

「閉、嘴…………」

他凌厲地瞪著我。隨後，就像是要發洩怒火似的大聲咆哮。

「閉嘴閉嘴閉嘴！該死的魔族，我是不會上當的！我是勇者！我是要、消滅你們魔族、拯救世界的…………勇者加隆啊啊啊啊……我才不怕這種卑鄙的魔法……！」

「誰准你說這些了？」

我在「魔物化」的魔法上注入魔力。

「呃啊啊啊……嘎、嘎啊啊啊啊啊！怎、怎麼……怎麼可能……我才不會……身為勇者的我，才不會變成魔物啊啊啊啊啊啊……！」

「或許是因為智能很高的關係吧，人類在魔物化時，跟其他動物稍微不同。會助長那個人類所懷有的慾望、惡意與憎恨，甚至還會顯現在外表上。」

「閉嘴……我是……勇呃……嘎咻……嘎咻啊啊啊……嘎嘎嘎…………啊啊啊……呃啊啊啊啊啊啊啊啊啊啊啊啊啊！」

魔物化的速度加快，迪耶哥全身冒出漆黑體毛。指甲伸長，長出尖牙，頭上冒出粗壯犄

角。而最具特徵的是那張臉。宛如被壓成一團爛泥，呈現異形樣貌。健壯的肌肉抖動，啪鏘一聲折斷魔劍。

「這就是你的本性，迪耶哥。一如我想的，既醜陋又扭曲。」

迪耶哥緩緩站起，將醜陋的臉龐對著我。

「怎樣？變成魔物的感覺？」

「……別、別以為……這樣就能讓我屈服啊啊啊啊啊！」

彷彿野獸的咆哮，迪耶哥揚聲吶喊。

「人類不是因為外表！不是因為血統！而是因為心！不論你再怎麼改變我的外貌，我的心也依舊是人類！就算變成醜陋的怪物，也不會改變我是勇者的事實！」

「你的心，怎樣都不像是個勇者。」

「閉嘴！無法原諒……無法原諒……殘暴無情的魔族。不該同情你們的。早知道就別這麼麻煩，打從一開始就通通殺光就好了！」

迪耶哥施展「意念通訊」。

「傑魯凱加隆，全員向魔族衝鋒。」

「唔，你這是打算做什麼？我的部下可沒弱到會被總攻擊打倒喔。」

迪耶哥咧嘴一笑，碰觸飄在他附近的一顆聖水球，展開魔法陣。

「你就好好後悔吧，齷齪的魔族。我就從現在開始欣賞，當你得知消息時，臉上充滿絕望的表情吧！呵呵呵，哈哈哈哈哈，哈——哈哈哈哈！」

以墮落成魔物的身體使用聖水啊？儘管他的身體中毒了，但魔法本身也照常發動。

「原來如此，是『根源光滅爆』啊？你在學生的根源上施加了魔法。」

「……什麼…………！」

這就叫不打自招。瞬間被看破意圖的迪耶哥難掩狼狽的樣子。

「那個魔法陣，是魔法的起爆術式。那些發動衝鋒的學生們，恐怕對此一無所知吧。就連自己的根源被施展了『根源光滅爆』的魔法術式都不知道。」

居然會如此愚蠢，真是無藥可救的男人。

「這是勇者會做的事嗎？迪耶哥。我怎樣也不覺得，你的學生們會不惜死亡也想要殺害魔族。」

「從人類身上奪走一切的魔族，別說得你很懂一樣。這就是勇者，這正是傳說中勇者加隆的戰鬥方式！為償祖先的夙願，為償殲滅魔族的宏願，我的學生之中沒有一個人會對此畏怯！這種不畏死亡的覺悟，正是這種胸懷勇氣的行為，如果不是勇者，還會是什麼啊！」

迪耶哥再度發出「意念通訊」。

「回報狀況。」

『是的！已發現鍊魔劍聖，雷伊・格蘭茲多利！』

『這邊捕捉到破滅魔女，莎夏・涅庫羅。』

『確認到九名魔王學院的人員。這邊也以九名人員作好衝鋒準備。』

迪耶哥讓那張醜陋的臉更加醜陋扭曲地說道：

「上吧！傑魯凱加隆，勇者加隆的後裔啊！現在正是展現你們的力量，展現你們的勇氣之時！衝鋒——咳喝……喔……！」

剎那間，我的右手貫穿了迪耶哥的身體。

「你以為我會讓你這麼做嗎？」

他儘管口吐鮮血，卻還是咧嘴發笑。

「這下就雪恨了。去死吧，魔族。」

應該是魔法早已啟動完畢了吧，聖水球自動向魔法陣送出魔力。這是讓勇者學院的學生們引發根源爆炸的術式。接近雷伊、莎夏，還有米莎他們的學生們，全身因為「根源光滅爆」而籠罩光芒。激烈的爆炸聲響徹開來，在水中都市各地發生的根源爆炸，就連這座神殿都會被輕易炸毀吧。

本來的話——

「……為什麼……………………」

迪耶哥茫然地喃喃自語。

「為什麼沒有爆炸……！為什麼！」

「雖然費了我一點工夫，但我對整座水中都市施展了魔法——就是讓『根源光滅爆』的時間停止的魔法。」

雖然因為這樣才沒辦法及時趕來救助米夏，但是無法保證不會有其他人施展「根源光滅爆」。這都是為了小心起見。

「……你說……停止了魔法的時間…………？」

「你方才沒聽到我說嗎？同樣的攻擊不會對我再次奏效。」

在憎惡與憤怒的交織之下，迪耶哥渾身顫抖不已。

「難得的和平，本不想取你性命的，但看來要是讓你活下來，肯定不會有什麼好事。」

我一抽出右手，迪耶哥就踉蹌退開。他已經毫無餘力了。

「……要殺就殺吧……但是，我會不斷復活的……要是今世無法實現，就等來世，要是來世無法實現，就等再來世。不論轉生多少次，我都絕不會忘記這股仇恨，有朝一日一定會將魔族根絕！」

「你以為還有來世嗎？迪耶哥。」

我張開右手，以他的魔眼也能看到的形式，將魔力傳到手上。隨後，一顆淡淡發光的白球出現在我的掌心上。只要仔細窺看深淵，就會發現那顆白球與迪耶哥之間以一條細線般的魔法線連結在一起。

「明白嗎？這是你的根源。」

我在右手前方畫起魔法陣。這是「根源死殺（pebudozu）」的魔法。隨著我的右手通過魔法陣，我的指尖逐漸染黑。

「要干涉根源很困難，但只要施展這個『根源死殺』，就能直接碰觸到根源。」

我用指甲刮著那顆白球。

「呃啊啊啊啊……啊、呃啊啊啊啊嘎啊啊啊啊……呃啊啊啊啊啊啊啊啊啊啊啊！」

他發出比死前的慘叫還要激烈的尖叫。

「理解了嗎？根源受創是超乎死亡的痛苦。就算將今世所能想到的一切痛苦凝縮起來，也絕對比不上的痛苦。因為這是將來世的死、再來世的死，以及會在轉生時不斷重複等同無限的死，在這裡摘取出來。」

我再度用指甲輕輕刮著他的根源。

「嘎啊，噫啊啊啊啊，呃嗯嗯嗯嗯嗯嗯嗯嗯嗯嗯嗯！」

淚流滿面、淌著口水，顧不著形象，迪耶哥發出野獸般的慘叫。

「你說這是加隆的戰鬥方式吧？說讓學生去做自殺攻擊，用『根源光滅爆』打倒敵人的行為是勇者？」

我用指尖貫穿他的根源。迪耶哥瞠大了眼，發出不成話語的慘叫。

「兩千年前，勇者加隆擁有七個根源。就算根源遭到消滅，只要還有一個留下，他就能不斷復活。儘管這是眾神賜予人類的究極大魔法，實際使用的人類，從古至今就只有勇者加隆一個。」

我朝已經兩眼無神的迪耶哥說道：

「這是為什麼？因為沒有人能承受根源不斷受創，承受輪迴之死的痛苦。然而，他卻對此甘之如飴。就算被消滅掉無數次根源，也依舊挺身對抗我。」

「……住、住手……………放過、放………過………我………」

我揮下手指，將迪耶哥的根源狠狠切開。

「住……呃、呃啊啊，呃唔唔唔唔唔唔唔唔嘎啊啊啊啊啊啊啊啊啊啊！」

「你明白他這麼做的理由嗎？」

我朝迪耶哥缺損的根源，再度伸出漆黑的指尖。

「……………啊…………哈…………唔，啊啊…………住…………住手…………」

「如果要犧牲他人，還不如犧牲自己，那個男人是真心這麼認為的。然後，無數次地不斷死亡。就算根源不斷地遭到斬斷、遭到焚燒、遭到毀壞，他也依舊為了人類奮戰。這就是你們的英雄，不斷擊退魔族的大英雄。他才是真正有勇氣之人。」

雖是敵人，他的覺悟與榮譽卻令人敬佩。那個男人總是為了守護而戰。一次也沒有被自身的慾望支配過。然而他卻被殺害了？那個為了人類，不斷犧牲自我的男人，偏偏是被人類殺害了嗎？

即便如此，他也還是會復活吧。不過要毀掉他那顆溫柔的心，或許這就足夠了。

「如果你要自稱是加隆轉生，就忍下來吧。假如你辦得到，我就讓你轉生。你就等到來世再來殺我吧。」

「……夠了……住手…………原諒…………啊啊…………啊…………」

我用指尖貫穿迪耶哥的根源。

「呃嘎嘎嘎嘎嘎，噫呀，嘎啊啊啊啊啊啊啊啊！」

「怎麼啦？迪耶哥。你是勇者吧？別哭得這麼丟臉。會被加隆笑話的喔。」

「……殺…………」

露出比絕望還要深刻、彷彿落入地獄深淵般的表情，迪耶哥說道：

「……殺了我………原諒我吧……快殺了我………讓我結束吧……」

那是懇求的聲音。彷彿怨恨與憎惡都消失殆盡，就只想從這股痛苦之中解放的聲音。

「你不是勇者加隆。」

我用「根源死殺」的手抓住迪耶哥的根源，然後狠狠捏碎。白球碎成粉末。迪耶哥的身體就像斷了線的人偶般倒下，撞擊在地板上。

迪耶哥沒了動作。就連復活也不可能。這副身軀上的根源已完全消滅了。

「一無所知的人類，別想假冒勇者加隆。那個男人，可是很強的喔。」

§28 【潛藏在內部之物】

我走到米夏身旁。

雖然事先施展了「總魔完全治癒」，但傷勢卻沒有恢復。儘管認為會慢慢生效，但看來這座神殿所覆蓋的結界，是「四屬結界封」所無法相提並論的強力結界。就算用上「四界牆壁」，也無法完全隔絕結界的影響。

「是在這後面嗎？」

我用魔眼（眼睛）凝視起從門後溢出的神聖光輝。這是魔力的餘波。僅僅如此，居然就能限制住我的魔法。恐怕在門後的，是一如我預料的東西吧。

「……去吧……」

米夏喃喃低語。

「……我不要緊……」

大概是看出我很在意神殿內部吧，米夏堅強地說道。

「別操多餘的心。沒有事情比妳還重要。」

我用「四界牆壁」堵住雙開門。儘管如此，也還是露出微微光芒。先暫時離開這裡治療會比較快吧。在這之前──

我用「破滅魔眼」瞥了一眼附近那顆純白的聖水球。頓時水球炸開四濺，從中露出艾蓮歐諾露。

「……抱歉，阿諾斯弟弟。這下可得救了……」

艾蓮歐諾露想要走過來，不過大概是雙腳無法出力吧，整個人就這樣倒了過來。我伸手撐住她的身體。

「啊……」

「沒事吧？」

艾蓮歐諾露點點頭。

「謝、謝謝。」

看來沒受什麼傷，她就只是被關起來吧。

「喂、喂……別一直盯著我瞧啦……」

艾蓮歐諾露退開一步，為了遮掩身體，用雙手環抱著自己。能從手臂的隙縫間，窺看到那對隱藏不住的和平象徵。

唔，雖然不知道這是怎麼回事，但讓她繼續光著身體，到底還是有點可憐啊。

我朝她的身體伸出手指。

「咦……？等、等等……」

我用指尖碰觸她的鎖骨一帶。

「別動。我不記得勇者學院制服的模樣，要問妳的身體。」

我對艾蓮歐諾露施展「創造建築」的魔法。在她的身體上展開魔法陣後，下一瞬間，她就穿上勇者學院的制服了。

「哇……謝、謝謝……」

我走到米夏身旁，將她抱起。

「迪耶哥老師呢？」

「死了。連同根源一起。」

「……咦？」

就算是平時無憂無慮的艾蓮歐諾露，這時也不免露出凝重的表情。隨後，她就用魔眼(眼睛)朝周圍看去。她能直接看到根源，應該也能理解迪耶哥的根源已完全消滅了吧。

「……阿諾斯弟弟，你真厲害……」

有點意外的反應。

「老師遭人殺害，妳說這種話好嗎？」

她微微垂下眼簾。

「我全都知道。連迪耶哥老師對大家施展『根源光滅爆』的魔法……也全都知道……」

艾蓮歐諾露一臉陰沉地娓娓說道。

「這間勇者學院的學生之中，唯一只有我知道勇者們的真正歷史。雖然不是全部……可是，這種事……誰也不會相信。就算我說勇者加隆是被人類殺害的，也只會被當成腦袋有問題的人……」

「還真巧。」

我這麼說完，艾蓮歐諾露出一臉愕然的表情。

「沒什麼，我也正因為魔族的歷史遭到改寫而感到苦惱。就算說出真相，也盡是些不相信的人。」

聽到這句話，艾蓮歐諾露頓時恍然大悟。

「……暴虐魔王的名字……」

她一副「該不會是這樣」的感覺喃喃自語。我說道：

「是阿諾斯．波魯迪戈烏多。經過兩千年後，被改寫成阿伯斯．迪魯黑比亞這個不知打哪裡來的魔族之名。」

艾蓮歐諾露呆愣地看著我的臉。

「難以置信嗎？」

「不。我就覺得奇怪。因為阿諾斯弟弟太強了。而且還不只是強過頭的程度喔。儘管如此，卻幾乎沒有魔族認同阿諾斯弟弟。這是非常扭曲的現象……」

她像是回想起什麼似的，不自覺地喃喃說道：

「不過，這種扭曲的現象，讓我有點印象……」

正確的歷史不被承認是真實。艾蓮歐諾露也跟我有過相同的經驗吧。

「阿諾斯弟弟是暴虐魔王？」

「沒錯。」

「……為什麼你要找勇者加隆？」

「因為約好了。下次轉生時，我們要成為朋友。」

「……這樣啊……原來是這樣啊……原來那不是謊言啊……」

「我有滿坑滿谷的事情想問妳，不過現在要先治療米夏。雖然死不了，但是很痛吧。」

米夏在我懷中左右搖著頭。還真是堅強。

「而且也必須設法處理勇者學院的學生。很不巧地，『時間操作』停止魔法時間的效果無法持久。要是置之不理，他們應該會全員一起引發根源爆炸。」

「我知道了。這件事我會設法處理的。」

「喔。」

一度啟動的「根源光滅爆」就像是點燃的火藥庫。我雖然靠停止時間硬是壓制下來，但

要讓根源恢復正常可是極為困難的一件事。

「辦得到嗎？」

「我很擅長根源魔法喔。」

艾蓮歐諾露豎起食指說道。

「身體還好嗎？」

「放心喔。到方才為止就只是稍微成為了魔法，所以才沒辦法好好走動。」

成為了魔法嗎？這是最讓我在意的一點，不過，似乎會是個很複雜的話題。總之，勇者學院那邊交給她就沒問題了。

「那就趕快吧。雖然能維持住一天，但要讓這麼多人的根源全都恢復原狀，時間就算再多也不夠吧？」

「嗯。」

艾蓮歐諾露朝神殿外頭跑去。不過才跑到中途，就「啊」一聲停下腳步，轉過身來說：

「明天放學之後，能跟你談談嗎？我有事想拜託阿諾斯弟弟。」

「無妨。只不過，我不認為勇者學院還有餘裕上課喔？」

畢竟學院長迪耶哥消失了嘛。還好，無人目擊到他被殺害的現場。只留下一具魔物屍體的話，是不會有人看穿他已撒手人寰。到明天的階段就還只是下落不明吧，不過學院交流也沒有教師可以上課了呢。

「放心喔。今天我想會因為迪耶哥老師不見了，讓大家亂成一團。但大概從明天起，就會繼續正常上課了。」

也就是說有能代課的教師嗎？也罷，上課的事情怎樣都好吧。

「那就明天見。」

「嗯，拜拜。」

艾蓮歐諾露揮揮手，離開神殿。

稍微目送她離開後，我施展「轉移」，轉移到米夏建造的魔王城內部。

在這裡的話，恢復魔法就會生效了吧。我施展「總魔完全治癒」，治療她的傷勢。

「唔。」

被光之聖劍焉哈雷刺傷的傷口相當深，但最棘手的還是從那座神殿內部溢出來的光輝影響。經由焉哈雷造成的傷口，侵蝕著米夏的根源。這讓她無法自由施展魔法，甚至也無法隨意動作吧。

「……輕鬆了一點……」

米夏在我懷裡微笑。

「別擔心，妳很快就能動了。」

「不擔心。」

她直直地注視著我。

「有阿諾斯在。」

「這樣啊。」

「……神殿內部。」

米夏喃喃低語。

「……能看到強大的魔力……比猶格．拉．拉比阿茲還要強大……」

她窺看到了如此深的深淵啊？或許就是因為這樣，才讓她更加受到那股力量侵蝕。

「……我搞錯了……？」

「不，守護神在神族之中也只有中階程度的力量。妳的魔眼（眼光）是正確的。」

「有什麼在裡面？」

「我想恐怕是……」

我平靜述說著。

「靈神人劍伊凡斯瑪那。」

八十八把聖劍之中，君臨最高地位的聖劍。

為了消滅暴虐魔王所打造的傳說之劍。

§ 29 【顯現之物】

隔天，勇者學院亞魯特萊茵斯卡大講堂——

一推開門，裡頭就傳來說話聲。

「……啊啊，傑魯凱加隆今天好像請假耶。不過，潔西雅跟往常一樣就是了。」

「畢竟被魔王學院的傢伙們狠狠教訓了一頓嘛。聽說萊歐斯還因為解不了毒，被送去魔法醫院住院治療了。」

「海涅更慘喔。據說他全身上下都形成了聖痕，恢復魔法沒有效的樣子。雖然好像靠聖水保住了性命，但變成那副德性，說不定死了還比較好呢。」

「雷多利亞諾不是沒事嗎？」

「是沒什麼大礙，但是聽去探望他的人說，好像有精神方面的問題。據說他把自己關在房間裡，不肯出來的樣子。」

「真讓人擔心呢……」

「對啊。沒想到魔族會是那種怪物——」

「噓，是那傢伙。」

勇者學院的學生們一齊轉頭看來。擋住我去路的學生集團就像讓路似的左右散開。或許是心理作用吧，全員看起來都很害怕的樣子。

我經過他們讓開的路，走向魔王學院的座位。

「是某人做得太過分害的吧？」

莎夏說道。她身旁的米夏微歪著頭。

「唔，妳有資格說這種話嗎？」

米夏頻頻點頭。莎夏邊說：「是怎樣啦。」邊嘟起嘴來。

「……啊哈哈，大家都好厲害唷。哪像我什麼都沒做，等注意到時，對抗測驗就已經結束了。」

艾蓮歐諾露離開神殿後，傑魯凱加隆就立刻投降了。恐怕是她通知他們要這麼做的吧。

「不過，妳沒受傷真是太好了。」

雷伊面帶笑容地朝米莎說道。她羞紅著臉回：「是啊。」

「話說回來。」

我坐在位置上，朝雷伊說道：

「看你好像能將一意劍運用自如了。」

「還很難說吧？感覺還能再發揮更強的力量呢。」

以更高的境界為目標啊？很像是他會說的話。

「有回想起什麼嗎？」

「前世的事嗎？還是一樣什麼也不記得唷。」

「唔，看你連聖劍都能運用自如，還以為你回想起來了。」

通常來講，魔族是無法使用聖劍的。不過要是有足以超越聖劍之力的魔力，就能像我這樣強行讓聖劍屈服；但雷伊在對抗測驗時是以正當的方式讓聖劍認同他是持有者。

就連兩千年前，以魔族最強劍士馳名的辛·雷谷利亞，在實力只有雷伊目前的程度時，也不一定能做到這種事。他曾說過要在嶄新的時代，重頭鍛鍊新的劍術。

或許是他的心願實現了吧。哎，不管怎麼說，還真是個後生可畏的男人。

「雷伊同學的前世，是阿諾斯大人的熟人嗎？」

「這我還是第一次知道。難怪魔劍會使得這麼誇張。兩千年前的魔族，全都是像你們這樣的怪物嗎？」

「對啊。」

米莎與莎夏望來很感興趣的眼神。

「這件事還不清楚，所以怎樣都無所謂吧。」

察覺到我們不想提這件事，莎夏一臉不滿的表情。

「……什麼嘛，男生自己偷偷搞小祕密……」

「啊哈哈……不過，既然阿諾斯大人不想說，那就沒辦法了呢……」

米莎雖然嘴上這麼說，表情卻有些不安。面對這樣的她，雷伊露出微笑。

「不會變的。」

「咦？」

「不論回想起什麼事，我就是我喔。」

「我誤會了嗎？」

「啊……是、是這樣啊……」

「……沒有……那個…………我很高興……」

米莎細如蚊鳴地說道，嬌羞地垂下頭。斜眼看著這樣的她，莎夏語帶嘆息地說道：

「真是夠了。打從前陣子就一直在那邊秀恩愛，請不要在教室裡做得太過分好嗎？」

「咦？啊，沒有，才、才不是這樣……！咦、咦？我、我們沒有在秀恩愛吧……？」

雖然米莎當場慌了手腳，但雷伊彷彿毫無動搖，面帶微笑地說：

「羨慕的話，妳也找人這麼做不就好了？像是『我的魔王大人』。」

「什麼……咦……啊……………！」

莎夏偷偷看了我一眼後，狠狠瞪向雷伊。

「喂，雷伊，給我到外面去！我有話要跟你談。」

莎夏站起身。

「就快上課了喔？」

「沒問題，一分鐘就結束了。」

「哦？跟妳打似乎也挺有趣的呢。」

語罷，雷伊也起身離席。相對於狠狠瞪來的莎夏，他一臉清爽的笑容。

「吵架？」

米夏從兩人之間冒出來問道。

「這還不到吵架的程度啦……」

「就只是稍微比試一下。」

「對、對啊。好不容易度過那場有如地獄般的自習，或是說有如自習般的地獄，結果那群雜兵勇者也太弱了。要是不再稍微認真一下，就太沒意思了。」

「如果對手是妳，似乎就能展現一意劍的真正力量了。」

「啊，對了，那件事讓我很在意耶，那把魔劍到底是怎麼回事？你當時是不是用了神聖魔力啊？」

「簡單來說，就是我想做就辦到了喔。」

「啥？給我再認真一點說明啦。」

米夏呵呵笑起。兩人不可思議地看向她。

「感情好。」

莎夏愕然地瞠大了眼。

「看來是妳妹妹獨贏呢。」

「……真是的。」

兩人就像無所適從似的坐回位置上。

隨後，上課鐘聲響起。梅諾立刻就走進大講堂裡。她身後跟隨著一名教師，與梅諾一起踏上講臺。

就像驚訝似的，米夏瞠圓了眼。

「昨天的對抗測驗打得相當激烈。相信勇者學院與魔王學院，兩校都發現到各自的課題了吧？今後就讓我們攜手合作，一起切磋琢磨吧。那麼，就開始今天的學院交流。」

是迪耶哥．加隆．伊捷伊西卡。應該被消滅根源的他，確實地站在那裡。

米夏會驚訝也是無可厚非。那不是外表相似的不同人。

他有著跟我親手消滅的迪耶哥完全相同的魔力波長，以及一模一樣的根源。

勇者加隆擁有七個根源，所以就算消滅其中六個，只要還留有一個就能讓根源再生。只不過，迪耶哥毫無疑問只有一個根源。

還是說，如今分成七個人之後，也依舊只要還留有一個根源就能再生？不對，就算假設是這樣，我也不認為他的根源是加隆的。就算有其他人施展了將根源增加為七個的魔法，迪耶哥也承受不住根源被不斷消滅的痛苦。

就算假設他真的復活了，也難以認為他還能維持正常的精神狀態。

「啊，對了。在開始上課之前，要先跟各位傳達聯絡事項。關於傑魯凱加隆，由於昨日對抗測驗的疲勞，所以今天他們全員缺席。他們復學的時期，有待日後再另行聯絡。」

「能請教一件事嗎？」

我一舉手，迪耶哥就朝這邊看來。

「怎麼了嗎？」

確實是相同的根源。然而，這是怎麼了？有某些地方很奇怪。

對了，是他的根源明明相同，卻完全像是不同人的反應。昨天遭到我那麼悽慘的處置，現在的神態卻一點也看不出這種跡象。這要是演技的話是很精湛，但感覺並不像是這樣。

「昨天的對抗測驗，艾蓮歐諾露並沒有受傷的樣子，她怎麼了嗎？」

我向迪耶哥詢問後，他就立刻回答：

「她也是因為疲勞。好像是對傑魯凱加隆施展太多次恢復魔法。雖然情況不是很嚴重，但就算來上課也聽不進腦袋裡吧。說是為了小心起見，也跟著一起請假休息了。」

中止「根源光滅爆」確實不是什麼尋常的工作。

只不過，她跟我約好今天放學後要見面。我不認為她會因為疲勞就請假不來。

「開始上課。今天要介紹神聖魔法具。魔王學院的各位可能不知道——」

哎呀哎呀，看來在勇者學院發生的事情，比想像中還要麻煩呢。

§ 30 【禁忌的魔法】

「那麼，今天的課程就到此為止。」

結果直到放學後，艾蓮歐諾露都沒有出現。認為她發生什麼事，幾乎不會錯了吧。學院對抗測驗時，待在神殿裡的艾蓮歐諾露曾說她無法靠自己的意思行動。如果她處於跟當時相同的狀態，就沒辦法出現在這裡了吧。

那我就自己去見她吧。

「那個，阿諾斯大人。接下來大家打算一起去逛祭典，不知您意下如何……？」

米莎向我問道。

「唔，我稍微有點事。妳們好好去玩吧。」

「這樣啊。」

「我今天也不去了。」

雷伊說道。

「我有點想睡。」

「是熬夜了嗎？」

「換了枕頭，有點睡不著呢。」

「這樣啊……」

米莎很遺憾的樣子。雷伊靠過去，和她咬耳朵說：

「等我小睡一下後，我們再會合吧。」

「……咦？什麼……」

原來如此。想兩個人偷偷地單獨相處啊？還真是惹人微笑。

「討厭嗎？」

「不、不是的。那麼，好的。就、就這樣決定了。」

看著這樣的兩人，粉絲社的少女們竊竊私語。

「……雷伊同學說他想睡耶……」

「嗯。雷伊同學和阿諾斯大人在宿舍是睡同一間房吧……？」

「等等、等等！妳在想什麼啊！」

「是沒在想什麼，就只是關於特殊接觸稍微……」

「別說什麼特殊接觸啦！」

「……那、那麼，也就是說……今天……米莎她……」

「是間接同床的機會！」

我無視她們的對話，離開大講堂。

我啟動魔眼，試著找尋艾蓮歐諾露的魔力卻找不到。是消去魔力了嗎？這麼說來，昨天米夏也沒辦法找出艾蓮歐諾露的位置。

不過，倒是能捕捉到迪耶哥的魔力。要是勇者學院對她做了什麼，我不認為那位學院長會一無所知。

我施展「幻影擬態」透明化，再用「隱匿魔力」隱藏魔力後，尾隨著方才離開學院的迪耶哥。

他快步前往的地方，是聖明湖。湖水依舊是被蒸發殆盡的模樣。迪耶哥施展「飛行」降落到湖底。原以為他要去神殿，結果卻是前往反方向的水中洞窟。

走進昏暗的洞窟裡，深處有一池小泉水。那是湧出的聖水。他施展「水中活動」的魔法，跳進那池泉水裡。

試著跟上後，發現泉水裡的情況跟外面看起來不同，有著相當深廣的空間。迪耶哥在裡頭施展「飛行」，有如游泳般的飛翔，並不斷朝水底潛去。

不知道潛了多深後，才總算看到水底。那裡有一扇巨大門扉。看樣子是施加了「施鎖結界」的魔法。允許通行的迪耶哥開門入內。

要是跟著開門進去，就算消去了身影與魔力，也不免還是會被察覺。

我稍待片刻等他遠離之後，解除「施鎖結界」開門入內。

門後是石造的建築。似乎施展了魔法，讓泉水不會滲到門後的樣子。

他究竟在這裡做什麼？我邊思考邊走在通道上。隨後，便發現到一處牆壁崩坍的地方。痕跡比較新。從未經修理的情況來看，是在這幾天崩坍的吧。

愈是往內部前進，遭到破壞的地方就愈是明顯。地板、天花板，還有牆壁都遭人打碎或斬斷，開出好幾個破洞。彷彿最近這裡發生過戰鬥一樣。

「還沒找到任何線索嗎！」

突然傳來一道怒吼。那是迪耶哥的聲音。從附近的門後傳來的。

我站在門前豎起耳朵。

「……只、只知道是帶著面具的男人……」

「這我早上聽過報告了！我要你給我新的情報！」

「真是非常抱歉。」

「是魔王學院的人幹的嗎？」

「……關於這點，由於偵測不到賊人的魔力，就連是否為魔族所為都無法辨別……」

偵測不到魔力的面具男啊……好像在哪裡聽過呢。

「而且我們的計畫沒有洩露給魔王學院知道。他們會攻擊這座設施的可能性應該很低。屬下認為這恐怕是西方的殷茲艾爾帝國所為。」

「他們應該沒有這麼做的理由！我們可是建立了千年以上的友好關係喔！」

「……話雖如此，但對方也沒笨到會完全信任蓋拉帝提吧。會不會是內部有密探潛入？

或許他們偶然探聽到聖母的傳聞。」

大概是迪耶哥不發一語吧，門後沉寂下來。

「沒讓賊人察覺到聖母的所在位置吧？」

「是的。雖然面具男大鬧了一場，但看來是沒讓他找到的樣子。」

隨後，迪耶哥就一副想到好主意的感覺說道：

「很好，那就這麼辦吧。把這次的襲擊設計成是魔族幹的。」

「……要捉一名魔王學院的學生來嗎？」

「就算不擇手段也無所謂。只要能讓民眾知道正義是在我們這裡就好。製造一個能讓我們進攻迪魯海德的正當名義。」

「那麼，終於？」

「實現我等夙願的時刻到了。」

「遵命！屬下知道了。」

「密探的事情就交給你處理。給我找出來，讓他把事情全盤托出。就算不擇手段也要達成目的。」

「遵命！」

真是愚蠢。不惜捏造莫須有的事端也想開戰啊？

明明難得迎來了和平，到底為什麼會這麼不滿？儘管可以在這裡殺掉他，不過昨天也才剛消滅掉他的根源，還是阻止他們的計畫比較快吧。

儘管不知道聖母是指什麼，但應該是勇者學院的重要人物吧。

就從至今為止的發展來看，說不定就是艾蓮歐諾露。

既然面具男找不到，就表示這裡的某處應該有隱藏房間。但就算我啟動魔眼，也看不出施有魔法機關的地方。說到底，如果是魔法機關的話，應該會被他找出來吧。這樣一來，應該就跟魔王城的地城一樣，是設有不帶魔力的隱藏房間。

我一度折返，回到牆壁被破壞的通道上。

微微抬腳，咚地一聲用力踏地。緊接著一陣轟隆隆隆隆隆的巨響，我踏地的震動讓整棟建築物劇烈搖晃。

「敵、敵襲！全隊就戰鬥位置！」

伴隨著緊迫的吶喊聲，士兵們亂糟糟地蜂湧而出。不過在注意到哪裡都沒有賊人身影之後，全都露出疑惑的表情。

「……會是地震嗎？……」

「……聖明湖應該不常發生地震……是湖水乾枯的影響嗎？……」

士兵們進行著這種對話。我趁機用魔眼調查他們的魔力，掌握住全隊的部署位置。

唔，是在那裡啊？我經由通道朝目標地點走去。

稍待片刻，等士兵們都離開之後，我面向一道平凡無奇的牆壁，將指尖抵在牆上壓下去。

牆壁隨即緩緩開啟。是一道不用魔力的密門。

就算再怎麼避免情報外流，人性都會在緊急時自然而然地去保護必須保護的東西。只要將士兵的部署位置與搖晃建築物時的不自然震動互相對照，就會知道答案了。

我沿著門後的昏暗道路直走下去。沿途設置了許多同樣沒用魔力的陷阱，但全都被我輕易識破。不久後，前方冒出微微藍光。

那裡是個寬廣的空間，飄浮著上千，不對，是上萬顆的聖水球，而裡頭全都裝著一名全裸的少女。

是潔西雅．加隆．伊捷伊西卡。毫無疑問，她正是在學院對抗測驗中跟我交戰過的那位排行第一位。人數上萬的少女，全都擁有完全相同的根源。

而在房間中央的巨大聖水球裡，則裝著艾蓮歐諾露。

就跟昨天在神殿裡看到的時候一樣，她的全身就像在釋放魔力地發光，讓整個人的輪廓很模糊。許多魔法文字就像纏繞在這副身軀上似的，飄浮在她的周圍。能看出她的魔力正流向其他的聖水球。

「艾蓮歐諾露。」

我解除「幻影擬態」，呼喊她的名字。

「……阿諾斯弟弟……」

她又驚又喜地注視著我。

「抱歉，我沒辦法去學校。這種情況也有點出乎我的意料之外。」

「沒什麼，就跟約好的，一樣是在放學後見面。一點問題也沒有。」

語罷，艾蓮歐諾露綻開微笑。

「我就覺得你一定會來喔。」

她豎起食指說道。然後，露出溫柔的表情注視著我。

「雖然是在這種地方，但你能聽一下我的心願嗎？」

「說吧。」

「小弟想請阿諾斯弟弟消滅一個人的根源。」

「唔，誰的？」

她以毫不顧慮的語調說道：

「我的。」

艾蓮歐諾露露出毫不虛假的笑容，彷彿在述說，這是她由衷的心願。

「我一直在等待，能從這個永無止盡的地獄之中，讓我和潔西雅獲得解放的人。阿諾斯弟弟，我呢——」

然後，她坦白說：

「是人不該創造出來——禁忌的魔法唷。」

§31 【「根源母胎」】

禁忌的魔法啊？我掌握到大致的狀況了。

「也就是說，妳是人形魔法吧？」

經我這麼一說，艾蓮歐諾露就驚訝地瞠圓了眼。

「……阿諾斯弟弟，你真厲害呢。只說這些你就明白了。」

「如果是將人魔法化的理論，我也曾經考慮過。還開玩笑地試著組出魔法術式。」

「……順利嗎？」

艾蓮歐諾露戰戰兢兢地詢問。

「瘋子才會這麼做。這是不該存在的魔法。」

她像是鬆了口氣似的微笑。

「也是呢。真的是這樣呢……」

艾蓮歐諾露微微低頭脫口說出這句話後，便把頭抬起。

「然而在兩千年前，有個人做出這種瘋狂的行為喔。阿諾斯弟弟知道他嗎？蓋拉帝提魔王討伐軍的總司令。」

真是懷念的頭銜。雖然力量比不上加隆，但想要打倒魔族的執著心卻是深不可測。

「是傑魯凱吧。」

艾蓮歐諾露點了點頭。

「傑魯凱總司令對魔族懷抱強烈的恨意。即使暴虐魔王死去，世界被牆壁隔開，他的恨意也依舊不減。牆壁總有一天會消失；暴虐魔王總有一天會轉生。所以，他為了這一天作好準備。他相信除非完全消滅暴虐魔王，不然自己的戰鬥將永不結束，為了將對魔王的恨流傳給子子孫孫而設立了勇者學院。」

「只能說是愚蠢了呢。」

「我也這麼覺得。而在當時也有個人，有個人類擁有跟阿諾斯弟弟一樣的想法喔。」

「是勇者加隆嗎？」

「對。加隆直到最後都反對設立勇者學院。他不斷述說暴虐魔王其實是渴望和平的，說魔王就只是因為戰爭，就只是為了守護魔族才戰鬥的，表示他的立場就跟自己等人沒有兩樣。不過，就算這是英雄說的話，也很少有人類相信……」

這也是沒辦法的事。我在那場大戰之中屠殺了不計其數的人類。如果這樣就能說服眾人，那麼打從一開始就沒必要將世界分成四塊。

「勇者加隆主張是魔王犧牲了自己的生命建起牆壁。就連我也覺得這是謊言。因為據說加隆連對魔族都很溫柔，所以認為他這是想給轉生後的暴虐魔王一個洗心革面的機會。」

也就是覺得加隆是在打倒暴虐魔王之後，作為最後的憐憫所說的謊吧？艾蓮歐諾露出生時，暴虐魔王之名已被改寫成阿伯斯・迪魯黑比亞。她會這麼想也是在所難免。

「不過，在遇到阿諾斯弟弟，知道阿諾斯弟弟就是暴虐魔王之後，就覺得加隆果然沒有說謊。」

「為什麼？」

艾蓮歐諾露嗤嗤笑起。

「因為，你看起來不像是會不講理地殺害人類的人喔。『根源光滅爆』的事情也是。假如阿諾斯弟弟沒有停止魔法的時間，大家早就死了。」

「這只是偶然。」

「那我就當作是這樣吧。」

她一面這麼說，一面豎起食指。

「然後呢，最後，由於贊同傑魯凱總司令意見的人占大多數，所以到頭來還是設立了勇者學院。」

「加隆怎麼了？」

「……他好像放棄阻止，決定要相信後世的人類與魔族喔。認為只要和平的時代到來，魔族就不會襲擊人類，而人類也應該不會笨到向什麼也沒做的魔族開戰。」

要說天真確實是很天真。不過，很像那個男人會作的決斷。只要雙方沒有敵對，就不會產生憎恨。他是想這麼相信的吧。

「不過呢，這點傑魯凱總司令也十分清楚。憎恨終究會薄弱；憤怒總有一天會消失。就算設立勇者學院，就算再怎麼將恨意流傳下去，只要參與過大戰的人不在了，人類遲早會遺忘對魔族的憎惡。」

不論施展怎樣的魔法，人類都沒辦法活得太長久。只要經過數百年，憎恨就會從人們的心中消失吧。歷史書只會將事實傳承下來。

「傑魯凱總司令很害怕這種情況。」

「所以，他才將自己的根源化作『聖域』的魔法嗎？」

艾蓮歐諾露瞠圓了眼，然後嗤嗤發笑。

「……你果然很厲害。全都被你識破了……」

「這沒什麼，因為我在施展『聖域』時，聽到了莫名耳熟的聲音。」

由於聲音跟直接聽到時的印象不同，所以才沒有立刻想起來，不過那應該就是傑魯凱的聲音吧。

「兩千年前，神族也參與那場大戰。將根源化為魔法雖不是人類之力所能觸及的領域，但只要備齊聖水與神力，就總會有辦法的吧。」

我施展的「聖域」是用兩千年前的魔法術式。儘管使用了相同的術式，卻得到不同的結果。這也就是說，神改寫了世界的秩序。

「就跟阿諾斯弟弟說的一樣。傑魯凱總司令犧牲了自己的生命，將他的意念以及他對魔族的復仇心，寄託在『聖域』的魔法上。然後在勇者學院的教科書上記載，只要施展『聖域』的魔法，就能聽到加隆的聲音。宣稱只要遵從聲音的指示，就能夠成為勇者。」

所以勇者學院的學生們才會以為那是加隆的聲音啊？

「愈是施展『聖域』的魔法，對魔族的復仇心就愈會深植在術者心中。而勇者學院則是會詳盡地教導學生，魔族對人類做了多麼殘虐的事情。這樣一來想法與記憶就不會中斷，讓人類能持續憎恨暴虐魔王，直到他轉生歸來為止。」

我知道傑魯凱比常人更加憎恨魔族。儘管如此，和平已在眼前，況且他也油盡燈枯了；於是想說，最後就讓他在所愛之人的圍繞下安享天年。

或許是我的天真，招致了這個局面。我在兩千年前就應該消滅他的。

「而加隆也到底是無法對這件事袖手旁觀是嗎？」

艾蓮歐諾露點了點頭。

「加隆堅決反對傑魯凱總司令化為魔法。雖然人數不多，但加隆也有贊同者。於是傑魯凱總司令認為，這說不定會演變成棘手的事態。」

「所以，他殺了加隆嗎？」

「……嗯……也有許多人不希望自己的子孫活在這種感情中。以這些人為中心，贊同加隆的人一點一滴地增加。然而，他們到頭來還是傑魯凱總司令的同伴，趁其不備殺了加隆，並設法讓他無法復活。即使加隆擁有七個根源，只要沒有復活的方法，也就無法復活了。」

「那可是連我都無法澈底殺死的男人。就算是趁人不備，我也不覺得他會被區區的人類殺死喔？」

「也是呢……就我的調查，其實加隆有辦法復活。可是，他卻沒有復活。我想他肯定是對人類厭煩了。」

這也是情有可原的事。不斷戰鬥，為了人類不斷犧牲的男人，卻慘遭人類背叛殺害。就算是在魔王面前不斷挺身而戰的那個男人，在被同伴從背後暗算之後，也到底是沒有力氣再站起來了吧。

「想要拯救人類的勇者加隆，曾是英雄的他已經不在了。在那之後，他就再也沒出現在歷史的舞臺上。不論是勇者學院還是『聖域』的魔法，他都再也沒有理會。說不定他甚至沒有轉生，就這樣默默消失了。就算不是，我想他也應該不會再度作為勇者戰鬥了。」

所以她才說我所知道的加隆已經不在了啊？

「妳是何時誕生的？」

瞬間，艾蓮歐諾露露出過意不去的表情。

「……傑魯凱總司令的根源，最終成為了兩個魔法。一個是『聖域』。另一個，就是我，「根源母胎（艾蓮歐諾露）」的魔法喔。」

如果是在那場大戰之後立刻魔法化，應該會知道暴虐魔王是阿諾斯．波魯迪戈烏多。

「魔法化很花時間嗎？」

「我呢，是失敗作品。或許是憎惡與憎恨全都被『聖域』的魔法吸收了吧，我缺少對魔族的憎惡。其實我應該要成為傑魯凱總司令的人格，持續在勇者學院執教鞭的。所以我不斷地被消除記憶，不斷地被重新製作喔。」

也就是傑魯凱的企圖也不是全都如他所願啊？

「經過三百年後，那個時代的勇者們終於作出決斷。他們認為不可能將我重新製作成正確的樣子。所以，就決定只將我當作魔法使用。」

我望向飄在艾蓮歐諾露周圍的無數聖水球，以及裡頭的潔西雅。

「『根源母胎』。我是用來製造複製根源的魔法。」

「在這裡的潔西雅還有迪耶哥，全都是用魔法複製出來的根源所創造的啊？」

這兩個人並不是毀滅了，根源也能復活；他們確實消滅了。只是存在著相似到讓人無從區分的另一個人。嚴格來說，難以認為他們的根源真的完全相同。或許還是有連我的魔眼也無從區分的微小差異吧。

「這是從當時的勇者之中，挑選最適合的根源加以改良的。潔西雅是特別強化戰鬥能力的複製根源，相反地，則是失去了感情與語言能力。迪耶哥是特別強化教育的複製根源，跟『聖域』的魔法適合性良好，最容易被傑魯凱的聲音感化。」

也就是潔西雅適合作為士兵，迪耶哥適合作為在當代勇者心中深植憎恨的教育者。

「我一直看著他們過著毫無意義的人生。由於我是魔法，就算這具人類的軀體死亡也會立刻轉生，然後作為『根源母胎』持續地生下他們。生下這些就只是為了死亡、就只是為了憎恨而誕生的空虛生命。」

艾蓮歐諾露直盯著我的眼睛，以掩藏著憂鬱的笑容說：

「只要『根源母胎』的魔法還存在於這個世上，不論是潔西雅、迪耶哥，還是勇者學院，都不會幸福的。所以，阿諾斯弟弟，我求求你。」

她帶著殷切的感情說道：

「請殺了我，殺了『根源母胎』。『根源母胎』的基礎是傑魯凱總司令的根源。倘若是能消滅根源的阿諾斯弟弟，就一定有辦法消滅這個魔法才對。」

「……哎，是有可能啦。但我很在意一件事。」

「什麼事？」

就連這種時候，她都帶著悠悠哉哉的笑容向我問道。

「妳的願望，好像沒考慮到妳自己的幸福喔？」

艾蓮歐諾露愣了一下，然後輕輕地發出微弱的笑聲。

「……那個呢，阿諾斯弟弟……」

艾蓮歐諾露悲傷地垂下眼簾。

「……我沒有守護住喔。我所生下來的孩子們，我一個也沒有守護住。沒有一個人能獲得幸福……」

她的眼中泛起微微淚光。

「不斷地、不斷地……一百年、兩百年，甚至更久更久的歲月裡……我就只是不停地殺害他們……」

透明的淚珠滑落她的臉頰。混入聖水球的水中後，連同她的眼淚消失得無影無蹤。

「……我是個只會產生憎恨、孕育不幸的魔法……我已經不想再生出那些只會變得不幸的孩子們了……而且——」

她以聲嘶力竭的悲痛聲音說道。彷彿在懲罰自己。

「……只會產生不幸的我，是沒有資格獲得幸福的……」

「唔，原來如此。我很清楚了。」

她茫然不解地看著我的臉。像是指著周圍漂浮在無數聖水球裡的潔西雅們似的，我敞開了雙手。

「也就是說，只要讓這裡所有的人都獲得幸福就好了吧？」

§ 32 【靈神人劍】

艾蓮歐諾露笑了起來。儘管臉上淌著淚水，也還是想回應我的心情。

「謝謝你。不過，這樣就好了。我是用來與魔族交戰的魔法。只要有人使用，我就無法抵抗。像這樣持續生產複製根源，讓生下來的潔西雅去侵略迪魯海德。」

要是潔西雅組成一萬人的軍隊，施展「勇者部隊」的話，將會成為一批超乎常理的戰力吧。而且各個都還是能施展「根源光滅爆」的人肉炸彈。這對迪魯海德來說只會是個威脅。

「你們魔族沒必要顧及我們人類的內情。就消滅我，守護迪魯海德吧。」

「不，這是兩千年前我所留下來的戰爭。不能讓生活在這個和平時代的人，捲入這場無聊的戰爭之中。」

當時要是我消滅掉傑魯凱的話，就不會演變成這種局面了。

「即使是潔西雅跟妳，也都是一樣的。」

就連迪耶哥也都只是被「聖域」的憎恨所束縛。

「我就只是在清算過去。雖然無法讓已消滅的潔西雅復活，但妳就和這裡的潔西雅們一起活在和平的時代裡就好。」

「如果要清算一切，我跟潔西雅還是不要留在這個時代會比較好喔。」

「我無法當妳們不存在過。」

已誕生的生命不會消失。艾蓮歐諾露跟潔西雅，都已經是這個世界上的生命了。

「這兩千年間，讓妳留下痛苦的回憶了。」

艾蓮歐諾露的身體顫抖。一直以來，她都活得很痛苦、很痛苦、很痛苦吧。而最後則是希望自己能從這個世界上消失。這種不幸已經受夠了。

「這是我犯下的過錯。所以在今後的兩千年間，我會讓妳幸福的。」

「我不會說這樣就能抵銷我一切的過錯，但至少讓我作出補償。」

艾蓮歐諾露頓失笑容，虛張聲勢的偽裝一點一滴地剝落。

「……我可是人類喔。不對，就連人類都不是。就只是個魔法喔……」

「這又怎麼了？」

淚水從她眼中溢出，滑落臉頰。連溶入聖水球中的那滴淚珠，也清楚映在我的魔眼(眼睛)上。

「……只要『聖域』的魔法還在，人類就會持續憎恨魔族……我們就只能一直戰爭到其中一方毀滅為止……」

「既然如此，那消滅掉『聖域』就好。」

露出一臉悲痛的表情，艾蓮歐諾露向我搖搖頭。緊接著，她脆弱地喃喃低語。

「……壞小孩……說這種充滿希望的話……會讓我懷有夢想喔……」

「我會幫妳實現的。畢竟妳已經痛苦了兩千年。既然如此，要是無法實現任何一個願望，那才不真實。」

不斷忍受痛苦的人，毫無希望地死去。這要是世界的常理，那就讓我來毀滅吧。

「至今為止，妳忍耐得很好。已經夠了。因為現在，我已來到妳面前了。」

「……可是…………」

大概是無法下定決心吧，艾蓮歐諾露遲遲沒有回應。應該是因為她知道甜美的夢想，也最容易化為絕望吧。

不過就在這時，從某處傳來一道聲音。

微弱的聲音。微弱的意念。

「……救……救……」

艾蓮歐諾露身旁的一顆聖水球裡，傳來一名十歲左右的潔西雅發出的聲音。

「……潔西雅…………？」

艾蓮歐諾露一臉驚訝的表情。特別強化戰鬥能力，應該無法言語的潔西雅開口說話了。

「…………請救救…………媽媽…………………」

這句話讓艾蓮歐諾露再也忍受不住情緒，不自覺地哽咽起來，使得眼淚不斷從她眼中滑落下來。

「……對……對不起呢，阿諾斯弟弟……我這麼說也許很卑鄙。但是，求求你。」

艾蓮歐諾露跟方才一樣地懇求，帶著遠比方才還要強烈的心願。

「……救救我們。請救救在這裡的潔西雅，請救救我……我們已經受夠戰鬥了。」

「就交給我吧。我不會說立刻就能辦到；但是，我絕對會拯救妳們的。」

艾蓮歐諾露撲簌簌地落下眼淚。

「……絕對要喔，我們約好……了喔……」

「我以自己的名字向妳發誓。」

要讓她們獲得解放，就只能斬斷人類對魔族持續兩千年的憎恨。必須消滅掉化為「聖域」魔法的傑魯凱根源，讓「聖域」變回原本的魔法。

不過，跟艾蓮歐諾露不同，「聖域」並不是人型魔法。傑魯凱的根源不存在明確的形體，早已成為世界的常理，成為秩序，成為了概念。

要改正這點，可是非比尋常的難事。因為這就像是要改變物體會往下掉的法則一樣，等同是要讓理滅劍的效果永遠持續下去。

「咦……？」

艾蓮歐諾露不自覺地喃喃出聲。我也剛好感受到一股巨大的魔力紊亂。

不是在這棟建築物裡。是從外頭傳來，但沒有很遠。

「……我想，大概是在神殿喔……」

我啟動魔眼，監聽在建築物內此起彼落的「意念通訊」。

『……怎麼了！』

『……敵、敵襲！是敵襲！神殿遭到賊人入侵了！』

『……那、那是七、七魔皇老！七魔皇老出現了！確認到梅都因・卡沙、索隆・安卡托，還有艾魯朵拉・災亞等三名！請求緊急支援！』

『呃……!沒想到真的是魔族幹的好事……還以為目標是聖母，他們這是打算破壞靈神人劍嗎……!』

這種時候，來了七魔皇老啊?

「……怎麼了……?」

「事態好像變得有點棘手了呢。我去看看情況。」

「要、要小心喔。」

「我會的。」

我施展「轉移」的魔法，打算轉移到神殿內部。然而在連結空間的對面，魔法陣遭到破壞了。或許是受到七魔皇老入侵的影響吧，靈神人劍的力量比上次強大，增強了驅魔之力。

我再度施展「轉移」，轉移到神殿外頭。

「呃啊啊啊啊……!」

有好幾名士兵從神殿裡被打飛到外頭來。

我瞥了一眼，隨即踏入神殿。神殿內部的大門已完全敞開，神聖光芒覆蓋住周遭一帶，室內充滿純白的光輝，地上倒著好幾名士兵。

我朝神殿內部走去。映入眼簾的，是一把插在臺座上的聖劍。那把劍散發神聖的光輝與超乎常理的魔力，是靈神人劍伊凡斯瑪那。

一旁站著四名魔族。一個是長著兩隻角的男人，一個是有著巨大蝙蝠翅膀的男人，一個是帶著三隻魔眼的男人。

而他們的中央，站著一名戴著面具的男人。他將手伸向靈神人劍的劍柄。

「沒、沒用的！勇者加隆的聖劍，你以為魔族有辦法碰觸嗎！」

房間裡包圍魔族們的一名士兵喊道。不過，面具男毫不在意地握住伊凡斯瑪那，然後輕而易舉地拔出來。

「……什麼……………呃………」

士兵們驚嚇過度，一時之間甚至無法言語。

「…………聖……劍…………被拔……起來了…………？」

「……這……怎麼……可能……這怎麼可能啊！兩千年來誰也無法拔起的聖劍，居然認同魔族為持有者嗎……！怎麼可能會有這種事！」

面具男無視一旁嚇破膽的士兵們，朝在場最危險的對手看去。

也就是我。

「唔，一般魔族光是碰觸就會消滅的聖劍，能拔出來還真是非比尋常的力量啊。」

仔細一看，面具的造型跟魔劍大會時有些不同。不過，還是一樣讓人看不到魔力。

「既然你率領著七魔皇老，那就已無從狡辯了。報上名來。」

「余乃阿伯斯·迪魯黑比亞，毀滅萬物之暴虐魔王。」

面具男舉起靈神人劍。伊凡斯瑪那當場發出耀眼的光芒。

「虛構的魔王，你想用這虛偽之名做什麼？」

我在眼前展開六門魔法陣，發射「獄炎殲滅砲」。

「愚昧。」

阿伯斯·迪魯黑比亞揮下伊凡斯瑪那，神聖閃光隨即化為無數劍擊，朝周圍擴散開來。不僅輕而易舉地斬斷我發射的六發「獄炎殲滅砲」，光之劍擊還朝我襲擊而來。

我在用反魔法與「破滅魔眼」讓威力衰減後，將劍擊往後方撥開。被無聲斬斷的柱子一齊倒塌，神殿嘩啦啦地開始崩坍。

唔，不只能拔劍，還能將靈神人劍運用自如啊？他這是靠力量逼迫會自行選擇持有主的聖劍聽命？還是說——

「聽好了，人類。兩千年前的勝者乃是余。」

伊凡斯瑪那的光芒，覆蓋住阿伯斯·迪魯黑比亞與三名七魔皇老。

「毀滅吧，愚蠢的人類。毀滅吧，不認同余的愚蠢魔族。余將重新創世。讓深邃黑暗與混沌吞噬一切，創造出正確的魔族盛世。」

當光芒迸裂，倏地消散時，阿伯斯·迪魯黑比亞的身影已消失無蹤。

§ 33 【宣戰布告】

在阿伯斯·迪魯黑比亞與三名七魔皇老離去後，蓋拉帝提的士兵們就為了救護傷患與回報這次事件的始末，忙得不可開交的樣子。

我離開現場，決定去看宿舍的情況。途中也稍微看了一下蓋拉帝提街道上的情形，跟平時相比有哪裡鬧哄哄的樣子。好幾名士兵在街道上東奔西跑。

抵達目的地後，發現周圍吵得沸沸揚揚的。大約有三百名的蓋拉帝提士兵將勇者學院第三宿舍團團包圍，進行警戒。而在包圍的內側，是預先對宿舍施展的吧，張設著使用聖水的魔法結界。就算是因為阿伯斯・迪魯黑比亞的襲擊，動作也太快了。也就是說，他們早在事前就已作好準備了啊？即使聖劍沒有被奪走，也打算在之後這麼做吧。

「我從剛剛就已經問過很多次了吧？快回答我！這到底是什麼意思！」

梅諾逼問看似負責人的士兵。兩人之間遭結界隔開。

「只要別輕舉妄動，就能保障各位的生命安全。」

「別開玩笑了！居然監禁前來作學院交流的學生，這簡直就是瘋了啊。這可不只會演變成德魯佐蓋多的問題啊！」

士兵沒有回答，只是以警戒的眼神盯著梅諾。他們是蓋拉帝提的軍人。就只是服從命令，未被告知詳細的情形。

「這是誰的命令？」

「恕我無法告知。」

士兵打算離去。

「給我等一下！」

梅諾向他伸出手，卻遭到魔法結界擋下。一陣劈啪作響後，她的指頭被燙傷了。

「要是有外出中的學生回來，請放他們進來。我會負起一切責任的。」

她慎重其事地向士兵說道。還真是誇張。

「能讓路嗎？」

我一向士兵搭話，他們隨即臉色大變，立刻施展「意念通訊」。

「發、發現一名魔王學院的學生！是特例對象，阿、阿諾斯・波魯迪戈烏多！再重複一次，阿諾斯・波魯迪戈烏多出現在第三宿舍前！」

士兵們就像在警戒我一樣，一齊往結界的內側退後。

唔，神殿的士兵好像不知道我的長相，但這些傢伙不同。

「不用這麼害怕，我不打算跟你們這些傀儡打。」

「別大意！全員退到結界內側防備。他沒這麼容易闖進——」

我踏進結界內側。意圖焚燒我的神聖魔法被反魔法擋下，我悠然地走進結界裡頭。

「什……什麼……？」

「他、他穿越結界了！」

士兵們發出驚愕的叫聲。

「……居……居然毫不在意使用了這麼多聖水的魔法結界，是報告以上的怪物啊……！上頭的人是要我們怎麼阻止這種傢伙啊……」

「別訴苦了！不論做不做得到，我們都只能完成任務！」

我無視好像在上演什麼喜劇的士兵們，朝梅諾筆直走去。就像退潮似的，士兵們唰地讓

開我前方的道路。

「……阿諾斯同學……這到底是怎麼回事，你知道嗎？」

梅諾一副忍不住疑惑的樣子向我詢問。

「信不信由妳。」

就在這時，里貝斯特從宿舍裡走出來。

「梅諾老師，請到屋裡來一下。在魔法轉播上，迪耶哥學院長他……！」

我跟梅諾互看了一眼。我點了點頭，兩人一起走進宿舍。

在供給大量學生放鬆休息的大廳裡，有一顆魔法轉播用的大型影像水晶，上頭顯示著迪耶哥的身影。地點好像是亞魯特萊茵斯卡的王座。

「向亞傑希翁的民眾宣告。我是勇者學院亞魯特萊茵斯卡的學院長，迪耶哥．加隆．伊捷伊西卡。今日，我會中止亞傑希翁一切的魔法轉播像這樣跟各位說話別無他事，是因為發生了一起無論如何都必須告知各位的事。」

迪耶哥停了一會後，莊嚴地說道：

「深邃黑暗來臨了。」

他的表情凝重，彷彿即將前往死地的戰士。

「勇者學院祕密祭祀的傳說聖劍，靈神人劍伊凡斯瑪那被人帶走了。被代表魔族之國迪魯海德的三名七魔皇老，梅都因．卡沙、索隆．安卡托、艾魯朵拉．災亞，以及經過兩千年的歲月，在那個國度復活的深邃黑暗——暴虐魔王帶走了！」

大廳嘈雜起來。以皇族派的人為中心，對轉播異口同聲地發出抗議。

「兩千年前，我們的祖先，傳說中的勇者加隆與卑劣無情的魔族交戰，並戰勝了他們。經過漫長的歲月，被囚禁在牆壁對面的魔族們，在牆壁消失之後也沒有襲擊我們。我本以為這是他們反省了自身的過錯。既然如此，那就忘卻過去的遺恨，原諒魔族吧。然後為了以學院交流的名義給予救濟，我向他們伸出了友善之手。而這也是要在今後的時代裡與他們同舟共濟，一同生活的訊息。」

迪耶哥露出懊悔的表情，握緊拳頭，用力揮下。

「然而，他們卻以卑劣的手段背叛了我們！將我們的守護神，至今在此地不為人知地守護著的靈神人劍帶走了。這代表著什麼意思，如今已不必說明了吧！魔族打算進攻這座亞傑希翁大陸！要不然的話，他們沒必要偷走靈神人劍！」

一副正義在我的模樣，迪耶哥高聲喊道。

「不過，請勿擔憂！我已獲得蓋拉帝提王的許可，在這座蓋拉帝提城裡宣言，將重新組成過去打倒魔王的蓋拉帝提魔王討伐軍！然後，為了向將我們祖先的榮耀靈神人劍帶走的迪魯海德揮下正義的鐵鎚，今日就在這裡向那些卑鄙的傢伙們發出宣戰布告！」

王座之間的士兵們就像是在展現氣勢般，揚聲發出「喔喔喔喔喔」的戰吼。

「就如各位所知，亞傑希翁有則自上古流傳下來的口傳。深邃黑暗最終將再度吞噬亞傑希翁。但無須害怕。伴隨著希望祈禱吧。向我們傳說的勇者獻上祈禱。如此一來，勇者將會再度降臨，以希望之光驅逐黑暗。」

突然靜默下來，迪耶哥說道：

「我名喚迪耶哥・加隆・伊捷伊西卡。是傳說中的勇者加隆的後裔，也是他的轉生！我已將分散在亞傑希翁各地的勇者學院畢業生們招回蓋拉帝提，明天就能作好遠征的準備。」

不論是運用怎樣的魔法，這準備得也太快了。只能認為他們早在事前就打算要發動戰爭了；不過大部分的人類都沒注意到這件事。民眾光是擔心自身安危就沒有餘力了吧。

「正義在我！蓋拉帝提魔王討伐軍旗開得勝！」

「喔喔喔喔！」士兵們發出戰吼。

「給予愚蠢的魔族天罰！讓我們勇者獲得勝利！」

「喔喔喔喔喔喔！」士兵們再度發出戰吼。

看到這一幕的魔王學院學生們竊竊私語。

「這些傢伙在說什麼啊……是瘋了嗎？居然真的打算引發戰爭……」

「是啊，他們腦袋有問題吧……？」

這是當然的感想。只不過，也有不少人擔驚受怕。因為要是迪魯海德與亞傑希翁真的開戰，魔王學院的學生們就會變成敵國的俘虜。

就在這時，我收到對我發出的「意念通訊」。

『聽得到嗎？』

是米夏的聲音。

「聽得到。看過轉播了嗎？」

『嗯。阿諾斯在哪裡？』

「第三宿舍。士兵包圍了這裡，把學生們監禁起來。妳別回來比較好。外頭的士兵應該也會捕捉魔王學院的學生。妳要小心。」

『放心。』

也對，人類的士兵不可能捉得住米夏吧。

「其他人跟妳在一塊嗎？」

『莎夏在一起。其他人分開行動。』

記得她們說要去逛祭典吧？

『他們施展了「意念妨害」，「意念通訊」很不穩定。難以和雷伊他們通訊。』

雷伊不擅長魔法。米莎的魔力本來就很弱。在施展了「意念妨害」的狀況下，兩人都難以收發「意念通訊」吧。

「米莎應該跟雷伊在一起吧？就算丟著不管也沒問題。先去找粉絲社她們。」

這時，有其他的「意念通訊」傳來。

「如果發生了其他事情，就聯絡我。」

『嗯。』

我結束與米夏的「意念通訊」，回應新傳來的「意念通訊」。是從迪魯海德傳來的。

「梅魯黑斯，怎麼了？」

『演變成棘手的事態了。』

梅魯黑斯經由「意念通訊」的魔法，將「遠隔透視」的影像傳送過來。我在眼前顯示出那道影像。

「余乃阿伯斯・迪魯黑比亞。」

影像上顯示著那個面具魔族。七魔皇老的梅都因・卡沙、索隆・安卡托，以及艾魯朵拉・災亞等三人，彷彿在對阿伯斯・迪魯黑比亞宣示忠誠般的跪在他身旁。

「這是怎麼回事？」

『這是對迪魯海德全境轉播的影像。梅都因、索隆，以及艾魯朵拉向民眾發表他們找到暴虐魔王的轉生。』

要是七魔皇老這麼說，迪魯海德的民眾就不得不信了。

「子孫們，余已歸來。」

阿伯斯・迪魯黑比亞發出強而有力的聲音。

「兩千年前，余為了終結大戰，犧牲此身將世界隔為四塊。原以為這正是迎向和平的最上策，同時也是余不忍消滅人類的慈悲之心。」

梅都因施展「遠隔透視」，顯示著方才在亞傑希翁播放的魔法轉播。迪耶哥的演說在迪魯海德全境播放出來。那是對迪魯海德的宣戰布告。

影像結束後，面具男再度開口。

「彼等將用來消滅余的靈神人劍保留至今。在此和平盛世之中磨練殺害魔族的技術，以勇者學院的名目增強軍備。爾等遺忘了戰爭，遺忘了對人類的恨吧？然而在這兩千年間，人類毫無改變。」

淡淡宣告的事實，伴隨著某種沉重的重量。

「余錯了。即使經過千年、經過兩千年，人類的本性依舊不變。彼等害怕、歧視，並殺害異於自己的存在，是醜陋、愚蠢且無可救藥的醜惡。」

阿伯斯．迪魯黑比亞高舉起右手。

「兩千年前的過錯，如今該是清算的時候了。強者們，聚集到余身旁吧。將爾等性命，託付到余手中吧。」

面具男舉起的右手聚集神聖光芒，靈神人劍伊凡斯瑪那出現在他手中。

「彼等的最大武器，為了消滅余所打造的伊凡斯瑪那已落到余手中。爾等無須恐懼。余之子孫啊，將一切託付給余。如此，余將守護一切的生命，實現一切的誓言。同余一起奔馳沙場，消滅愚蠢的人類吧！」

聞到了。過去曾聞過的血腥味。戰爭即將開始。

兩千年前，我應該確實避開的那場最後的大戰——

§ 34 【決戰前夜】

在水中洞窟的地下深處。我轉移到設置在軍事設施裡的隱藏房間。在房間中央，艾蓮歐諾露漂浮在聖水球裡。

「哇，阿諾斯弟弟，歡迎你來。」

像是很歡迎我的來訪，艾蓮歐諾露親切地笑著。

「事態變得有點麻煩了。」

「我知道喔。亞傑希翁向迪魯海德發出宣戰布告了吧？」

我點點頭。

「在迪魯海德，我的冒充者阿伯斯・迪魯黑比亞現身了。他打算要迎擊蓋拉帝提魔王討伐軍的樣子。」

「……這樣啊。」

「阿伯斯・迪魯黑比亞正舉兵前往亞傑希翁的國境。」

「這麼快就集結好兵力了？」

「是沒有。不過，阿伯斯・迪魯黑比亞已身先士卒。雖說是和平的時代，但魔族可沒軟弱到會讓始祖獨自迎戰。國內各地的魔族，將會紛紛聚集到他旗下吧。」

早就在進行準備的蓋拉帝提魔王討伐軍，行動當然也很快。從各地將集結的勇者們編入軍隊，同樣朝迪魯海德的國境出發。

「現在的話，還有辦法讓妳們逃走。」

在勇者學院把注意力放在暴虐魔王身上的這個時候，反而是個好機會吧。

「……會開戰吧？」

「沒錯。」

「那麼，我們就不可以逃了喔。」

我就知道她會這樣說。迪耶哥之所以會向迪魯海德發出宣戰布告，是因為已經把潔西雅——艾蓮歐諾露所產下的戰力計算進去。假如她們不在了，蓋拉帝提魔王討伐軍將會束手無策地慘遭迪魯海德軍蹂躪。

「我必須守護他們。守護蓋拉帝提的眾人，守護傑魯凱加隆的大家。」

她這麼說後，嗤嗤地笑了起來。

「雖然大家都有點笨笨的呢。不過，真正有錯的人是我。我是不會讓他們死掉的喔。」

就算基本上是與轉生相距甚遠的形式，但她的根源本是來自傑魯凱。她認為這是自己的罪啊？

「勇者還真是麻煩。」

就算被迫背負起不講理的職責，也要為了該守護的事物挺身而戰。

兩千年前，加隆也是同樣的心情嗎？

「……要跟阿諾斯弟弟變成敵人了呢。」

她悲傷地笑著，然後平靜地說道：

「你對我說過的話，跟我約定過的事，我不認為那是謊言。」

「所以——」她娓娓說道。

「我會去打倒你。迪魯海德與亞傑希翁，不論誰勝誰負，都不許怨恨對方喔。」

是為了讓我連同根源一起消滅掉她吧。一旦她消失，戰爭恐怕就會當場分出勝負。要是兩軍都疲憊到無力再戰，或許戰火就不會再繼續擴大下去。只不過──

「先跟妳說好，艾蓮歐諾露。迪魯海德與亞傑希翁，雙方都不會勝利的。」

「……是指戰爭沒有勝者嗎？」

「不對，會勝利的人是我。我會阻止這場無聊的戰爭。」

這是在兩千年前我所希望，然後終於實現的和平。不論是誰都能開懷大笑，人類與魔族都能免於受到不知能否活過明日的恐懼煎熬。這個無可取代的時代，誰也別想奪走。

「這種事，就算是阿諾斯弟弟也……」

「放心，這沒什麼大不了的。只需要稍微趕走迪魯海德軍，阻止阿伯斯．迪魯黑比亞，然後再摸摸蓋拉帝提魔王討伐軍就好。」

在開戰之前，讓兩軍一起喪失戰力。之後再來慢慢思考，要怎麼樣才能去除人類對魔族的憎惡吧。

「假如不在亞傑希翁的陣營裡，也會有無法守護的事物。艾蓮歐諾露，要是妳參戰的話，直到最後一刻都不要殺害任何人。不論敵友。妳就盡全力守護妳想守護的事物吧。」

我向仍一臉半信半疑的她宣告。

「相對地，我會守護好妳的幸福。」

艾蓮歐諾露直盯著我，而我堂堂正正地迎面對上她的視線。

「……我知道了。我就相信阿諾斯弟弟。約好了喔。」

我回以笑容，畫起「轉移」的魔法陣。

「阿諾斯弟弟。」

在視野染成一片潔白之中，響起了她的聲音。

「加隆相信魔王的理由，我好像明白了喔。」

「這樣啊。」

留下這句話後，我的身體當場消失，轉移到迪魯海德，魔王學院德魯佐蓋多的校地內，阿諾斯粉絲社的社團塔裡。

在那裡等待的人有米夏、莎夏、雷伊、米莎、粉絲社的八人，還有七魔皇老的梅魯黑斯、艾維斯，以及蓋伊歐斯和伊多魯。

「我跟艾蓮歐諾露談過了。」

眾人全都一臉凝重地點頭。我已跟他們說過艾蓮歐諾露的事。

「這是兩千年前，我所留下來的戰爭。」

不論是阿伯斯·迪魯黑比亞，還是勇者學院，全都是因為我沒能看穿他們的陰謀，才會招致這種事態。

「你們沒必要特別陪我走這一趟喔。」

聽到我這麼說，梅魯黑斯等七魔皇老當場跪下。

「吾君，暴虐魔王阿諾斯·波魯迪戈烏多大人。對於假冒您的不肖之徒，我等七魔皇老怎麼可能視而不見。」

七魔皇老四人向我垂下頭。

「請儘管吩咐。」

粉絲社的少女們接著說道：

「我們也要戰鬥。雖然說不定派不上用場。」

「因為，戰爭這種事，也太討厭了……」

「我會盡全力加油的！」

我看向米莎，她點了點頭。

「在阿伯斯．迪魯黑比亞現身後，混血魔族的立場很快就會變得愈來愈低下……如果他是假冒的魔王，這也會是我的戰爭。」

「不如說——」

莎夏接話道。

「事到如今還說這種話，我也是會很困擾的啊。不是你要我加入你的魔下嗎？因為要對付迪魯海德與亞傑希翁，難道你就以為我會退出嗎？就算要與全世界為敵，我也會跟你一起戰鬥。」

就像是在同意她的話語，米夏點了點頭。

「阿諾斯是正確的。」

「這可不一定。」

「就算是錯的，我的命是阿諾斯給的。這條命永遠都會與阿諾斯相伴。」

最後是雷伊不假思索地說道：

「我們可是朋友呢。」

我對這份忠義、這份友情，說出答謝的話語。

「我真是有著好部下、好朋友。」

不屬於兩軍陣營，與兩國同時為敵。就算有我在，對面也有取得靈神人劍的神話時代魔族。即使是勇者學院，也還是認為他們備有一、兩道王牌會比較妥當。不夠澈底的覺悟，是沒辦法作出決斷的。

「梅魯黑斯、艾維斯、蓋伊歐斯、伊多魯，你們負責壓制敵方的七魔皇老——梅都因、索隆以及艾魯朵拉。」

要先打擊迪魯海德軍。相對於已掌握到大致戰力的勇者學院，阿伯斯·迪魯黑比亞還是個未知數。既然不知道他會如何出手，就該優先將其打倒。

雖說是七魔皇老之間的戰鬥，局面卻是四對三。既然我方有梅魯黑斯在，局勢就是對我方有利。

「在西側集結過來的魔族與主力部隊會合之前，莎夏與米夏去將他們困住吧。那邊離國境很遠，而且指揮系統雜亂，想必預想不到會在此處遭到攻擊。」

在視野良好的平原上，先讓莎夏用「破滅魔眼」牽制敵人的魔法，接著再施展「創造建築」建造牆壁與柵欄等障礙物，擋住他們的去路。

「米莎與粉絲社在後方待命。施展『雨靈霧消』負責擾亂與收集情報。」

派她們去前線作戰無法說是上策，就讓她們澈底擔任後勤支援。

「我呢？」

「你去把前往國境的東側部隊驅離，別讓他們越過國境。」

這支要對付迪魯海德軍的先遣部隊，是最早跟隨阿伯斯．迪魯黑比亞的皇族派高手，即使是目前的雷伊也會應付得很辛苦。但如果是這個男人的話，相信他應該會在戰鬥中超越這道高牆。

「我直接闖入位在後方的大本營。」

「就小的調查，艾楊之丘建起了一座格外巨大的魔王城。阿伯斯．迪魯黑比亞恐怕就在裡頭吧。」

艾維斯說道。

「只要我出面搗亂，他就不得不現身了。」

要是沒出現，就直接闖進魔王城裡就好。不枉我至今放任他為所欲為，這次他採取了大膽的行動。我不會再讓他逃了。

「這是命令。不准死。不准殺。不能讓任何人死在這場無聊的戰爭之中。」

在戰場上一切都是未知數，無法靠單純的力量多寡決定勝負。我看過許多強大的魔族戰死沙場。本來的話，是絕對不該手下留情的吧。

不過對於我的任性，他們全都毫不迷惘地點頭。

「大家絕對要回到這裡再度相聚。而且要全員到齊。」

§ 35 【各自的想法】

黎明即將到來——

這會是開戰的信號吧。我想看看大家的情況，便往樓梯走去。

緊接著，我聽到微弱的對話聲。是從最上層傳來的。我走上樓梯。

「……今天，我稍微逛了一下密德海斯。」

「如何？」

雷伊與米莎在一半的魔劍前面對話。沒有其他人在的樣子。

「總覺得真的就跟平時一樣，讓人無法相信戰爭馬上就要開始了……」

「我覺得就是這樣喔。」

雷伊不改平時的笑容說道。

「大家都還沒有實感吧。無法相信戰爭真的開始了，等到戰火擴大到自己捲入其中之後，才終於發現這一切都是真的。」

米莎的眼睛茫然注視著一半的魔劍。

「雖然等到他們發現時，肯定一切都已經來不及了吧。」

雷伊平靜地握拳。

「迪魯海德的魔皇幾乎全都聚集到阿伯斯・迪魯黑比亞旗下的樣子。」

「既然暴虐魔王身先士卒，那他們也沒辦法只待在自己的城堡裡吧。這就是魔族的戰鬥方式。」

治理國家的魔皇親赴戰場。要是有什麼萬一，很可能會導致國家衰亡，但魔族的世界裡，不這麼做就無法作為民眾的楷模。出事便躲在城裡的支配者，又怎麼會有人願意跟隨呢？

即使迎來和平，有些事情也不會改變。

「放心，阿諾斯也說過了吧，我不打算殺掉任何人。」

隨後，米莎瞪圓了眼。

「……那個…………」

「畢竟妳的父親，說不定就在裡頭呢。」

米莎就像感到羞恥地別開臉。她在罪惡感的驅使之下說道：

「對不起。」

「為什麼道歉？」

「因為，雷伊同學要一個人對付迪魯海德軍的大部隊……」

像是要吹散她的擔憂般，他爽朗地笑起來。

「明明之後就要去阻止戰爭了，我卻一點也不緊張的樣子。」

「是、這樣嗎……？」

「我想是因為我經歷過兩千年前的大戰。所以我的身體、我的根源，知道這件事吧。像是在訴說：就這點程度，沒什麼大不了的。」

雷伊就跟往常一樣，一派灑脫地說道。

「我會回來的，絕對會回到妳身邊的。」

米莎的視線被雷伊的眼睛倏地吸引過去。兩人的身體緩緩貼近，她閉上眼睛。

雷伊把手繞到米莎的脖子後面，拿起項鍊上的貝殼。

「……雷伊同學？」

「可以給我嗎？」

米莎滿臉飛紅。單片貝殼的項鍊被分成兩串。接著將贈送給戀人的單片貝殼項鍊分成兩串，將其中一串戴在自己身上，代表求婚的意思。這是在勇者學院的課程中也有學到的事。

「肯定會成為護身符的。」

她頷首答應。於是雷伊就將分成兩串的項鍊，其中一串戴在自己脖子上。

「是什麼時候的事呢，妳曾經這麼說過。」

雷伊就像回憶似的說道：

「……妳說，我不會等到那個總有一天的。我現在就想拯救你們。想現在就盡可能地拯救痛苦的人們。要是不這麼想，就算那個總有一天到來，我也肯定賭不了命的。」

米莎有點害羞的樣子點了點頭。

「我就在那時喜歡上妳。因為妳實在是太過耀眼了。」

雷伊爽朗地笑著。

「我曾經認為，只要能過著每天揮劍的生活就好。然而，我卻老是因為許許多多的事情隨波逐流，並不溫柔，也並不強悍。」

米莎搖了搖頭。

「是雷伊同學不了解自己。你是比誰都還要溫柔、強悍的人。總是保持著自然的態度，對誰都能一視同仁的人。」

「是這樣嗎？」

「……就是這樣唷。所以，我才……」

米莎瞬間低下頭，緊緊咬著嘴唇。接著，她抬頭說：

「所以，我才最喜歡雷伊同學了。」

雷伊稍微瞠圓了眼後，微笑起來。

「謝謝妳。」

唔，看來是作好前赴戰場的覺悟了。我轉身走下樓梯。隨後，就遇到米夏與莎夏從樓下走上來。

「上面好像正在忙。有事的話，最好等一下再上去。」

米夏忙不迭地搖頭。

「在找阿諾斯。」

「發生了什麼事嗎？」

「是沒發生什麼事啦……」

莎夏這麼說完，緊緊握住自己的手。她的手在微微顫抖。

「怎麼啦，莎夏，妳在顫抖嗎？」

「這、這才不是啦。我才沒有顫抖……」

「這沒什麼，初戰會這樣也是在所難免。話雖如此，但我也曾經這樣過喔。」

我邊說邊走下樓梯，米夏與莎夏跟在我身後。

「真的嗎？阿諾斯也曾經這樣過？」

「是啊。說來丟人，當時我無意間著急起來。太過激動地要給那些傢伙一點顏色瞧瞧，結果整個人興奮地抖得不停。當時的我也真是的，冷酷得太過澈底，不小心殺了必要以上的敵人喔。」

莎夏停下腳步。當我回頭望去，就看到她用白眼瞪著我。

「我說啊……誰說要聽你講這種英勇事蹟啦……」

「嗯？」

「你在嗯什麼啦。找暴虐魔王商量這種事，是我不對。」

「怎麼啦，莎夏，妳在害怕嗎？咯哈哈。」

「你、你笑什麼啦！這、這可是戰爭耶？」

「這要我怎麼能不笑啊？咯咯咯，妳會害怕嗎？都懷有這麼強大的力量了，妳還真是慎重啊。」

莎夏傻眼地回看著我。

「我用了一個星期的自習時間鍛鍊妳。因為對手只有我，所以妳也許不太清楚吧。就算是以寡擊眾，如今妳的實力也不可能會輸給這個時代的魔族。」

為了讓莎夏將經由「分離融合轉生（deino jikusesu）」增幅的魔力完全發揮出來，我反覆鍛鍊她。

如今已能駕馭「破滅魔眼」的莎夏，如果是對上尋常的魔族，只要瞪一眼就能分出勝負了吧。

「而且妳不是只有一個人。擁有同等力量的人就陪伴在妳身旁。」

莎夏望向米夏，而米夏點了點頭。

「放心，我不會讓莎夏死掉的。」

莎夏不好意思地低垂著頭。大概是因為她覺得只有自己在害怕吧。

「我把手借給妳吧。」

「咦……等、等等……」

我用手掌包覆住莎夏顫抖的手。

「冷靜下來。」

「……好的……………」

「妳覺得我會眼睜睜地讓部下去送死嗎？」

「……不覺得……」

「要是無法相信自己，就相信我。別害怕。妳不會死的。就讓那些在遲到後還恬不知恥地想加入軍隊的蠢蛋們，見識一下我部下的力量吧。」

莎夏明確地點頭。

「我知道了。」

等我放開手後，她就不再顫抖了。

「唔，看妳的臉紅成這樣，是還有什麼擔心的事嗎？」

「什麼……這是……沒事啦！我就只是有點興奮罷了！」

「原來如此。還真是英勇。」

「……我、我去洗個臉……」

莎夏猛然衝下樓梯。米夏在溫柔目送她離開後，開口說道：

「謝謝。」

「要在戰爭中保持平常心是不可能的，不過要是被恐懼吞沒的話，不論怎麼樣的強者都會輕易死去。」

我是絕對不會讓她們死的。

「米夏，妳也是。」

我牽起她的小手。她的指尖在微微顫抖著。

「……看得出來……？」

「我不可能看不出來吧？」

「……嗯……」

「害怕嗎？」

「害怕。」

「害怕什麼？」

米夏想了一下，隨後說道：

「全部。」

沒有人不害怕戰場。不論是殺害敵人，還是同伴遭到殺害，戰場上發生的一切都很可怕。

儘管如此，能不虛張聲勢地說自己很害怕的人，很強。

「……我不會要妳別害怕。跨越這份恐懼，讓它成為夥伴吧。只要妳的魔眼（眼睛）不論在任何時候都能冷靜地注視戰場，就不會有任何人死去。」

米夏點了點頭。

「我會保護的。」

她溫柔地說：

「阿諾斯守護的和平，我會保護的。所以——」

她指尖的顫抖突然停止。

「去為兩千年前的事作一個了斷。」

我明明什麼也沒說。她還是一樣把我看得很仔細。

「好，就交給妳了。」

§ 36 【兩千年前的誓言】

這裡是橫跨迪魯海德與亞傑希翁國境的廣大森林，托拉之森。

在國境東側，亞傑希翁方面布陣的是蓋拉帝提魔王討伐軍。軍隊中有複製根源的少女們，一萬名的潔西雅在。她們全都戴著鐵盔遮住臉部，佩帶光之聖劍焉哈雷，防備迪魯海德軍的襲擊。

另一方面，國境西側能看到迪魯海德軍的先遣部隊，皇族派的眾魔族身影。以治理各地的魔皇為首，由他們旗下的正規軍組成各自的部隊。

他們還在森林裡建起好幾座高聳的巨大魔王城。兩軍相隔還很遠，目前是互相對峙的狀況。不過，這個膠著狀態不會維持太久吧。只要其中一方動手，戰火就會瞬間擴大。因此不能讓兩軍接觸。

雷伊潛伏在迪魯海德方面的國境之前。如果是那個男人，就絕對不會讓先遣部隊越過國境線。

先遣部隊布陣的場所在更西邊，迪魯海德軍主力部隊駐紮在艾楊之丘上。人數大約有兩萬吧。恐怕敵方的七魔皇老也在這裡。

我瞪著建在艾楊之丘上的漆黑魔王城。

「走吧。你們別去理會雜兵。隨時保持四人行動，只攻擊七魔皇老。」
「遵命。」
我筆直朝敵人部隊走去，身後跟著梅魯黑斯等四名七魔皇老。
「……站住，來者何人？」
魔族的士兵們朝著從亞傑希翁方面過來的我們舉起魔劍。
「等等，那不是梅魯黑斯大人嗎……？」
「艾維斯大人、蓋伊歐斯大人，還有伊多魯大人也……」
「那麼，這樣七魔皇老就全員參戰了吧。」
魔族的士兵們表情一亮，收劍入鞘。明明是在戰場上，卻這麼天真。
我一把抓住最前頭男人的臉。
「呃……什、什麼……！」
「就算是認識的人也別大意啊。對方可不一定是友軍喔。」
我用魔法屏障覆蓋住那個男人的全身，然後就這樣舉起來。
「什麼……放、放開我……」
「好啊，現在就放。」
我將男人輕鬆地舉起，朝士兵密集的地方用力丟出。
「什麼……呃、啊啊啊啊啊啊啊啊啊啊啊啊啊啊啊啊啊！」
迪魯海德軍儘管張設了魔法屏障，但覆蓋著我的魔法屏障的那個男人有如砲彈般貫穿了那道魔法屏障，轟隆隆隆地隨便就轟飛了兩百人。

「敵、敵襲……！」

「……怎麼會，亞傑希翁軍什麼時候到這裡來的？」

「不、不是亞傑希翁。那是魔族！」

「你說什麼，是背叛了暴虐魔王嗎？是誰的人馬！統一派嗎！」

「是、是……七魔皇老，梅魯黑斯大人他們……」

「什麼……！」

趁士兵失去冷靜的破綻，我宛如切開布陣般的疾馳而去，站在像是指揮官的男人面前。

「說我背叛嗎？」

指揮官一臉凶惡地舉起魔劍，部下們也不敢大意地緊盯著我。

「你錯了。這邊才是真正的魔王軍。去告訴阿伯斯·迪魯黑比亞吧。本人來找他了。」

「不過才五個人，算什麼魔王軍啊！全員衝鋒。擊潰他們！」

「可是，梅魯黑斯大人他們也在啊！」

「七魔皇老怎麼可能背叛暴虐魔王！他們當然是冒牌貨！動手！」

哎呀哎呀，真是傷腦筋。

「要是不知道的話，我就告訴你吧。不論是五個人，還是一個人——」

我抬起腳，用力踏在地面上。

「我就是魔王軍。」

轟隆隆隆隆隆隆隆隆隆隆地大地震動，震得士兵們的身體劇烈地東搖西擺。這兩千年間，恐怕整個國家都未曾經歷過的大地震前，他們接二連三地當場摔倒。

「什麼，呃啊啊啊啊啊，這、這到底是怎麼回事……！」

「呃喔，呀啊啊啊啊啊……！」

「大、大地裂開了……哇啊啊……！」

「別害怕，到空中。快飛！」

士兵們一齊施展「飛行」逃向空中。不過他們立刻就失速墜落，整個人摔在地面上。

「飛、飛不起來……呃啊啊啊啊……！」

「怎、怎麼了，魔力場紊亂……哇啊唉唉唉……！」

「該、該死，這到底是發生了什麼事……！」

我就這樣緩緩邁步，開口說道：

「你們難道以為地震的影響就不會波及天空嗎？」

每當我邁開步伐，傳給大地的魔力就會掀起大地震。然後地震撼動著大氣，擾亂天空的魔力場。

「給我記好了。這就是魔王進軍。」

我筆直朝建在艾楊之丘上的魔王城走去。僅僅如此，我半徑數公里內的士兵就雙膝跪地，把頭磕在大地上。

彷彿是在向我跪拜般，魔族大軍瞬間倒成一片。

就在這時，我看到三道人影施展「飛行」從魔王城裡飛出。那是對面的七魔皇老。

「唔，來了啊。梅魯黑斯。」

「就交給老身吧。」

梅魯黑斯等四人施展「飛行」浮空，朝那三道人影飛去。

「米夏，妳那邊如何？」

「意念通訊」接通，傳來她的聲音。

『很順利。』

我經由「魔王軍」的魔法線與她共享視野。

眼前是一片遼闊的沙漠。打算加入迪魯海德軍的魔族集團儘管試圖闖越，卻陸陸續續遭到米夏以「創造建築」形成的流沙吞沒。

即使想施展魔法，這裡也是一片無處藏身的沙地。他們在莎夏的「破滅魔眼」一望之下，沒辦法隨意組成術式的樣子。

「破滅魔眼」的魔力消耗很大。如今的莎夏還沒辦法長時間維持，不過她很靈巧地只針對一部分展開的魔法陣術式發揮魔眼的效果。

只要構成中的術式被破壞掉一部分，術式就難以修復，導致魔法陣自然瓦解。儘管高超的術者也有辦法重新組成術式，不過一如我的預測，這些之後才聚集過來的傢伙儘管人數眾多，卻缺乏實力的樣子。

話雖如此，這也是數萬規模的兵力。一旦展開人海戰術，應該就會漸漸變得不得不後退。

能支撐到什麼時候，全看兩人的力量與戰鬥方式。

「莎夏。流沙裡。確認到魔法術式。是『創造建築』。」

「是想建造障礙物，避開『破滅魔眼』呢。不會讓你得逞的喔。」

朝米夏所指的方向，莎夏以「破滅魔眼」望去，破壞掉那個魔法術式。就算視野不佳，只要能看到魔力就能發揮效果，但很難一面發動「破滅魔眼」，一面窺看魔法的深淵。外加上莎夏本來就沒這麼擅長觀看魔力。

不過在米夏的彌補之下，讓她變得毫無死角。指揮系統不明確的魔族們就像是無法掌握戰況的模樣，幾乎全都陷入了混亂，接二連三落入米夏以「創造建築」創造的陷阱之中，無法隨意前進的樣子。

「唔，就先這樣吧。」

將目光移回自己的視野後，便看到周圍跪倒的魔族士兵們低垂著頭，渾身不停地顫抖。雖然還有一些魔族能靠自己的力量站起，但他們的雙腳也在發抖。

倘若這不是戰爭的話，這當中應該還會有不少能起身反抗我的強者吧。不過在這兩千年間，迪魯海德過得很和平。在首次的實戰中看到同伴接二連三倒下的景象，就算會害怕也是情有可原。說不定連比自己強大的人都束手無策地倒下了。一旦開始這麼想，身體就會動彈不得。要是被恐懼吞沒的話，不論怎樣的強者都會輕易死去。一如我跟米夏說的情形，如今就發生在眼前。

若不是梅魯黑斯他們壓制住七魔皇老，或許事情就不會演變成這種局面吧。為了展現自己的身影，我施展「飛行」緩緩飛到建在丘陵上的魔王城前降落。

「你是打算躲到什麼時候？給我出來，阿伯斯・迪魯黑比亞。」

我畫起一門魔法陣注入魔力。在漆黑太陽從魔法陣中出現的瞬間，嘰的一聲，魔王城的大門開啟。從門後露出的神聖光芒，突破了我的反魔法，刺在我身上。靈神人劍伊凡斯瑪那毫無疑問就在那裡。

「唔，是要我放馬過來啊？」

我毫不遲疑地踏進魔王城的入口。

『阿諾斯大人……！』

收到米莎傳來的「意念通訊」。

「怎麼了嗎？」

『與雷伊同學的「意念通訊」中斷了……！』

我啟動魔眼確認。

「唔，看來是『魔王軍』的魔法線被切斷了。」

直到方才都還能跟雷伊共享視野。是我把注意力集中在魔王城門後方的瞬間，雷伊身上發生了什麼事吧。只不過，那個男人不擅長魔法。

就算魔法線無法連上，也不認為是他被人輕易解決掉了——

『阿諾斯大人，捉住三名七魔皇老了。』

是梅魯黑斯傳來的訊息。不太對勁。比預期的還快。

「他們應該是跟阿伯斯．迪魯黑比亞的部下根源融合了吧？」

『……關於這點，迪魯黑比亞的部下好像捨棄肉體逃走了。』

逃走了？有什麼理由要在這種時候捨棄七魔皇老的肉體嗎？要是沒有七魔皇老的身分，就沒辦法讓動搖的軍心穩定下來。

『阿諾斯大人，先遣部隊打算跨越國境！』

『還是無法確認到雷伊同學的行蹤！』

是粉絲社傳來的「意念通訊」。

『國境那邊，小的等人會設法處理。吾君請放心去對付阿伯斯．迪魯黑比亞。』

艾維斯說道。我再度看向魔王城內部。

我不認為雷伊會被人輕易解決掉。如果是那個男人，就算多少被逼入絕境，也會立刻還以顏色吧。

這場戰爭之中，最大的威脅是持有靈神人劍的阿伯斯．迪魯黑比亞。而那把劍毫無疑問就在這座魔王城裡。不能將目光從那傢伙身上移開。

既然如此，國境就相信雷伊，派梅魯黑斯他們過去是最上策吧。

然而──胸口騷動不已。有種奇妙的不對勁。

敵人的目標是什麼？為什麼要在這種時候捨棄三名七魔皇老的肉體？阿伯斯．迪魯黑比亞為什麼會袖手旁觀特地召集的士兵喪失戰意？為什麼會主動開啟魔王城的大門，讓我知道靈神人劍就在這裡？這到底是為什麼──？

「……唔，原來如此。是這麼一回事啊？」

我展開「轉移」的魔法陣。

「梅魯黑斯，施展『次元牢獄』將靈神人劍連同魔王城一起隔離。要是阿伯斯．迪魯黑比亞有出城的跡象，就放棄這麼做。但十之八九不會出來吧。這座城，恐怕是誘餌。」

視野染成純白一片，我轉移到托拉之森的國境附近。

是在亞傑希翁方面的位置。那裡正好沒有生長樹木，彷彿在森林裡開了個洞，形成了一片廣大草原。只要越過我的背後，要不了多久就能看到蓋拉帝提魔王討伐軍的布陣場所。

我豎耳傾聽。隨後，聽到了喊叫聲。

「進軍吧，余之同胞。無須畏懼區區的人類。余不會讓任何一人喪命。就跟隨余的背影前進吧！」

是阿伯斯．迪魯黑比亞。就像是在呼應他的喊話，森林中傳來先遣部隊的戰吼。

跟我預想的一樣啊？既然如此，他的目標還有目的，以及他到底是誰，都一清二楚了。

我說不定，全都明白了。

我佇立在原地等待。不久後，這裡出現了一名男人。

戴著面具的阿伯斯．迪魯黑比亞來了。他發現我後，停下腳步。

阿伯斯．迪魯黑比亞不發一語地注視著我。霎時間，他的魔力一口氣爆發開來。沒有對話，阿伯斯．迪魯黑比亞朝我襲擊而來。

我擋下他猛然揮出的手刀，並反過來刺出右手指尖。他以彷彿消失般的速度避開攻擊，

一腳把我踢開。

我在離原本位置數公尺的後方著地。準備進一步追擊的阿伯斯・迪魯黑比亞壓低重心。

我朝打算一口氣分出勝負的他說道：

「兩千年不見了，勇者加隆。」

顯得很驚訝似的，阿伯斯・迪魯黑比亞的魔力動搖了一下。就連我的魔眼，也無法看穿眼前這名男人的根源。

我原以為是面具的關係。但我錯了。根源魔法是勇者加隆的拿手絕活。

就連我也無法出其右。即使不戴面具，他也能讓我無法察覺他的真實身分。

「不對，也沒這麼久吧。」

我張開握住的拳頭。掌心上有一串單片貝殼的項鍊。上頭只有一片貝殼。

是我趁方才交手時，從阿伯斯・迪魯黑比亞身上搶過來的。

「雷伊，看來你早就來實現誓言了。」

§ 37 【傳說中的勇者】

寂靜降臨四周。雖然是在戰場中心，但瀰漫在我與眼前這名男人之間的氣氛，卻是徹底地平穩與平靜。

阿伯斯．迪魯黑比亞握住臉上的面具，緩緩摘掉。從底下露出來的臉，毫無疑問是雷伊．格蘭茲多利。

「你是怎麼知道的？」

他發出雷伊平時的聲音。那個面具的魔法具，是用來改變聲音的吧。

「雷伊．格蘭茲多利是轉生者。就從你無法順利繼承耶斯塔家的魔法來看，你很可能是使用了『轉生』。而且你有在這個時代算是異質的價值觀。外加上你還在無意間表現出認識我的反應。」

在這個時候，我原以為他是喪失記憶。不過，也幾乎可以肯定他是名轉生者。

「如果是認識我的轉生者，那問題就在於是誰了，於是你就假扮起我的左右手，你曾經交手過的辛——為了要隱瞞你是加隆這件事。其實你也能施展一定程度的魔法吧？但只要你正常施展魔法，就算是那具魔族的肉體，也會伴隨著神聖之力。你之所以會假扮辛，是為了方便你隱瞞真實身分。」

辛不擅長魔法。所以只要假扮他，就能隱藏本來應該能施展的魔法。只要慎選魔法的種類，以微弱的程度施展，就能勉強隱藏住神聖之力吧。然後就能靠他唯一比我拿手的根源魔法，欺瞞我的這雙魔眼（眼睛）。

「你一來到蓋拉帝提，就在打靶攤贈送米莎單片貝殼的項鍊。當時你問了店長：『有單片貝殼的嗎？』然而單片貝殼的項鍊，實際上串著兩片貝殼。假如不是原本就知道項鍊的名稱，是不會這樣問的吧？」

在這個時候，我就料到雷伊其實保有轉生前的記憶。

「單片貝殼項鍊的扣環，是迪魯海德所沒有的構造。你能輕鬆解開米莎解不開的扣環，是因為你知道這個構造。然而，辛對這種飾品不感興趣。如果是迪魯海德的產品也就算了，但我可不認為他會把亞傑希翁的項鍊構造記在心上。」

只不過，他也有可能是偶然看到記下來的。畢竟即使是我，也不是完全了解辛的事情。不過這確實讓我感到意外。

「在對抗測驗後，我曾問過你吧？既然你能將一意劍運用自如，有沒有回想起什麼？」

雷伊當時回答說還是一樣什麼也不記得。

「一意劍上殘留著辛的意念。假如根源相同，應該能跟這份意念同步。然而你卻沒有回想起來。既然你沒有回想起來，那你是從何得知單片貝殼的項鍊？」

魔族在這兩千年間與人類斷絕交流。由於他母親罹患了精靈病，所以難以認為雷伊曾特地千里迢迢遠赴亞傑希翁。我在勇者學院的課程中說明項鍊的事，是在雷伊把項鍊贈送給米莎之後。而且那堂課，雷伊還睡過頭沒有出席。

「也就是說，你並不是辛。而且，儘管保有轉生前的記憶，卻在假裝你沒有記憶。」

雷伊曾對米莎說過自己是個騙子。他當時所指的，大概就是這件事吧。

「如果你不是辛的話，那到底是誰？能同時將一意劍與聖劍運用自如的人，就連在兩千年前我也沒有其他頭緒。不過，假如勇者加隆轉生成魔族的話，就算他能將魔劍與聖劍同時運用自如，也沒什麼好不可思議的。」

我就在此成立了雷伊是勇者加隆的假說。

「不過，倘若你是勇者加隆的話，為何不坦承你的真實身分？在迎來和平的現在，你應該沒有理由要對我隱瞞這件事。」

所以在這之前，我都沒注意到這種可能性。

「本來是沒有理由吧。不過你認為，要是坦誠自己是勇者加隆的話，就會讓我注意到一件事。那就是你的根源只剩下一個。」

就算加隆很擅長根源魔法，我到底也還是不會看錯根源的數量。雷伊的根源數量確實只有一個。

「不論你準備了怎樣的藉口，都會讓我懷疑你其餘的六個根源怎麼了吧。然後我應該會想到，那些取代掉七魔皇老的根源。七魔皇老之中，就只有梅魯黑斯的根源沒被奪走。」

假如認為這不是沒被奪走，而是可奪取的數量不夠的話呢？

「七魔皇老有六人與阿伯斯．迪魯黑比亞的部下融合了根源。而勇者加隆剩下的根源也有六個。數量剛好一致。以偶然來說，這也太剛好了。」

我朝沒有否定、默默聽著的雷伊說道：

「所以你沒辦法坦承自己就是勇者加隆。因為你害怕被我察覺到你就是阿伯斯．迪魯黑比亞。」

當然，即便如此也還是發生了幾起意外事故吧。像是母親的精靈病，還有魔劍大會的事件。我不認為雷伊會主動讓母親置身險境。席菈差點因為精靈病死去這點，也無任何可疑之

處。那麼，當時究竟發生了什麼事？儘管能想到兩、三種可能性，算了，這不是現在該問的事情吧。

「雖然我大致猜到情況了，不過加隆，兩千年前發生了什麼事？」

我直接問他。雷伊帶著比之前還要老成的表情微笑起來。

「就跟你向艾蓮歐諾露聽來的一樣唷，阿諾斯。傑魯凱老師與蓋拉帝提魔王討伐軍設立了勇者學院，準備消滅轉生後的你。儘管我拚命反對，他們卻充耳不聞。就跟那天你說的一樣，就算打倒魔王阿諾斯，世界也不會迎來和平。明明好不容易結束了戰爭，卻開始在準備兩千年後的戰爭。」

除非其中一方根絕，否則這場戰爭將永無止歇。這是我以前跟他說過的話。

「之後我遭到傑魯凱老師的贊同者殺害。在假裝就這樣默默逝去後，我雖然立刻復活，但也已經無法阻止老師的計畫。除非我奪走他們的性命……」

他辦不到吧。勇者加隆沒有能對人類揮下的劍。

「兩千年前，人類犯下了過錯。制定計畫要將捨棄生命、為世界帶來和平的魔王阿諾斯徹底消滅。世上沒有比這還不講理的事了。我必須矯正這個錯誤。」

「就為了這個……？」

雷伊點了點頭。

「我創造了虛構的魔王阿伯斯・迪魯黑比亞。這個為了讓人類復仇的冒牌魔王。」

「你是怎麼從魔族社會中奪走我的名字的？」

「靠對話唷。雖然有時也會戰鬥。不過，魔族比人類還要明理。或是說，你很受他們敬仰吧。最終大家都願意相信我的話，並決定遺忘阿諾斯．波魯迪戈烏多。」

是魔族們自發性地將我遺忘啊？

「靈神人劍是為了消滅你的聖劍，就連註定的宿命都能斬斷。所以我斬斷了你在兩千年後，會轉生為暴虐魔王的宿命。」

「於是改變了魔王之名？」

「……斬斷宿命之後會變得如何，就只有神才知道。不過，或許是大家的意念傳達到了吧，第一個賭博看來是賭贏了。」

是很順利地改寫了我的名字吧。所以就算我用「時間操作」回溯艾維斯他們的記憶，也找不到我的名字。

靈神人劍斬斷了我作為暴虐魔王的宿命，甚至改寫了歷史。

「不過你的心腹，像是辛．雷谷利亞等人到底是沒有忘記你的名字。他們不是轉生，就是遠離了迪魯海德。而在大戰之前與你對立的魔族們，也全都保證會安分地等到你歸來，等到這一切都結束為止。」

所以兩千年前的魔族們才沒有出現在我面前啊？明明是人類，卻能如此攏絡魔族，他還是一樣了不起啊。

「……不久後，我得知牆壁對面的勇者學院改掉了暴虐魔王之名。他們判斷阿諾斯．波魯迪戈烏多是自行改變名字，打算逃離自己等人的企圖。當然，這就跟我預期的一樣。」

人類的壽命短暫。於是才在經年累月之下，讓阿諾斯・波魯迪戈烏多的名字從勇者學院消失，只留下阿伯斯・迪魯黑比亞的名字吧。本來的話，事情不一定能這麼順利，但這是斬斷宿命的聖劍帶來了幸運吧。

「我將六個根源與七魔皇老融合。當然，包含消除記憶在內，全都有經過他們的同意唷。兩千年後，你要是跟七魔皇老接觸，說不定會發現融合的事。正因為他們無法對你說謊，所以才主動拜託我消除他們的記憶。」

也就是七魔皇老他們是為了從人類的陰謀之中保護我，所以才特意這麼做的啊？

「剩下的一個根源，也就是我，在經過無數次的轉生後，逐漸取得魔族血統濃厚的肉體。不過成為純血的魔族，現在的我還是第一次呢。」

沒想到勇者加隆會想轉生成完全繼承我血統的魔族。我現在的肉體也幾乎是人類，所以是有可能做到的吧。但居然能將自己過去的力量完全繼承到跟自己毫無血緣關係的肉體上，真不愧是比我還擅長根源魔法。

「然後，這場戰爭就是你長達兩千年的計畫總結。」

「人類的憎惡不會消失。直到暴虐魔王或人類其中一方滅亡為止，這場戰爭將永遠持續下去。就算你再怎麼慈悲，也只能排除掉找上門的麻煩。儘管如此，我也已經無法再次奪走你的性命了……」

艾蓮歐諾露的推論是錯的。儘管遭到人類殺害，他還是澈底地高潔，而且比誰都還要像一名勇者。

「所以，你才要被討伐啊？作為暴虐魔王，讓人類殺害。」

雷伊點了點頭。

「這樣就能阻止嗎？」

「雖然『聖域』的魔法被植入殺光魔族的憎惡，但這股憎恨主要來自傑魯凱老師。老師最恨的對象是暴虐魔王，所以只要消滅暴虐魔王，魔法也會跟著消失。我是這樣相信的。相信老師不會愚蠢到這種地步。」

雷伊的認真眼神貫穿了我。這副模樣確實就像是過去的加隆。

「雖然這絕非我所希望走上的道路，但我是勇者。只要人們還稱我為勇者，我就得償還人們的過錯，償還勇者們在過去犯下的過錯。兩千年前，你捨身創造了這段和平的歲月，讓世界變得美好，真的是變得太美好了。這是在我們生存的那個時代所無法想像的。這個世界眼看著變得愈來愈好。」

雷伊跟我不同，他在這兩千年間一面不斷轉生，一面看著世界逐漸改變。

「魔王阿諾斯。」

彷彿是兩千年前，雷伊說道。

「人類很愚昧。儘管如此，『我』也依舊相信人類。『我』想在最後，讓你看到人類的美好，看到你所渴望的真正和平。」

「勇者加隆。」

彷彿是兩千年前，我開口說道。

「你沒理由要做到這種地步。你已充分戰鬥過了。如今仍打算繼續為了無謂的人類犧牲自我嗎？」

雷伊緩緩搖頭，隨後說道：

「我至今都還記得那天的約定。這是你所守護、你所創造、你所追求的和平。雖然我也不願事情演變成這種情況，但這次請讓我作為你的友人而戰。」

這句話是什麼意思，如今已無須再問。

「你耗費了漫長的時間，進行了遠大的準備。曾有過迷惘，也有過不安吧。但你還是跨越了一切，作好了覺悟。你這兩千年份的意念重量，並不是如今才在這裡得知內情的我能用話語撼動的。」

我不會要他住手。要用話語阻止他，是太過小看雷伊的意志。

「所以這不是單片貝殼的項鍊，而是米歐斯項鍊啊？」

如同我在勇者學院說明過的。兩千年前在大戰初期，前赴戰場的人類幾乎無法活著歸來。所以戀人們為了能轉生到同一時代，在米歐斯項鍊上許下心願，希望下輩子能共結連理。

這是將棲息在蓋拉帝提湖的米歐斯貝的貝殼分成兩片，做成兩串項鍊。他們將一串送給戀人，另一串戴在自己身上，然後前赴戰場。米歐斯貝飲用聖水維生，故傳是神的使徒。當時的人們相信，分成兩片的貝殼會在死後引導兩人的根源再度重逢。

勇者加隆——雷伊是將他絕對無法傳達的意念寄託在這串項鍊上，向心愛的人告別。

「想要我還你項鍊的話，就試著搶回去吧。」

「我就知道你會這麼說。」

雷伊把面具掛在腰上，當場畫起一道魔法陣。神聖光芒從中溢出，化為劍的形狀。這是將放在魔王城裡的靈神人劍召喚到這裡。

這個男人也十分清楚，我是無法靠言語說服的。

「讓我過去吧。為了保護你。」

舉起靈神人劍，勇者說道。

我敞開雙手，阻擋在他面前。早已數不清這是第幾次和這個男人交戰，但我還是第一次懷著這種心情戰鬥。

「不會讓你過去的。為了保護你。」

§ 38 【勇者對魔王】

以毫無一絲多餘的動作，雷伊跨出一步。下一瞬間，他的身影出現在我眼前。

「……呼……！」

靈神人劍大放光明。輝煌閃爍的神聖光芒，就連我的魔眼也能遮住。下一瞬間，雷伊彷彿溶入光芒般的消失無蹤。從死角傳來一道殺氣。聖劍宛如閃光般的朝我劈下。

「在這裡。」

我將凝縮的「四界牆壁」纏在左手上作為盾牌，彈開來自死角的劍擊。鏘地響起魔力爆炸的刺耳聲後，纏在左手上的「四界牆壁」碎裂了。

「看得真清楚呢。」

「因為是用你的魔眼（眼睛）啊。」

被切斷的「魔王軍」魔法線再度連上，讓我與雷伊共享視野。

他用靈神人劍切斷我們之間的魔法線。不過，切斷的魔法線立刻就連回去了。

既然我們之間一度成立了「魔王軍」的魔法，如果是在這種距離下的話，魔法線將會在我解除之前不斷地連上。

「你現在沒有『聖域』的恩惠。就算是用魔族的肉體，也依舊毫無勝算。」

「要說的話，你才是在兩千年前，被這把劍貫穿了根源。雖然目的是為了對你注入魔力，但靈神人劍可是為了消滅暴虐魔王的聖劍。你的根源到現在都還沒恢復吧？」

「那你就試看看吧。」

我畫起魔法陣，施展「根源死殺」的魔法。右手在穿過魔法陣後，從指尖開始染成一片漆黑。我用魔眼凝視深淵，看出雷伊現在有七個根源。假如不用這隻「根源死殺」的手攻擊，就難以對他造成傷害。

「『魔岩墜星彈（gia gureasu）』。」

伴隨我的聲音，遙遠的上空畫起一道巨大魔法陣，並從中出現閃耀著漆黑光芒的巨大魔石。就彷彿星辰殞落般，無數的魔石朝雷伊落下。

「……喝……！」

雷伊揮舞伊凡斯瑪那，將朝著自己墜落的魔性流星悉數斬斷。雖說是聖劍，但他居然能用劍斬斷星辰，還真是了不起，不過這樣就堵住他的手了。

「『獄水壞瀑布』。」

巨大魔法陣這次覆蓋住整片草原，從中溢出的水將這裡化為一片漆黑淺池。宛如噴泉湧出般，從雷伊腳下猛烈噴出一道漆黑瀑布。

「……喝……！」

雷伊將靈神人劍刺在黑池上，使勁地往上揮出。連同噴出的瀑布，池子被斬成兩半。雷伊隨即奔馳而出，避開紛紛落下的「魔岩墜星彈」。

「太慢了。」

為了擋住他的去路，我同時發射二十發「獄炎殲滅砲」。到底是無法避開，漆黑太陽吞噬雷伊的身體，燃燒起漆黑火焰。

「喝！」

他靠著靈神人劍的庇護與反魔法擺脫漆黑火焰。而就在這瞬間，停下腳步的雷伊被我用右手貫穿了心臟。

「……唔呃……………！」

「首先是一個。」

我用「根源死殺」的手捏碎雷伊其中一個根源。雖說只要留下一個根源，其他的根源就

能不斷復活，但也需要時間。只要捏碎六個的話，縱使是他也無法反抗了。

「放棄吧。兩千年前，你一次也沒贏過我。」

「我確實是打不倒你。」

搶在我破壞下一個根源之前，雷伊朝我的右手揮出伊凡斯瑪那，並在我用左手的「四界牆壁」彈開攻擊的瞬間，蹬地從我身旁跳開。

「不論交手多少次，不論挺身面對你多少次。」

雷伊蹬地衝出，筆直朝我衝來。

「唔，捨身的覺悟啊？那我就不客氣地收下了。」

我用「根源死殺」的手貫穿雷伊的心窩，捏碎第二個根源。一般來說，他應該會因為劇痛而無法站立。然而，他卻朝我的肩頭劈下靈神人劍。

「……喝……！」

我用纏繞「四界牆壁」的左手打掉這一劍。鏘地響起魔力迸裂的刺耳聲。

「第三個了。」

我用刺在心窩上的右手捏碎雷伊的根源。還以為這樣能逼退他，沒想到雷伊居然繼續向前，讓我的右手穿過了他的腹部。這樣就沒辦法捏碎根源了。

「……喝啊啊啊啊！」

我用「四界牆壁」彈開再度劈下的聖劍。左手的「四界牆壁」煙消雲散，伊凡斯瑪那被彈了開來。在這瞬間，聖劍轉了一圈改變軌道，就像是反過來利用彈開的力道般，再度朝我的肩口劈下。

好快——左手雖然趕上了，卻沒時間凝縮「四界牆壁」。我用「破滅魔眼」凝視伊凡斯瑪那，降低劍上的魔力。

「……呼！」

貫穿「破滅魔眼」與反魔法，靈神人劍砍中我的右肩。我當場鮮血四濺，傷口浮現幾道聖痕。只不過——

「第四個了。」

我把右手從心窩上拔出後，這次是貫穿雷伊的右胸，捏碎他的根源。儘管如此雷伊也沒有退縮，更使勁地用靈神人劍切開我的身體。

「我明白你的意圖。」

我在左手上纏繞「四界牆壁」，一把抓住砍在肩膀上的劍身。雷伊用雙手使出渾身的力量。接觸到他的臂力與魔力，草原上的草盡數彈飛，就連周遭的樹木也全都倒下。儘管如此，被我抓住的劍依舊文風不動。

「你難道以為用上魔族的肉體，就能在力量上贏我嗎？」

「……呃哈……！」

我再度握緊右手，捏碎第五個根源。

「剩下兩個。你沒有後路嘍。」

「……我一直不斷輸給你……但就算輸了也無妨……我會不斷挑戰，只要發生一次奇

蹟，就是我的勝利……」

「奇蹟是不會發生的。」

不論雷伊如何使勁，靈神人劍就是不動。伊凡斯瑪那的魔力被極近距離的「破滅魔眼」與「四界牆壁」完全抑制。雖然無法抑制太久，不過在這種狀況下，會是雷伊先精疲力盡。

「剩下一個。」

我捏碎根源。雷伊的嘴邊滴下鮮血。

「退下吧。你應該沒笨到會以這種狀態戰鬥。」

當根源剩下一個時，加隆總是會選擇逃跑。就算現在不行，也要將希望留給未來。他很清楚自己身為眾人的希望，是絕對不能死去的。

「……總有一天，要為世界帶來和平，這曾是我的願望……所以，我逃走了。我認為就算不斷輸給你，只要最後贏過一次就好。我曾相信這是正確的作法。」

雷伊喃喃說道，他的眼睛直直注視著我。

「但我錯了。這是因為我沒有勇氣。如今在我眼前，就有個該幫助的人。我不會再去等待那個總有一天了。我現在就想拯救。想現在就盡可能地拯救痛苦的人們。要是不這麼想，就算那個總有一天到來，我也不會去救任何人的！」

好像曾在哪裡聽過的話語。大概就是這段話，讓他作出了最後的覺悟吧。

「就算奇蹟不會發生，唯獨今天我不能輸……！假如我現在輸了，為了排除找上門的麻煩，你總有一天會殺害人類……！」

就算會犧牲少數，也要拯救多數。這本來應該是正確的道理吧。實際上，我至今也是這麼做的。假如不這麼做，假如不作為暴虐魔王，毀滅必須毀滅的事物，就無法保護必須保護的事物。

雷伊從靈神人劍上放開左手。

「……我不能讓比誰都還渴望和平的你做出這種事來！」

雷伊左手前方的空間扭曲起來。

從扭曲的空間之中，彷彿海市蜃樓般的浮現出一意劍席格謝斯塔。那把劍散發不祥紫光，將魔性凝縮到極限為止，化為一把名副其實的魔劍。

「喝啊啊啊啊啊！」

雷伊揮下一意劍席格謝斯塔，劈砍在靈神人劍伊凡斯瑪那之上。

聖與魔，兩股相反的力量彷彿互相排斥一般，引發光芒大爆炸。周遭大半的樹木被炸成粉碎，我的身體也無法抵抗地被轟到遙遠的後方。

「唔，真是驚人的魔力。」

雷伊朝我緩緩走來。右手是散發神聖光芒的伊凡斯瑪那，左手是露出不祥光輝的席格謝斯塔。黑與白的光芒雖然相互混合、相互排斥，不過依舊是在瀕臨極限的狀態下受到控制，讓聖劍與魔劍的力量提高了好幾倍。

「居然在這種時候，抵達了這種境界啊？」

一意劍要專心一意才能發揮其真正價值；靈神人劍只承認心有如明鏡般靜謐之人為持有

者。雷伊儘管為了揮動一意劍而讓心靈充滿魔性，卻能同時將為了毀滅魔性所打造的靈神人劍運用自如。

這乍看之下，就像是同時懷著聖與魔兩種互相矛盾的意念，但在他心中肯定不是這樣吧。作為勇者活過的人生，作為魔族活過的人生，這兩種人生同時存在於雷伊心中。聖與魔並無矛盾。不對，肯定不是這麼複雜的事。

人類與魔族可以共存。這就是他的想法。而聖劍與魔劍，也認同了他這崇高的想法。

「愈來愈不能讓你死了。」

我在雙手上纏繞「四界牆壁」，同時畫起魔法陣，在「四界牆壁」上合併施放起源魔法「魔黑雷帝」。

漆黑極光纏繞起漆黑雷電，化為攻防一體的魔法。

「來吧。我要將你從勇者的詛咒束縛之中解放。」

雷伊的腳用力地陷入地面。

「……我要上了，阿諾斯。」

我們互相從正面衝過去。雷伊的雙劍與我的魔法互相衝擊，所造成的餘波將周遭的一切事物震飛。

我們一面在森林裡奔馳，伊凡斯瑪那與席格謝斯塔，以及「四界牆壁」與「魔黑雷帝」也一面不斷地互相碰撞。難以承受暴虐魔王與傳說勇者的戰鬥，托拉之森彷彿發出悲鳴般的激烈震動著。

然後，不知道是第幾次的衝突。席格謝斯塔彈開「魔黑雷帝」，刺出的靈神人劍也突破「破滅魔眼」與「四界牆壁」的防禦。

伊凡斯瑪那確實貫穿了我的胸口——

「…………………為…………什麼…………？」

就像是難掩驚愕一般，雷伊不自覺地問道。

「你應該能避開的……就算不是這樣，我也沒有瞄準你的根源……」

我笑了。我是特意用身體接下靈神人劍的。用我的根源，接下消滅魔王的聖劍。一切都如我所願。

「你看看周圍吧。」

雷伊朝周遭看去。在遠離這邊，不過能用肉眼確認到的位置上，能看到蓋拉帝提魔王討伐軍的身影。他們彷彿在警戒似的，打量著這邊的情況。

是我一面戰鬥，一面不著痕跡地將他引誘到這個地方。

「復活的勇者加隆消滅了暴虐魔王。這樣就跟你的劇本一樣，能讓人類得以雪恨了。」

我伸手拿起雷伊的面具，然後戴在自己臉上。

「余之同胞啊。」

我介入監聽到的「意念通訊」，向迪魯海德全軍發出呼喊。我的聲音在面具的效果下，變成阿伯斯·迪魯黑比亞的聲音。我施展「創造建築」的魔法複製雷伊身上的衣服，穿在自己身上。

相對地，也同時將雷伊的衣服，變成兩千年前的勇者穿著。我已用「遠隔透視」將這裡的影像傳送給迪魯海德軍。他們應該有看到阿伯斯．迪魯黑比亞敗北的瞬間吧。

「……全軍撤回迪魯海德。直到余再度轉生歸來為止，不許向亞傑希翁復仇。活下去。直到……魔王……歸來之日……」

雷伊本來打算讓蓋拉帝提魔王討伐軍討伐，然後說出跟我方才一樣的話語吧。儘管會有人來確認生死，但這可是暴虐魔王的命令。如果是皇族派，最終還是會遵守這道命令，相信我一定會再度復活。

「……靈神人劍是為了消滅暴虐魔王所打造的聖劍……你的根源……已經……」

靈神人劍伊凡斯瑪那確實貫穿了我的身體，早已開始侵蝕根源。這件事沒辦法靠裝死瞞騙過去。要是能的話，雷伊也不會想犧牲自己的性命了。

必須讓人類與魔族雙方都看到暴虐魔王被消滅的模樣。

「……阿諾——」

我用染血的手指，輕輕碰觸雷伊的唇，不讓他開口。

「怎麼啦？勇者加隆？你可是打倒余了。就再自豪一點吧。」

雷伊一臉凶狠地瞪著我。蓋拉帝提魔王討伐軍已朝這裡進軍。現在的話，就能清楚確認到魔王被靈神人劍刺中的模樣吧。有必要展示力量。作為我是暴虐魔王的證據。

「愚蠢的人類們！」

我朝著蓋拉帝提魔王討伐軍大聲喊道。真是無聊的鬧劇。不過，如果這樣就能讓和平到來，我就扮演一次小丑吧。

就像這個男人一樣。

「余是不會就這樣死去的。」

我注入比之前還要強大的魔力，施展「魔岩墜星彈」的魔法。天空浮現一道魔法陣，從中冒出巨大的魔石。藉由合併施放「魔黑雷帝」，讓浮在空中的無數魔石纏繞上漆黑雷電。這有著足以將數萬名士兵一起屠殺殆盡的威力吧。在這些魔石面前，魔法結界根本起不了作用。

「一同在此地滅亡吧。」

「魔岩墜星彈」與「魔黑雷帝」自天空紛紛落下。魔王討伐軍展開多重的魔法結界，但黑暗彷彿要吞噬他們一般，魔石殞落而來。

轟隆隆隆隆隆，地面破了一個大洞。一個深不見底、彷彿直達地獄的深洞。附近一帶掀起了彷彿世界末日般的震動。二顆、三顆、四顆——魔石接連打穿地面。雖是落在離魔王討伐軍很遠的位置上，但光是要承受餘波就讓他們竭盡全力了。上空還浮著數百多顆的魔石瞄準魔王討伐軍。那個要是落下來就會死——應該任誰都確信這件事。

察覺到我的意圖，雷伊朝著魔王討伐軍奔馳而去。

「魔王阿伯斯．迪魯黑比亞，我不會讓你稱心如意的！」

他朝魔王討伐軍呼喊。

「各位，請借給我力量！我是勇者加隆！請借給我！借我對那個殘虐魔王施予最後一擊的力量！」

雷伊施展「聖域」與「勇者部隊」的魔法。纏繞著聖光，高舉聖劍將紛紛落下的絕望斬斷，那副模樣確實就是勇者。

不知是誰說：

「……那個……是勇者加隆嗎……？」

「……我不知道……可是……可是那個籠罩著聖光的模樣是……？他在守護我們……」

不知是誰說：

「他剛剛是在與暴虐魔王戰鬥嗎？取回被奪走的聖劍……僅靠一人之力……」

他的身影總是讓人類看見希望。加隆有這種不可思議的魅力。

不知是誰說：

「……加隆回來了……」

這句話在看到浮空的魔石而陷入絕望的蓋拉帝提魔王討伐軍裡，一口氣擴散開來。

「為了拯救我們，傳說中的勇者復活了！」

「加隆！」

「把所有的力量都傳給勇者加隆！」

「打倒魔王吧！」

「這次一定要為這個世界帶來和平！」

魔王討伐軍的魔力與意念聚集在雷伊身上，讓靈神人劍的庇護擴大到數十倍。

「…………」

聽得到聲音。

——我一直承受著嚴厲的譴責——

經由「魔王軍」的魔法線，雷伊無法說出的意念流入我心中。

——被身為勇者的責任與身為英雄的義務。

——我就只是個喜歡揮劍的鄉下小孩。

——其實不想殺害任何人，也不想打什麼戰爭。

——但是有人說，我要是不戰鬥的話，將會有更多人死去。

——勇者就只是個幻想。

——我既不強悍也不正確，沒有能救濟人們的力量。

——比起這雙手掌握到的生命，有更多的性命從指縫間流逝。

——被無心的話語欺騙，被運命玩弄，在戰場上東跑西竄。

——我才沒有什麼勇氣。有的就只是人會死去的恐懼。

——就像被威脅、就像害怕似的催促我採取行動。

——儘管如此，我也必須是勇者。

——必須不斷地扮演英雄。

——就算要犧牲自我，也必須回應人們的期待。

——必須一直是人們的希望。

——無力之人請求我殺害敵人；弱小之人央求我去死。

——這也是沒辦法的事吧。人們需要希望。

——與其要我看著他人痛苦的模樣，還不如捨棄這條性命，背負著這個宿命死去。

——不斷不斷地死亡、不斷不斷地復活，於是我變得只為了人們戰鬥。

——某一天，我忽然發現。

——那我的希望呢？

——他們有勇者，但我就連個應該依靠的微小希望都沒有。

——這是個常見的，沒錯，是個很常見的悲劇情節。

——啊啊，可是，不論現在還是過去……

——最後對我伸出援手的人，都是應該身為敵人的暴虐魔王。

——阿諾斯，是你。

——你正是我僅僅一人的勇者。

§ 39 【戰場上響起的幼童之聲】

「喝啊啊啊啊啊啊啊啊啊啊啊啊！」

雷伊揮動靈神人劍。其劍刃化作無數閃光，將紛紛落下的「魔岩墜星彈」與「魔黑雷帝」悉數斬斷。

彷彿驅散黑暗一般，彷彿否定絕望一般，耀眼光芒照亮我的身體。

「……漂亮……」

身體被光芒覆蓋。靈神人劍造成的傷痕在逐步消滅我的根源。就連我只要瀕臨毀滅，就能獲得更強大之力的根源，在消滅魔王的聖劍之前也都無能為力。

「魔王大人！」

應該是在迪魯海德的先遣部隊中速度最快的部隊吧，大約五百名的魔族士兵抵達這裡。他們是來協助暴虐魔王的吧，不過已經太遲了。

纏繞在我身上的光芒一口氣迸開。光芒隨即平息下來，我的身體則是逐漸消滅。

「可惡的人類……」

先遣部隊的隊長拔出魔劍，高舉向天。

「我是受暴虐魔王所託，治理密德海斯的魔皇艾里奧・路德威爾！我等密德海斯部隊將

伴隨魔王大人共赴黃泉！愚蠢的人類，就成為弔慰吾君的祭品吧！」

密德海斯部隊與蓋拉帝提魔王討伐軍互相瞪視。就在雙方戰鬥一觸即發之際，雷伊高舉聖劍。

「我名喚勇者加隆。暴虐魔王阿伯斯・迪魯黑比亞已被我擊敗。靈神人劍伊凡斯瑪那是為了消滅魔王的聖劍，根源被貫穿的魔王將永不復活！」

如此高聲宣言後，雷伊走到先遣部隊前面。

「榮耀的迪魯海德士兵啊，想伴隨主君一同赴死是值得尊敬的心態。然而，你們是否忘了暴虐魔王最後留下的話語？」

『……全軍撤回迪魯海德。直到余再度轉生歸來為止，不許向亞傑希翁復仇。活下去。直到……魔王……歸來之日……』這是暴虐魔王以「意念通訊」傳達的話語。

「你們是相信主君的話語，還是相信勇者的聖劍？」

被靈神人劍貫穿根源的魔王將永不復活；然而，暴虐魔王卻說他會再度轉生。他確實是這麼說的。

艾里奧咬緊牙關。他的眼中蘊含顯而易見的復仇心。儘管如此，對皇族派的他來說，暴虐魔王比什麼都來得重要。

要是受到挑釁，問他是相信勇者的聖劍，還是相信主君的話語的話，答案自不待言。

「……全軍撤退。在迪魯海德等待魔王大人的歸來……」

密德海斯部隊轉身離去。

「快追，別讓他們逃了！」

就像要趁勝追擊似的，這次是蓋拉帝提魔王討伐軍開始進軍。雷伊一樣擋在他們面前。

「深愛和平的蓋拉帝提士兵啊，阿伯斯·迪魯黑比亞已經不在了。魔族們應該會相信暴虐魔王的話語，在他轉生歸來之前都不會攻打過來。然而，魔王將不會再度復活。受到伊凡斯瑪那所傷，他的根源早已崩潰了。」

在蓋拉帝提，沒有人會懷疑眾神所賜予的傳說聖劍之力。

「他們將永劫不復地等待暴虐魔王的歸來，等待這個絕對不會來臨的時刻。這是懲罰。是對他們永恆持續的警告。我的同胞啊。」

雷伊高聲說道：

「我們勝利了。戰爭已經結束了。如今就在這個瞬間，亞傑希翁迎來和平了！」

雷伊高高舉起靈神人劍，畫起魔法陣召喚劍鞘。當眾人看到伊凡斯瑪那收鞘的模樣後，蓋拉帝提的士兵們全都發出勝利的歡呼，同時把劍收鞘。

魔族不會侵略亞傑希翁。這樣一來，亞傑希翁也不會想再度攻打迪魯海德了吧。

「……這樣就結束了……阿諾斯。」

雷伊喃喃自語，而就在這時——

光之砲彈自蓋拉帝提魔王討伐軍中發射出來。雷伊連忙用右手打掉這道攻擊。但下一瞬間，數千發的光之砲彈一齊朝迪魯海德軍發射。

「……呼……！」

他拔出伊凡斯瑪那，將那個魔法「聖域熾光砲」橫掃殆盡。然而，大概是拔劍的動作讓他慢了一拍吧，其中一發從雷伊的身旁穿過。

「唔……！」

目標是密德海斯部隊。光之砲彈擊中撤退中的數名士兵，引發爆炸，揚起沙塵。

「什麼……！」

魔族士兵們發出驚呼。

「……可惡，這邊打算息事寧人，對面卻做出這種背後偷襲的卑鄙行為……！」

迪魯海德軍難掩怒火。

「別被騙了，那傢伙才不是勇者加隆，是魔族！去殺死魔族，給我通通殺光！」

以充滿憎惡的聲音大叫的人，是蓋拉帝提魔王討伐軍的總司令迪耶哥。

「可、可是，總司令，敵人已喪失戰意，暴虐魔王也已經消滅了。就算萬一、萬一那個加隆是魔族，他也沒有敵意的樣子。我們已經沒有理由戰鬥……」

「閉嘴！給我殺光魔族！你不聽我的命令嗎！」

「……再繼續下去，只會是無益的戰爭。我不能讓士兵為了這種事情犧牲生命——」

向他進言的副官手臂被斬斷，沉沉地落在地上。

「啊……嗚啊啊啊啊啊啊……！」

「敢反抗的話，就連你也殺了！潔西雅隊前進。施展『根源光滅爆』。連同那個冒牌加隆一起，將魔族通通消滅掉！」

穿戴鎧甲與頭盔，遮住容貌的一萬名潔西雅開始進軍。她們一齊在左胸上畫起魔法陣。

「……全軍止步……！要是連夥伴遭到殺害，都還恬不知恥地撤退的話，會讓為我們犧牲的魔王大人笑話的。就讓人類知道魔族的驕傲吧！」

聽從艾里奧的命令，密德海斯部隊停止撤退，再度轉向面對魔王討伐軍。

兩軍皆一副即將衝鋒陷陣的模樣瞪視著敵軍。

「請等一下……！」

聲音響起。一陣風吹散沙塵，露出艾蓮歐諾露的身影。

她在前方展開「四屬結界封」守護了魔族士兵。或許是改變了術式，讓魔族不會受到影響吧，她澈底擋下了「聖域熾光砲」。

「沒事的，沒有人死掉喔。」

艾里奧以帶著驚訝與警戒的眼神瞪著她。艾蓮歐諾露並非魔族，因此他應該非常疑惑她為何要保護魔族士兵吧。

「妳在做什麼啊！這個失敗作品！不僅遺忘對魔族的憎惡，如今還打算背叛人類嗎！」

迪耶哥伴隨著充滿怒氣的聲音發出「意念通訊」。

「為什麼？應該已經沒有理由戰鬥下去了！暴虐魔王已死，迪魯海德軍也打算撤退了！再繼續下去，就不是什麼為了守護的戰鬥。就單純只是會害死敵我雙方的虐殺啊！這種事，就連你所憎恨的暴虐魔王都不曾做過！」

「閉嘴！妳是想說我會比齷齪的魔族還不如嗎！不可能。這是復仇！是對從我們人類身上奪走一切的魔族們揮下的正義鐵鎚！」

「你沒有被奪走任何東西！這份憎惡與這份正義究竟是誰的？這不是你的東西！被不是自己的心靈支配掀起戰爭，就只是單純的笨蛋喔！我們實際上應該一點也不想戰鬥！」

「我要妳閉嘴，身為魔法就別在那大言不慚了，『根源母胎(艾蓮歐諾露)』！」

艾蓮歐諾露身上浮現魔法文字，然後湧出聖水化作球狀，將她包覆進去。他發動「根源母胎」的魔法，限制住她的行動。

「給我在那裡老實看著。」

迪耶哥拔出光之聖劍焉哈雷高舉過頭。

「一齊發射『聖域熾光砲』，同時衝鋒。待魔族進入射程後，就立刻自爆！」

一萬名的潔西雅開始進軍。

「潔西雅，求求妳住手！不可以做這種事。妳們一點也不想殺人！應該是不想殺害任何人的呀！」

「她們不會聽妳的。不論是妳，還是這些傢伙，全都是用來殺害魔族的武器。上吧！」

一萬名潔西雅全員拔出光之聖劍焉哈雷，朝迪魯海德軍衝去。

「……呼………！」

雷伊用伊凡斯瑪那切開潔西雅發出的「聖域熾光砲」，斬斷她們展開的「根源光滅爆」的魔法陣。然而，就算是靈神人劍、就算傳說中的勇者加隆再臨，人數也太多了。他沒有殺害任何一名衝來的潔西雅。這種戰鬥方式，明顯無法支撐太久。

數名潔西雅鑽過雷伊的伊凡斯瑪那攻擊，衝進他的懷中。極近距離下的根源爆炸，即使是雷伊也應該會受到沉重的傷害吧。

「……潔西雅！」

艾蓮歐諾露發出吶喊，然而潔西雅她們依舊舉起手，準備將焉哈雷刺進左胸。然後——就在這時，她們突然停下動作。

彷彿時間停止。一萬名潔西雅，全都佇立著一動也不動。這段寂靜以時間來講就只有數秒吧，說不定還要更短。

不久後，她開口說：

「……請……救……救……我……」

有如幼童般的聲音，在戰場上響起——

§ 40 【兩千年前的亡靈】

光之聖劍焉哈雷自潔西雅她們手中滑落下來。所有的聖劍都插在地面上，散發著悲傷的光輝。

「妳們在做什麼啊，這群笨蛋！快去啊！去把魔族通通殺光！」

迪耶哥發出命令。然而，潔西雅卻毫無反應。本來就只會聽命行事的她們，就像是在表

達自身意思似的流下眼淚。

「怎麼了！上啊，快上啊！」

即使迪耶哥大聲咆哮，她們也還是文風不動。

「可惡，既然如此……」

迪耶哥畫起魔法陣。那是強制引爆「根源光滅爆」的魔法。

就在他要注入魔力的瞬間，他的手指連同手掌一起被砍掉了。

「……呃喔喔喔喔……嗚嘎啊啊啊……！」

迪耶哥壓著斷手，痛苦哀號起來。

「是我錯了呢。」

雷伊將伊凡斯瑪那抵在迪耶哥的脖子上。他是趁潔西雅停止動作時，一口氣穿越蓋拉帝提魔王討伐軍的布陣來到這裡的。

「……你在說什麼…………？」

「意思是，也有些人無可救藥。就像你一樣。」

雷伊的視線刺在迪耶哥身上。不過他的眼睛卻不像是在看著迪耶哥，彷彿在注視著遙遠的某處。

「你們在做什麼啊！動手！就算他手持聖劍，敵人也只有一人。無須害怕！」

即使迪耶哥朝周遭的士兵怒吼，他們也沒有要拔劍的意思。

「……喂！你們是聾了嗎？我要你們幹掉這傢伙！」

只不過，士兵們各個都別開視線，把頭垂下。其中一人說道：

「……我們沒有能對傳說中的勇者加隆揮下的劍……」

「笨蛋！在說什麼夢話啊？你們的魔眼（眼睛）是瞎了嗎？這傢伙是魔族！我才是加隆！是傳說中的勇者轉生！」

「……那你……」

士兵喃喃低語。他就像下定決心般的說道：

「那你拔得起靈神人劍嗎？」

迪耶哥啞口無言，面紅耳赤地瞪向周圍的士兵。

「是能讓你試一下啦。」

雷伊將伊凡斯瑪那插在地面上。

「靈神人劍會選擇擁有正確心靈的人。如果說我是魔族、你是勇者的話，靈神人劍應該會協助你。」

「別瞧不起人了。」

迪耶哥立刻握住靈神人劍的劍柄。而就在他使勁拔劍的瞬間——

「呃、呃啊啊啊啊啊啊啊啊啊啊啊啊啊啊啊啊啊啊啊啊啊啊啊！」

彷彿遭到聖光制裁一般，迪耶哥全身竄起純白的電流。

「……為什麼……為什麼……靈神人劍！為什麼要協助魔族……！」

「這就是聖劍的回答喔。魔王已死。我們不該再繼續戰爭。」

雷伊向他說出的這句話，讓迪耶哥露出苦澀的表情。

「跟你相比，魔族要來的慈悲多了。」

方才被迪耶哥斬斷手臂的副官在嘴裡嘟囔著。

「你……你說什麼，你這傢伙，以為是在對誰講話啊……！」

「戰爭結束了。遵從我們的守護神──聖劍的意志，遵從傳說中的勇者加隆的話語，讓我們朝蓋拉帝提凱旋歸國！」

副官如此高聲一呼，士兵們就紛紛歡呼起來，朝蓋拉帝提的方向折返。

「等等！你們這些傢伙！不許你們擅作主張！」

即使迪耶哥發出怒吼，也已經沒有人要聽從他的命令。在數萬名士兵彷彿退潮般的離去當中，唯獨迪耶哥被孤零零地留在原地。

他跪在地上，以呆滯的眼神喃喃自語。

「……還沒結束……」

那是可怕、扭曲，而且恐怖的聲音。彷彿充滿憎惡、沉澱在地獄深淵般的聲音。於是，他緊緊握拳。指甲插入手中，淌下鮮血。

「……兩千年間的播種，如今正是收穫之時……」

迪耶哥的身體籠罩起光芒。

那是「聖域」的魔法。響起不知從何傳來的聲音。

──殺──

以可怕的聲音……

——殺掉魔族——

以恐怖的聲音……

「……殺……」

以充滿憎惡、讓人不舒服的聲音訴說。

「真是遺憾。」

雷伊毫不遲疑地朝迪耶哥的腦袋揮下靈神人劍。不過，他就在即將砍中之前止住劍刃。因為施展「聖域」的迪耶哥本人向前倒下，失去了意識。儘管如此，本來應該要消失的「聖域」魔法卻仍然保持著效果。

「……嗚……啊……」

聽到人倒下的聲音。雷伊朝聲音的方向看去，只見方才開始撤退的魔王討伐軍的士兵們接二連三倒下，他們身上全都籠罩著相同的光芒。

「這是……？」

「潔西雅……！」

艾蓮歐諾露大聲呼喊。跟魔王討伐軍一樣，潔西雅們也當場倒下。她們身上也同樣籠罩著「聖域」。

——齷齪的魔族啊——

戰場上響起聲音。不只是受到「聖域」影響的人，就連迪魯海德軍也同樣聽到了吧。

——我是傑魯凱——

「……傑魯凱…………？」

雷伊喃喃自語。

——為了消滅魔族，具有意志的魔法「魔族斷罪（傑魯凱）」——

上空聚集起從亞傑希翁方向傳來的「聖域」之光。光芒紛紛落到地面，逐漸凝聚成形。

不久後，浮現一個模糊的身體。

「老師……」

雷伊瞪大了眼。以魔力形成的那個魔法體，正是兩千年前不停憎恨暴虐魔王，為了消滅魔族而設立勇者學院的男人——蓋拉帝提魔王討伐軍的總司令傑魯凱。

「加隆，兩千年前我應該對你說過了。」

他開口說道。雷伊以一臉難以置信的表情看著他那副模樣。

「魔族不是你能溫柔對待的生物。那是不該存在於這個世上的汙穢。」

大概是身體還不完整吧，傑魯凱佇立在原地不動。

「光是反對設立勇者學院，包庇暴虐魔王還不滿足，想不到你居然還想成為魔族。遺憾啊，加隆。真是遺憾啊。」

雷伊露出一臉憂傷的表情，注視著那傢伙。

「……是啊，老師……我也很遺憾。你居然會喪心病狂到這種地步。」

雷伊將靈神人劍的劍刃指向傑魯凱。

「老師是兩千年前的亡靈。就連那個根源，本來也早就應該要消滅的。讓我來了結你吧。連同你的憎恨一起。」

傑魯凱發出光之砲彈。雷伊輕易避開，將靈神人劍刺在他身上。

「……喝啊啊……！」

伊凡斯瑪那的神聖光芒斬斷了傑魯凱。只不過，他一度煙消雲散的魔法體再度聚集起來，恢復成原本的模樣。

「加隆，沒有用的。靈神人劍是為了消滅暴虐魔王的聖劍。儘管能對魔族發揮極大的效果，但『魔族斷罪』的魔法跟那把劍是同類。那把聖劍無法消滅真正的神聖之物。」

雷伊立刻用左手畫起魔法陣，從中出現的是一意劍席格謝斯塔。

「很遺憾的，接著輪到我了。」

傑魯凱的左手聚集起更多光芒，緩緩動起。當他畫起魔法陣時，彷彿跟他的動作連動一般，趴伏在地的潔西雅左胸上也陸陸續續浮現魔法陣。

「這是一萬人份的根源爆炸，這座森林裡的魔族應該逃不了了吧。」

「……唔……」

雷伊掉頭折返，用聖劍與魔劍逐一破壞浮現在潔西雅身上的魔法陣。

「……不會讓你得逞的……！」

艾蓮歐諾露發出魔力，逐一消去浮現在潔西雅身上的「根源光滅爆」的魔法。即便如此，一萬這個數字也太多了。假如是聚集在同一個地方倒還好，但潔西雅她們是零星分散在森林各處。

「沒用的。認命吧，你們是來不及阻止的。」

「喔，真的是這樣嗎？」

上空傳來聲音。傑魯凱朝聲音的方向望去，只見莎夏與米夏飄浮在那裡。

「……是暴虐魔王的部下啊？是打算用那遠遠不如兩千年前魔族的力量做什麼？妳們什麼也辦不到。就感慨自身的無力，懷抱著罪孽死去吧。」

「真是抱歉，經過兩千年，魔族可並不只有變弱喔。」

兩人身後緩緩出現一個具有骸骨身軀的男人。那是七魔皇老之一，艾維斯．涅庫羅。

「我的直系子孫，深受暴虐魔王寵愛的雙生子啊。讓反抗吾君的愚昧之徒，見識涅庫羅祕術的時刻到了。」

莎夏與米夏對望，互相牽起對方的雙手。

「我不害怕。」

米夏如此說道。

「這是當然。」

莎夏這樣回應。

「我即是妳。」

米夏說道。

「妳就是我喔。」

莎夏說道。

兩人各自在自己身上畫出半圓的魔法陣，隨後再互相連接成一個。艾維斯舉起雙手，在她們的魔法陣上疊起另一個魔法陣，並將他的所有魔力灌注進去。

「恢復成正確的姿態吧。」

接續著艾維斯的話語，兩人同時說道：

「『分離融合轉生』。」

在升起的魔力粒子之中，兩人的身體彷彿融化般，倏地融合為一。銀色長髮飄在空中，輕輕地隨風搖曳。一名少女飄浮在那裡。

這是將分成兩個的根源再度結合為一個，讓根源的魔力增強的融合魔法。與過去的自己同化的米夏與莎夏，當時所施展的「分離融合轉生」並沒有完全成功。

然而不同於複製根源，完全是從同一個根源分出來的兩人之間，作用著要再度結合的力量。這股力量也同樣作用在已各自成為一個完整根源的莎夏與米夏之間。

因此這次的「分離融合轉生」，能讓這個魔法變得更趨近完美。不對，如果只論魔力多寡的話，是超乎完美吧。因為這不是讓分成兩個的根源恢復成一個，而是讓兩個獨立的根源融合起來。

「消失吧。」『「破滅魔眼」。』

銀髮少女發出莎夏與米夏的聲音。米夏的魔眼就連潔西雅在森林裡被樹木遮蔽的魔力都找出來，掌握住全部共一萬人的她以及浮現在她身上的「根源光滅爆」魔法。接著在映入視野的瞬間，莎夏的魔眼一下子就毀滅了那個魔法術式。

「耍小聰明的該死蒼蠅。墜落吧。」

傑魯凱的右手增強光亮，隨後舉起。他朝銀髮少女發射「聖域熾光砲」。

「沒用的唷。」『破壞「聖域熾光砲」的魔法術式。』

在「破滅魔眼」之前，光之砲彈瞬間就消滅了。傑魯凱毫不在意，持續發射「聖域熾光砲」。他的手畫起巨大魔法陣，從中射出有如雨點般的光彈。

「你以為多射幾發就有用嗎？」『確認「聖域熾光砲」有四十六發，破壞。』

莎夏與米夏將連發的「聖域熾光砲」與浮現在潔西雅胸前的「根源光滅爆」的魔法陣，用「破滅魔眼」悉數破壞殆盡。

在那雙銀色魔眼（眼瞳）之前，任何魔法都會歸於虛無吧。

「看來妳們還沒理解狀況啊，魔王的部下。確實是很了不起的魔眼。但是，妳們能做什麼？妳們就只能維持防衛戰。施展這麼強大的反魔法，魔力很快就會耗盡。這只是在拖延時間罷了。」

傑魯凱的身體聚起更多光芒。先是他的雙腳，再來是他的身體，逐漸增強了光亮。他所發射出的無數光彈，其中一顆穿過「破滅魔眼」的防禦，直接擊中銀髮少女。她勉強用反魔法擋住了這道攻擊。

「……只要能爭取時間，就夠了喔……」『等待著。』

「等待又能怎樣？」

「……阿諾斯會來喔。來打倒你……」『相信著。』

傑魯凱咧開嘴角，有如嘲笑般的說道：

「咯、哈哈哈哈，擁有這麼強大的魔眼，卻還不明白嗎？暴虐魔王死了！靈神人劍伊凡斯瑪那是在神的秩序之下，賜予人類消滅魔王的聖劍。他被聖劍貫穿，根源就連碎片也不剩地消滅了！是不可能復活的！」

「……這種事，我才不管……」『……即使看不見，也依舊相信……』

光彈接連不斷地擊中銀髮少女。儘管如此，她們還是注視著地上，持續破壞「根源光滅爆」的魔法陣。

「……我會守護好的……」

『阿諾斯想守護的和平。』

「……因為他說了要由我來守護……！」

『……不會讓任何人死……』

傑魯凱的頭部聚起光芒。他的魔法體就彷彿獲得實體般的開始具象化。

「……不過就是消滅了根源，你難道以為我的魔王大人就會死嗎！」

『阿諾斯不會一個人擅自死掉。』

「破滅魔眼」將一切的光彈破壞殆盡。

「看來終於連常識也無法理解了啊？可憐的魔族啊，你們的懊惱還真是舒服。就體會更深的絕望吧。將我過去所體驗到的痛苦，數百倍地還給你們。」

突然出現四個巨大魔法陣，覆蓋住整座托拉之森。那個分別以地、水、火、風構成的魔法是「四屬結界封」。魔法結界瞬間擋住「破滅魔眼」的威力。

一名潔西雅左胸前的「根源光滅爆」的魔法術式完成了。

「先是一個人。十秒後再一個人。直到你們哭著懇求我住手為止，我就一個一個讓她們爆炸。就好好體會想守護的人接連死亡的悲傷吧！」

傑魯凱用力握起左手。

「『根源光滅爆』。」

雷伊奔馳而出；莎夏與米夏用魔眼（眼睛）凝視；艾蓮歐諾露大聲呼喊。

然而，他們都沒能趕上——

只不過，潔西雅並沒有爆炸。

全員的視線都集中在那裡。

「……怎麼……………可能…………」

傑魯凱不自覺地喃喃說道。他映入眼簾的那道身影，是暴虐魔王。

「……阿諾斯………………波魯迪戈烏多……」

「唔，看來也認得出我呢。」

我緩緩踏出步伐，朝潔西雅她們倒下的地方走去。

「辛苦你們了，雷伊、莎夏、米夏、艾蓮歐諾露。你們堅持得很好。」

不只是方才的潔西雅，我對在場所有的「根源光滅爆」一一施加「時間操作」，停止魔法的時間。

「…………為、什麼……………這到底……是怎麼了……？」

「即使將身體化為魔法，你也還是一樣遲鈍啊，傑魯凱。別用常識衡量我。」

我朝一臉驚愕表情的傑魯凱說：

「不過就是消滅了根源，你難道以為我就無法復活嗎？」

§ 41 【憎惡的結果】

我朝傑魯凱緩緩走去。

「……咯……」

他漏出細微聲響。那道陰沉的聲音，不久後變成壞掉的笑聲。

「……咯咯咯……咯咯咯咯……」

傑魯凱扭曲著表情，朝我看來。

「……好吧，這樣我就能親手消滅你了……倒不如該感謝你，能為了我再度復活……你說是不是啊，暴虐魔王。」

即使淪為魔法，傑魯凱的憎惡也持續著。在這兩千年間，從未間斷過。

「你就後悔讓自己再度復活，然後毀滅吧！」

傑魯凱的魔法體飄散著光粒子，朝我直衝而來。

「就好好體會人類的憤怒吧，暴虐魔王！」

龐大的光芒自上空傾注而下，聚集在他手中形成一把「聖域」之劍。

「喔、喔、喔喔喔喔喔喔喔喔喔喔喔喔喔喔喔喔喔喔喔喔喔！」

「口氣這麼大，攻擊卻很弱啊。」

我用「四界牆壁」擋掉刺來的「聖域」之劍，縮短距離用右手貫穿他的胸口。

「『根源死殺』。」

殺害根源的指尖捏碎他的魔法體。光芒彷彿煙消雲散一般，傑魯凱的身影消滅得無影無蹤。只不過，從亞傑希翁各地聚集到空中的光芒紛紛落下，再度形成傑魯凱的魔法體。

「唔，果然抓不到根源啊。」

「看來你理解了啊。此身早已化為『魔族斷罪(傑魯凱)』的魔法。我是這個世界的秩序本身，是無法毀滅的。」

看來是無法靠尋常手段解決了。跟我假定的一樣。

「遊戲結束了。聽好，亞傑希翁的子民們。」

經由「聖域」的魔法，「魔族斷罪」發出宣告。他的聲音會在受到「聖域」影響的全員心中響起吧。

「深邃黑暗吞噬了亞傑希翁。暴虐魔王經過兩千年的時光，在此地復活了。但無須害怕。伴隨著希望祈禱吧。向我們傳說的勇者獻上祈禱。這樣的話，勇者將會再度降臨，以希望之光驅逐黑暗。」

迪耶哥方才曾提到兩千年間的播種。這恐怕就是指不斷增加的人類子孫，以及他們所流傳下來的這段口傳吧。

聚集在上空的「聖域」發出比太陽還要輝煌的光芒。這份光輝陸陸續續從亞傑希翁全境聚集過來。

「……嗚……啊！」

「……黑暗……啊、啊啊啊啊啊啊啊啊啊！別、別過來………」

「住手……嗚、啊啊啊啊啊！」

倒在森林裡的蓋拉帝提魔王討伐軍就像在恐懼什麼似的痛苦掙扎。從他們身上冒出比之前還要強盛的「聖域」之光。

「唔，原來如此。『魔族斷罪』的魔法就潛藏在『聖域』之中，當『聖域』聚集起龐大魔力時，才能將『魔族斷罪』的意志具象化，形成魔法體。」

在我說明的時候，傑魯凱也持續沐浴著「聖域」之光，體型增大了一倍。

「然而，要將『聖域』的魔力發揮到最大限度，必須要讓眾人的意念團結一心。勇者學院就是為了這點，散布深邃黑暗的口傳。當帶來絕望的深邃黑暗降臨時，亞傑希翁的民眾就會伴隨著希望獻上祈禱。」

更多的光芒落在傑魯凱身上，使得魔法體的輪廓模糊起來。

「傑魯凱，你從亞傑希翁的民眾身上，強行吸取了他們的希望。」

只要吸取掉一切的希望，心靈就會變得絕望。這正是深邃黑暗口傳的意義。將口傳流傳下來的亞傑希翁民眾，應該就會在面臨絕望深淵時向傳說中的勇者獻上祈禱吧。而他們的祈禱將會被瞬間吸走，讓他們再度落入絕望的深淵。

他們大概會不斷迷失在沒有出口的黑暗之中吧。但是這樣一來，就能強制讓亞傑希翁全境的人類意念團結一心。

為了發動「魔族斷罪」。

「要是一直待在毫無希望的地獄之中，心靈會支撐不住的。你不惜殺害和平生活的民眾，也想要消滅我嗎？人王。」

「領教到了吧，暴虐魔王。這就是人類的恨。他們有著不惜犧牲自己也要消滅你的決心。民眾的崇高犧牲，是絕對不會白費的。」

看他把這說得像是很崇高的行為一樣，讓我只能冷眼注視著他。

「愚蠢。」

「別說得事不關己啊，魔族之王。這是你的罪。讓我們人類抱持這麼大恨意的人是你，阿諾斯！你要是不殺害人類的話，事情就不會變成這樣！這份罪過、這份愚昧，你就後悔、懺悔，然後悲慘地默默死去吧！」

大概是他吸取了更多希望吧，倒下的人類們發出的淒厲慘叫迴蕩開來。上空的光芒愈來愈輝煌，彷彿要照亮整座森林似的猛烈地傾注而下。

傑魯凱的魔法體繼續潰散，如今已不成原樣。這股神聖的光芒眼看著逐漸擴大，覆蓋住整座森林。不久後，光芒化作一具彷彿是仿照勇者的鎧巨人。其手上握著一把既長又厚重，散發著光芒的聖劍。

「向我的部下宣告。讓傷患逃離這裡。這附近一帶會被轟飛喔。」

轟隆一聲劈下的大聖劍，我同時用上「四界牆壁」、反魔法和「破滅魔眼」擋下。兩股龐大魔力衝撞所造成的餘波讓樹木倒成一片，大地裂開。

「領教正義的力量吧。」

傑魯凱繼續將大聖劍劈在我身上，就像要縮短距離似的走起。鎧巨人的每一步都為這附近帶來大地震，讓驚慌逃竄的士兵們無法動彈。

「在地下創造魔王城。」『冰城。』

銀髮少女施展「創造建築」的魔法，在稍微遠離這裡的地底深處，構築起一座牢固不移的冰城。

「讓老身來幫忙吧。即便是魔王城，在如此龐大魔力的對手面前也無法維持太久。」

轉移過來的是七魔皇老梅魯黑斯。他在構築起來的冰城上畫起魔法陣。

「『次元牢獄』。」

他以這個魔法將在地底深處的魔王城隔離開來。不過「次元牢獄」雖然無法從外部干涉，但為了讓士兵們避難，無論如何都得開啟的入口將會是弱點。

雖然很可能會被傑魯凱如今所擁有的力量突破，但如果是跟冰魔王城結合的雙重構造，或許就能在某種程度內支撐住吧。

「該死的垃圾蟲子們，一隻也別想逃走。」

鎧巨人打算用魔眼看穿冰魔王城的位置。

就在這時，附近飄起了濛濛細雨。轉眼間擴大的雨勢封住視野，將冰魔王城與魔族們的魔力全都掩蓋起來。那是米莎的「雨靈霧消」的魔法。

「……這是……大精靈之森的守護神……？有精靈在協助魔族嗎……？」

「傑魯凱，時代早在很久以前就變了。敵人已不存在。」

我集中魔力將大聖劍彈開，將「獄炎殲滅砲」砸在那個巨大頭盔上。

瞬間延燒起來的漆黑火焰也被反魔法消除，傑魯凱就像若無其事般的朝我看來。

「……我是不會上當的。居然強行控制精靈，你到底是有多殘暴啊！」

鎧巨人把劍高舉向天，讓天空浮現出一道魔法陣。

「好好體會吧，魔族們。你們祖先所犯下的罪，就用你們的身體償還吧！」

位在空中的魔法陣發出無數的「聖域熾光砲」，朝著地面紛紛落下。既然藉由「雨靈霧消」讓他無法瞄準，那麼這就是無差別的砲擊，只是數量太多，有幾發免不了會造成傷亡。

只不過，地面上展開了地、水、火、風四個魔法陣，擋住了這些「聖域熾光砲」。

「……大家快逃！因為我配合了神聖魔法的波長，所以能在某種程度內擋下攻勢，但這麼強大的『聖域熾光砲』，是沒辦法支撐太久的……」

為了保護正要撤退的密德海斯部隊，艾蓮歐諾露張設了魔法結界。

看到她這麼做，身為隊長的魔皇艾里奧停下腳步。

「……勇敢的人類戰士……」

他老實問道。

「……方才也是這樣。妳為何要幫助我們魔族？」

她明確地回答：

「我們國家發出了宣戰布告，所以我知道你們是敵人。可是，這已經不對了。我們不是想要戰爭，而是想要守護民眾。可是那個東西，那個鎧巨人，打算不分魔族與人類，無區別地進行屠殺。」

艾蓮歐諾露瞪著在雨霧對面隱約浮現的巨大身影。而在密德海斯部隊的反方向上，也能看到被吸取希望，倒地不起的蓋拉帝提魔王討伐軍。

「迪魯海德軍表示出撤退的意思，而蓋拉帝提魔王討伐軍也打算要撤離。這樣的話，這場戰爭就已經結束了。我對你們沒有任何怨恨。」

融合的米夏與莎夏，也就是那名銀髮少女，施展「轉移」將倒下的潔西雅一一轉移到魔王城內。不過要轉移一萬人，到底還是需要不少時間吧。

「老身用『次元牢獄』將她們聚集到同一個地方吧。這樣就能一次轉移所有人了。」

梅魯黑斯施展「次元牢獄」的魔法，用魔法門將潔西雅她們集中到同一個地方，之後銀髮少女再施展「轉移」將她們轉移到魔王城內。

「那邊地下建起了魔王城，請往那裡避難。」

粉絲社的少女們引導迪魯海德軍前往魔王城入口。

「怎麼啦？你有餘裕東張西望嗎？傑魯凱。」

我施展「飛行」前往上空，朝著傑魯凱畫起魔法陣。

「你要自以為優勢到什麼時候！」

傑魯凱將大聖劍往上揮，連同畫出的魔法陣一起朝我砍來。我儘管在被砍中前避開攻擊，卻也讓魔法陣被斬斷了。

「『魔族斷罪』是不滅的。想要阻止我，就只能殺掉亞傑希翁各地的人類。不過即使你這麼做，也只是阻止魔法發動，無法讓『魔族斷罪』從這個世界上消失！你就絕望吧，阿諾斯·波魯迪戈烏多，只要『魔族斷罪』還存在於這個世上，魔族就注定是要毀滅的宿命！」

「想讓我絕望的話，就別光說不練，用實力表示吧。」

「笑話——！你這傲慢至極的齷齪魔族——！」

傑魯凱全身飛出數百條的光之鎖鏈。就在我避開的瞬間，魔法結界發動。這大概是在我進入鎖鏈與鎖鏈之間時啟動術式的機制吧。在我用「破滅魔眼」破壞鎖鏈的瞬間，大聖劍朝我劈下。我用「四界牆壁」擋下這一擊。

「靈神人劍是消滅魔王的聖劍！就算你還活著，那把劍也確實貫穿了你的身體，削減了你的力量。無法發揮不祥的毀滅根源之力的你，早已不足為敵！」

巨大聖劍劈開「四界牆壁」，把我打落地面。儘管這一劍已使我流血、傷到我的根源，不過就像是要趁勝追擊般，大聖劍朝著降落地面的我刺來。

「毀滅吧！」

轟隆隆隆隆隆！地面裂成兩塊，魔力餘波掀起一陣暴風。

以「魔族斷罪」的魔法創造出來的聖劍，確實消滅了我的根源。

「原來如此。」

我的根源在轉眼間再生回來。

「是殺害根源的聖劍啊？而且雖然不及靈神人劍，卻有著近似的力量。」

「……這……什……什麼………！」

應該消滅的我還存在，讓傑魯凱顯得驚愕不已。

「你應該第一劍就解決我的。同樣的攻擊不會對我再次奏效。」

起源魔法「根源再生(aguronemuto)」。這是以敵人的攻擊與我的根源為起源，將根源恢復到尚未遭受攻擊的狀態。通常只要根源消滅就無法施展魔法，所以我是在對手的攻擊命中前施展「時間操作」，將「根源再生」的魔法送到未來發動。

而要以對手的攻擊為起源，就必須得先知道對手的攻擊方式，如果不是第二次接招的話就無法使用。我即使被靈神人劍伊凡斯瑪那消滅根源也依舊能夠復活，就是因為兩千年前，加隆曾為了輸送魔力，用那把聖劍刺死過我。

只不過在能斬斷宿命的靈神人劍之前，也沒辦法讓我完全地恢復原狀。

「『獄炎鎖縛魔法陣(zora e deifuto)』。」

趁傑魯凱以為他消滅了我的根源、露出破綻的瞬間，我組成了那個魔法術式。漆黑火焰化為鎖鏈，束縛住傑魯凱的巨大身軀，而這道獄炎鎖還同時形成一道魔法陣。在封鎖敵人行

動與魔力的同時，組成魔法術式施加最後一擊的起源魔法。這就是「獄炎鎖縛魔法陣」。

「被黑焰吞沒吧。」

獄炎鎖燃燒起漆黑火焰，一口氣吞噬掉傑魯凱的魔法體，竄起連結天地之間的火柱。

「唔。哎，也是呢。」

神聖光芒從漆黑火柱之間流洩。光芒彷彿將漆黑火焰彈開似的擴展開來，從中出現毫髮無傷的鎧巨人。

「我應該說過了。『魔族斷罪』的魔法是不滅的。即使是你的理滅劍，也無法永遠持續地消滅『魔族斷罪』這個概念。魔族是注定要毀滅的宿命！」

「沒什麼，要是你沒這點本事的話，也太掃興了。」

「你就別再嘴硬了！」

在「獄炎鎖縛魔法陣」的束縛之下，他動著那個巨大身軀，將大聖劍高高舉起。

「這裡不是你的城堡！不是魔王城德魯佐蓋多！你這個就連作為殺手的魔劍都無法拔出的傢伙！」

喔，他說了奇妙的話。

「我並沒有讓你見識過理滅劍。這件事，你是聽誰說的？」

魔王城是立體魔法陣這件事，只要是那個時代的人都會知道吧。但是，知道理滅劍存在的人應該全都消滅了。

「你沒有餘裕去在意這種事！」

他拖著鎖鏈，將大聖劍橫掃過來。

「你就不斷復活吧。直到你魔力耗盡、墜入絕望深淵為止，我都會為你斷罪的！」

就在大聖劍要把我壓爛的瞬間，地上吹起一陣風。那把巨大聖劍斷成兩截，鋃鐺落地。

「想斬就意外地斬得斷呢，就算是那麼大把的劍。」

出現在傑魯凱面前的人，是手持一意劍席格謝斯塔的雷伊。

「唔，充分恢復了嗎？」

「多虧有你幫我爭取時間，六個都恢復了唷。」

要是沒湊齊七個根源，就算是雷伊，要對付這頭怪物也不免會感到很辛苦吧。於是我幫他爭取了一點時間。

「……愚蠢……多麼……愚蠢的男人啊…………」

憎恨滿溢而出。鎧巨人的雙眼黯淡發光，聲音充滿著憎惡。

「……勇者啊……在過去甚至被稱為英雄的你，究竟、究竟……究竟是要墮落到何種地步才肯罷休啊，加隆！」

傑魯凱一面發出怒吼，一面讓大聖劍重新再生。接著他用左手畫起魔法陣，出現的砲門共一百零八座，分別聚起光芒。

「真沒想到，居然會有這麼一天啊。」

我飛到空中，移動到雷伊身旁。

「要是沒有你，也不知道我會變成怎樣呢。」

我握緊拳頭朝雷伊緩緩伸出。這隻手沾染著數千數萬，不對，是還要更多的人類鮮血。

雷伊也同樣握拳朝我伸來。他也同樣殺害了多到不計其數的魔族。

儘管如此，我們也只是立場不同，只是想要守護那些應該守護的事物。

沒有一絲的怨恨。

「上吧，朋友。從兩千年前延續至今的憎惡連鎖，就在這裡斬斷吧。」

雷伊點了點頭。

「讓我們為亞傑希翁與迪魯海德帶來和平。」

我與雷伊緩緩互相碰拳。瞬間，我施展「轉移」魔法，將雷伊轉移到傑魯凱的正後方。

「耍這種小聰明！」

傑魯凱正要轉身，我就對「獄炎鎖縛魔法陣」注入魔力，以魔法鎖鏈壓制住他的身體。

「你以為我會讓你這麼做嗎？」

「可惡啊啊啊啊！」

他發射出無數的「聖域熾光砲」。雷伊一面鑽過這些攻擊，一面從正面逼近他。

「可惡啊啊啊啊啊！」

彷彿讓大氣發出咆哮般往上揮出的大聖劍，被雷伊用一意劍斬成兩截。

「不會讓你這麼做的唷。」

兩千年前的亡靈；兩千年前的憎惡。為了這次一定要讓這場早該過去的戰鬥劃下休止符，大戰的兩名英雄在空中奔馳。

勇者與魔王，出陣——

§ 42 【願世界充滿愛】

「你方才說這是宿命吧？」

我發出起源魔法「魔黑雷帝」，漆黑閃電侵蝕著鎧巨人的全身。

「說只要『魔族斷罪』還存在於這個世上，魔族就會毀滅。」

「這是事實。不論你怎麼做，結果都不會改變。如果想被慢慢折磨，宛如被人用軟刀殺害一般，慢慢地體會絕望的話，就隨你高興吧。」

傑魯凱的魔法體發出閃耀光芒，擺脫掉「魔黑雷帝」。

「我的憎惡已成為世界的秩序了！人類與勇者將會憎恨魔族，並且消滅他們。這就是世界的正確模樣！不論再怎麼掙扎，你都只能償還這份罪過！」

鎧巨人的光芒愈來愈強，然後從全身發射出光之砲彈。面對緊密到毫無空間閃避的「聖域熾光砲」彈幕，我一面用「破滅魔眼」破壞，一面突破重圍。

「那麼，就斬斷這個宿命吧。傑魯凱，你忘了嗎？這邊可是有傳說中的勇者，還有靈神人劍伊凡斯瑪那。」

雷伊舉起右手後，神聖光芒就從他手上溢出，形成聖劍的形狀。

「……呵呵呵，哈哈哈哈哈，事到如今還以為你要說什麼。是要我說幾遍啊？那是為了消滅暴虐魔王的聖劍！儘管能對魔族發揮極大的效果，但『魔族斷罪』的魔法跟那把劍是同類。對於真正的神聖之物，聖劍是無法斬斷其宿命的！」

雷伊握住靈神人劍，朝傑魯凱直奔而去。

「就盡量掙扎吧！當理解到一切都是枉然時，真正的絕望將降臨在你們身──上？」

剎那間，伊凡斯瑪那劍光一閃，斬斷了傑魯凱的手臂。理當不會受到靈神人劍所傷的魔法體，卻沒有再生的跡象。

「……怎…………麼……了……？」

「唔，傑魯凱，你要自以為是神聖之人到什麼時候？」

「……你做了什麼……？」

鎧巨人顫抖著聲音說道，同時不掩憎惡地瞪向雷伊。

「你到底做了什麼，加隆！」

掉在地上的斷手動起，有如砲彈般的朝雷伊撞去。不過，那隻斷手卻被他輕易斬碎，在空中煙消雲散。

「……我是神聖的，是確立消滅魔族這個秩序的魔法……靈神人劍不可能傷得了我！」

雷伊鑽過揮下的巨人拳頭，朝鎧巨人的雙腳橫掃一劍。那個巨大身軀一個踉蹌，傑魯凱就屈膝跪在地上。他這時的視野，正好能看到那樣東西吧。

「……那個是…………？」

「看來你太過熱衷於鄙視魔族，沒注意到誰才是位在底下的那個人。」

魔王城德魯佐蓋多浮在天空中。而魔王城落下陰影的位置，是在立體魔法陣的影響之下。也就是我的地盤。

「貝努茲多諾亞確實無法在德魯佐蓋多以外的地方使用。但我可沒說德魯佐蓋多沒辦法動喔。」

起源魔法「魔王城召喚（德魯佐蓋多）」。這個能讓本來因為是固定的魔法具，所以能發出強大魔力的魔王城德魯佐蓋多進行轉移的大魔法，在兩千年前確實不可能成功。

然而起源魔法只要向更加古老、魔力更加強大的存在借取力量，就能產生超乎常規的結果。如果是在這個時代，將兩千年前的德魯佐蓋多作為起源借取力量，而且還是召換這個時代與我關係密切的德魯佐蓋多的話，這就絕非不可能的事。

只不過即使是我，施展「魔王城召喚」也會消耗掉大半的魔力，更重要的是很費時間。

所以我才會用「獄炎鎖縛魔法陣」束縛住他，然後避免讓他察覺到地，暗中組成「魔王城召喚」的魔法術式。

「傑魯凱，你絕不是什麼神聖之人。是在執念的驅使之下，吸取人們的希望，一心只想殺害魔族的惡鬼。你甚至不會獲得勇者應有的結局。」

我像是在提出罪狀似的向傑魯凱作出宣言。

「就對你下達聖劍的制裁吧。」

在浮空的德魯佐蓋多前方，闇色長劍散發著黑暗光芒——理滅劍貝努茲多諾亞在侵蝕著這裡的秩序。

「……無法原諒……阿諾斯．波魯迪戈烏多……你從人類身上奪走榮耀、奪走所愛之人，而現在甚至要奪走正義嗎！無法原諒。就唯獨你，我們人類是絕對不會原諒的！」

傑魯凱彷彿受到憎惡的激勵，應該被斬斷雙腳的鎧巨人當場站起。他的魔法體開始發出比之前還要耀眼的光芒。

能從鎧巨人體內窺看到無數的光之劍。那些全都是聖劍。他將這些聖劍一口氣通通發射出去。

只不過，朝我射來的光之劍全都在中途反轉，刺穿反方向的鎧巨人身體。

「……呃、喔喔喔……………！」

「難道你以為如果是自己的劍，事情就能如你所願嗎？」

「……無法原諒……消滅你……我要消滅你……」

鎧巨人的輪廓模糊起來，儘管朝周圍噴灑光之劍，體型卻變得更大，發出極為強烈的光亮。其左胸浮現著一個巨大魔法陣，那個魔法術式是「根源光滅爆」。

「唔，你以為我會讓你這麼做嗎？」

「……我可是知道的。理滅劍只要沒握在你手中，就無法發揮其真正價值……而你因為召換了魔王城，失去了大半的魔力。」

鎧巨人的眼瞳發出黯淡混濁的光亮。

「就算殺不死你，我也要殘酷地毀掉你想守護的事物！盡可能的犧牲、盡可能的絕望！

就好好體會我們人類的恨吧！」

沒有拿在手中的理滅劍，力量確實很弱。就連我的魔力，也難以說是能萬全地運用貝努茲多諾亞。只要毀滅的話是很簡單，但要是不澈底斬除這份憎恨，大戰就無法結束。

「要是沒有魔力，就從其他地方拿來就好。」

我施展「聖域」的魔法，與粉絲社八人的心連結在一起。

「聽得到嗎？」

『『『是的！』』』

「第四號。就獻給可憐的亡靈最起碼的安魂曲（Requiem）吧。」

『『『遵命，阿諾斯大人！』』』

在我身上聚集起她們的意念，並在轉眼間形成連接天地的光柱。施展「魔王城召喚」所消耗的魔力眼看著逐漸補回。

「……可惡啊……居然在『魔族斷罪』發動時施展『聖域』……你和那把魔劍，究竟是想愚弄人類到何種地步啊……！」

只要施展「聖域」，內心就會染上對魔族的憎恨。更別說是在「魔族斷罪」發動中的現在施展。

他以為是理滅劍在抵擋這個效果吧——

「魔劍？你指的是什麼？睜大魔眼（眼睛）仔細凝視吧。理滅劍的效果並沒有對『聖域』造成影響喔。」

「我是不會被騙的！『聖域』是人類的恨。是不論經過千年還是兩千年，都絕不會消失的憎惡。我們誓言要打倒魔族、誓言要報仇雪恨，經過漫長的歲月將意念傳承下來。魔族存在的世界沒有和平。消滅你們是一切人類的夙願！這份意念與『聖域』，這些就連魔王都不是的一般魔族，他們的精神怎麼可能承受得住！」

從亞傑希翁全境聚集到托拉之森上空的「聖域」魔法，將光芒化為劍的形狀，有如豪雨般的傾盆落下。

光是隨便算算就沒少於一百萬把。儘管這些聖劍大都在被魔王城的影子遮住時瞬間消滅，但沒有握住理滅劍的狀態到底還是對我不利。有萬分之一的聖劍闖越魔王城的領域，朝著我與雷伊，還有地面上的魔族與人類們紛紛落下。

這些攻擊被我的「聖域」魔法擋下。

地上傳來聲響。

溫柔的歌聲在森林裡迴蕩開來。

——要等到何時，夜晚才會過去？

——人稱暴虐的魔王，獨自一人孤獨沉睡。

——為了守護執起長劍；染上鮮血的雙手，緊握著生命。

——我們不想戰爭。

——不論殺害再多人，夜晚只會愈來愈深。

——等待著黎明，陷入長眠吧——

——兩千年的長眠，一定會使世界改變。

——我如此相信著。

我的「聖域」發出盛大光芒，讓撞擊上去的聖劍紛紛碎裂；儘管如此，地面上也還是下起碎片之雨。而這些碎片就朝著被吸取希望、在地面上痛苦掙扎的人類們，朝著蓋拉帝提魔王討伐軍飛去。

「不行……不可以，做這種事……！」

艾蓮歐諾露離他們的距離太遠。即使是她，在目前魔法化後無法動彈的狀態下，怎麼說也無法保護好全員吧。

「全隊展開反魔法，隔絕從天上飛來的魔法！」

密德海斯部隊的隊長艾里奧，出現在魔王討伐軍的陣地。他們迂迴地繞到鎧巨人後方。在他一聲令下，部下們創造出反魔法的傘面，擋住紛紛落下的聖劍碎片。

「救出傷兵，帶他們去地下魔王城避難！」

密德海斯部隊用「創造建築」的魔法創造出大箱子，把倒下的人類裝進去。他們扛起這些箱子，或是施展「飛行」的魔法，將人類們運往作為避難場所的地下魔王城。有人直接用肩膀扶著人類，也有人是抱著人類運送。

「——勇敢的人類戰士啊。」

隊長向艾蓮歐諾露發送「意念通訊」。

「讓討伐軍到我們的魔王城裡避難。我保證絕不會加害於他們，會平安送回所有人的。無妨吧？」

「……可是，再不快點逃走，你們也會死喔？」

隊長仰望起下著濛濛細雨的天空。他應該能看到鎧巨人與兩道微小的人影吧。

「我們的始祖過去是為了魔族而戰。我可沒有遲鈍到，會沒發現即使被消滅根源也依舊能夠復活、在那裡戰鬥的那位大人究竟是誰。」

艾里奧說道。在這個戰場上，彷彿很自豪地昂首挺胸。

「我是密德海斯的魔皇，艾里奧．路德威爾。是暴虐魔王阿諾斯．波魯迪戈烏多的後裔！我以這份血、這份榮耀發誓，您方才的恩情，就讓我在這裡回報吧！」

聖劍的碎片有如雨點般打落地面。艾里奧在這份威脅之下拚命保護人類，提供援助讓他們前往魔王城避難。

「我們的始祖說了誰都不能殺。去救助人類吧！全員都不准死；誰也都不准殺。如今正是我們展現忠義之時！」

「「「遵命！」」」

為了保護持續救援工作的魔族士兵，「聖域」擴展開來，溫柔的歌聲傳向遠方。

——比起憎恨，愛更加強大。

——我們應該能互相理解，將希望託付給未來。

——為了守護執起長劍；染上鮮血的雙手，緊握著生命。

——被這個不美好的世界擊垮——

——不論祈禱再多次，悲傷只會愈來愈深。

——兩千年的意念，一定會使世界改變。

——我如此相信著。

「你要背對現實到什麼時候，傑魯凱。正視現實吧。時代早就已經變了。世界早已迎來了和平。你難道看不到人類與魔族攜手合作，努力求生存的模樣嗎？你的眼睛是被憎恨給蒙蔽了嗎？」

我以上空的魔王城德魯佐蓋多為目標，在空中飛行。

「你敢說和平！別笑死人了！和平才不會到來！早就在兩千年前就被你破壞掉了吧！我就只有憎恨了！事到如今……事到如今，別給我說這種漂亮話！」

上空的聖劍再增為十倍，朝我傾盆落下。我一面避開這些攻擊，一面接近德魯佐蓋多。

「被奪走和平的你，這次要奪走子孫的和平嗎？這樣你跟我可是毫無差別喔。」

「閉嘴————！我跟你不同！這是復仇！是人類對魔族的恨！」

「這要是復仇的話，就一個人做。人類沒有憎恨魔族；是你在恨我。」

我破壞掉傾盆落下的聖劍，繼續往上空飛去。

「你就一個人充滿憎惡、怨恨、憤怒到最後一刻，用那永恆的執著詛咒我。」

就在我的手就快握住理滅劍之前，天空閃耀，忽然出現的巨大聖劍朝我揮來。

「別想得逞——！」

那把劍是傑魯凱的憎恨，「魔族斷罪」的概念本身，朝尚未握住理滅劍的我揮砍過來。

只不過——雷伊揮出靈神人劍伊凡斯瑪那，斬斷那把巨大聖劍。

我伸出的手，握住了浮在上空的理滅劍劍柄。

「就結束這一切吧。」

「是啊。」

我們兩人朝鎧巨人俯衝過去。同時將過去指向彼此的劍，這次指向相同的方向。

——兩千年的等待。為了與你一同歡笑。

——兩千年的等待。為了與你攜手合作。

——夜晚已即將過去。

——魔王從孤獨的沉睡中醒來。

——他所懇求的願望只有一個。

——請讓我看到耀眼的朝陽。

——他所懇求的願望只有一個。

——願世界充滿愛。

傑魯凱發射的「聖域熾光砲」在理滅劍面前毫無意義地化為烏有。我朝巨人的頭部劈下理滅劍貝努茲多諾亞，而就像是同步似的，雷伊也朝那裡劈下靈神人劍伊凡斯瑪那。

「……呃、啊……………啊……………」

鎧巨人的身體逐漸消失。亞傑希翁的人類仍在供給意念。儘管還有魔力，光芒卻像是無法維持存在似的愈來愈薄弱。由於「魔族斷罪」的宿命被斬斷，使得那個魔法即將消失。

「我不會讓你獲得任何事物。不論是榮耀還是正義，就連所抱持的憎恨都會失去，空虛地滅亡吧。」

「……消失……了……我的憎恨……………漸漸……消……失……了………」

傑魯凱的聲音聽起來有某種悲傷，每當「魔族斷罪」的魔法消去一部分，他就彷彿取回某種事物。

「……我不期望……………榮耀……………我不需要……………正義……………」

他喃喃自語。話中滿溢著痛徹心腑的感情。

「……我……失去了一切……………就只有憎恨……是我……能幫妻兒做到的，唯一的感情……絕對……不能忘了……這份恨……」

「愚蠢的男人。你所留下來的，絕對不是只有憎恨啊。」

鎧巨人的模樣漸漸消失，隱約浮現出傑魯凱兩千年前的身影。

「所以，以你的根源為基礎的艾蓮歐諾露，才會就算記憶被不斷地消除、被不斷地重新製作，也還是一直希冀和平。」

他的心分成了兩塊。分別是成為意圖消滅魔族的「魔族斷罪(傑魯凱)」，以及希望子孫和平的「根源母胎(艾蓮歐諾露)」。這兩個魔法的對立，即是傑魯凱內心的糾葛。在他想消滅魔族的同時，也確實具有不希望子孫們體會到相同心情與憎恨的願望。

「你的妻兒是我親手殺的。因為是很難纏的對手，所以我記得很清楚喔。」

我施展「創造建築」的魔法，將米歇斯項鍊戴在即將消失的傑魯凱身上。

「他們兩個都戴著同樣的項鍊。」

我將理滅劍貝努茲多諾亞指向傑魯凱。

「你就不斷地轉生來殺我吧。我會永永遠遠地回應你的復仇。」

我將理滅劍貝努茲多諾亞刺進傑魯凱的胸口。

「假如你直到最後都還在依靠的那股憎恨，還有一絲留下來的話。」

我在他的身體消失之前，就跟對他的妻兒所做的一樣，施展「轉生」魔法將他的根源送往遠方。

即使魔法消失，你也依舊恨我的話，就不斷來找我復仇吧。直到你與妻兒重逢為止，我會不斷用「轉生」把你送走的。

聲音停了。不久，托拉之森上空的光芒消散。由於吸取希望的「魔族斷罪」的魔法消滅了，「聖域」的魔法也失去效果了吧。

「雷伊。」

「我知道。」

理滅劍與靈神人劍重疊，高舉向天。我們向亞傑希翁全境施展「聖域」的魔法，並讓效果反轉。將魔力轉變成希望，讓人們充滿絕望的心靈恢復原狀。

能聽見歌聲。

對世界送上希望的歌聲。

——比起憎恨，愛更加強大。

——我們應該能互相理解，將希望託付給未來。

——為了守護執起長劍；染上鮮血的雙手，緊握著生命。

——被這個不美好的世界擊垮——

——不論祈禱再多次，悲傷只會愈來愈深。

——兩千年的意念，一定會讓世界改變。

——我如此相信著。

——兩千年的等待。為了與你一同歡笑。

——兩千年的等待。為了與你攜手合作。

——夜晚即將過去。

——魔王從孤獨的沉睡中醒來。

——他所懇求的願望只有一個。

——請讓我看到耀眼的朝陽。

——他所懇求的願望只有一個。

——願世界充滿愛。

§終章 【和平的戰鬥】

在「聖域」反轉的效果下，被迪魯海德軍運走的士兵們恢復了疲憊的精神，能看到他們起身的模樣。大概是因為取回希望了吧。這樣看來是不用擔心了。

我與雷伊緩緩降落地面。

「阿諾斯！」『……阿諾斯……』

銀髮少女朝這裡跑來。她的身體才發出光芒，輪廓就開始模糊，分成兩道人影。「分離融合轉生」的效果結束，米夏與莎夏同時朝我撲來。

「……別嚇我啦……我以為你真的死了耶……」

莎夏緊緊抱著我說。

「很擔心。」

米夏喃喃自語般的說道，同時將她嬌小的身體靠過來。或許是鬆懈下來了吧，兩人眼中都泛著淚光。

「別哭。難道以為我死了嗎？」

「……就說我真的以為你死了吧……」

「……就說很擔心了。」

為了讓兩人安心，我用雙手摸著她們的頭。

「我不會犧牲的。活著才算是和平。」

雷伊在一旁微笑地看著我。大概是想說故意讓靈神人劍消滅根源這種事，即使是我也太亂來了吧。當然，這一點也沒錯。

「根源再生」的魔法操作需要細心注意，更不用說是要接下靈神人劍。即使有勝算，我也確實是在賭命。

然後，是我賭贏了。眼前的魔族與人類，正互相扶持著傷患，對彼此伸出援手進行救援活動。

這就是我一直在追求的景象。我緩緩邁開步伐。

當我走在戰爭結束後的森林裡時，一名男子來到眼前。他是先遣部隊的一名隊長，密德海斯部隊的艾里奧·路德威爾。他的部下們在身後列隊站好。

「魔王大人。」

艾里奧當場跪下，他的部下也一齊在我面前低頭。

「小的是治理密德海斯的魔皇艾里奧．路德威爾。是艾米莉亞的父親……」

他畢恭畢敬地說道。

「一切都是我蒙昧無知的責任，還請儘管懲罰。」

在這次的事件過後，只要是夠聰明的人就會發現我是暴虐魔王，而這也是沒辦法的事。被我用魔法召喚出來的德魯佐蓋多魔王城，還有將魔王城作為立體魔法陣運用，以及傑魯凱對我的敵意。只要冷靜下來思考，就自然會得到答案吧，但他居然能在這個混亂至極的戰場上想通這點。

或者，他在來這之前，就隱約感到疑問了。

「艾里奧。」

「是！」

他垂著頭毅然答道。

「把頭抬起來。」

艾里奧抬起頭朝我看來。他的眼裡沒有恐懼，只有堅定的信念。

「很高興你沒有找藉口，主動交出自己的腦袋。不過對於坦承錯誤之人，不需要給予懲罰。要是犯下錯誤，只要今後加以改正就好。」

「……請恕小的冒犯……我身為皇族，卻做出反抗暴虐魔王這種不應有的行為。還懇請您作出懲罰……至少讓小的能在最後作為您的部下償還罪行……」

「既然如此，我就收下你這條命吧。終生侍奉我。這就是我對你下達的懲罰。」

「…………阿諾斯大人…………」

「在混戰之中，你敏銳地體察到我的意思，與人類攜手合作。不愧是我的子孫。這份忠義與希望和平的心，你大可自豪。」

「……小的愧不敢當……」

艾里奧低垂著頭，感動落淚。

「密德海斯是個少有紛爭的好城市。今後也要繼續努力。」

「是！」

我離開原地，再往前走了一會，就發現累倒在地上的少女們。

「愛蓮，妳很累嗎？」

我朝她伸出手。隨後，她就愣愣地看著我。

「啊，不、不會……這點程度一點也不會累！」

愛蓮雖然這麼說，但整個人卻是盯著我的手一動也不動。

「怎麼了嗎？」

「我感覺……現在，阿諾斯大人……好像對我伸出了手！」

「妳不用客氣，就牽起我的手吧。」

在我這麼說的瞬間，愛蓮就像嚇到似的仰倒在地面上。她就這樣滾動起來，愈滾愈遠。

「……怎麼辦、怎麼辦！是阿諾斯大人的手耶！要用右手牽嗎？還是用左手？啊啊，說不定可以兩隻手一起！可是、可是，這樣兩隻手就一輩子都不能洗了啊啊啊！」

發出哀號般的聲音、倒在地上的愛蓮再度滾了回來。

「那個，我、我、我我我、我到底該怎麼辦才好！雖然在妄想中體驗過很多遍，可是，因為那是妄想……是絕不可能發生的……啊！這該不會是……我在作夢！」

唔，看來她難以平復戰爭時的興奮情緒啊。

「妄想時妳是怎麼做的？」

「……那個……像是讓您抱在懷中，幫我施展恢復魔法之類的……」

「原來如此。」

我施展「飛行」讓愛蓮飄起，將她抱在懷中。

「咦、咦咦咦咦！……我在作夢，這果然是夢……別醒來啊……別醒來啊我……永遠地睡下去吧……！」

「夢想無法實現是騙人的。」

我施展恢復魔法，治療她的疲勞。

「愛蓮，在我生長的時代裡，並沒有太多歌曲。特別是像妳們唱的那種歌，就連聽都沒聽過。那是多麼地胡鬧、荒謬，而且瞧不起人的歌曲。這種歌曲要不是和平的話，實在沒辦法唱。」

愛蓮茫然地聽著我說的話。

「不過，這次的歌也是一首不遜之前的好歌。我也很期待妳們的新歌喔。」

「…………啊…………」

她眼中泛出淚光。

「…………我知道了……」

我輕輕將她放下時，她已經可以站立。看來疲勞已充分恢復了。

「「「呀啊啊啊啊啊啊啊啊啊啊啊啊啊啊啊啊啊啊啊啊啊啊啊啊啊啊啊啊——！」」」

粉絲社的其餘七人邊大聲尖叫邊聚集到愛蓮身旁。

「等等，愛蓮妳太狡猾了！就一個人享受也太狡猾了！」

「就、就算妳這麼說，我也像是在作夢一樣啊。」

「妳就作好覺悟吧！」

「沒錯、沒錯，妳應該知道接下來會怎麼樣吧？」

「啊，等、等等。大家的眼神好可怕！」

「對偷跑的人不必客氣！姊妹們上吧！」

「「「喔！」」」

粉絲社的少女們輪流把愛蓮公主抱，一會「接著輪到我了」、一會「間接公主抱耶」地喧鬧起來。最後還說什麼「我接下來要當阿諾斯大人」、「那我要當愛蓮」，四個人把另外四個人抱在懷中，製造出相當不可思議的畫面。

我無視她們繼續往前走，發現到艾蓮歐諾露飄在聖水球裡的身影。

「……阿諾斯弟弟……！」

「艾蓮歐諾露，我來實現約定了。」

「咦……？」

我拔出理滅劍，連同聖水球一起刺向艾蓮歐諾露。跟「魔族斷罪」不同，「根源母胎」是人形魔法，所以只要影響她在這裡的根源就好。

不僅聖水球逐漸消失，飄浮在她周圍的魔法文字也跟著消失。艾蓮歐諾露光著腳踏在地面上。

「……哇……魔法解除了耶……？」

「這樣妳就是我的魔法了。」

艾蓮歐諾露一臉不可思議地看著我。

「本來只想消滅掉『根源母胎』的魔法，但這樣妳就會喪失魔力。只要把妳收為我的魔法，就不會遭人濫用。妳已經自由了。」

「……這樣啊……是這樣啊……」

她低著頭，眼裡噙著淚水。

「還沒有結束。要照顧一萬人的潔西雅可是很累人的。這邊也得想辦法處理才行啊。」

「……這種事……簡直……就像是在騙人似的……」

艾蓮歐諾露喃喃說道，朝我踏出一步。然而，或許是方才作為魔法的影響還留著吧，她一個踉蹌向前倒下。

「唔，妳還是老樣子啊。」

我伸手撐住她的身體。隨後，艾蓮歐諾露就緊緊抱在我身上。

「……謝謝你……阿諾斯弟弟……我最喜歡你了……」

莎夏冷眼盯著我們這副模樣。

「米夏，妳有什麼想說的嗎？」

「太好了。」

「就這樣？」

米夏微歪著頭。

「………全裸？」

「哇！對喔。我忘記了……阿諾斯弟弟，快、快幫我。」

「我知道。」

我施展「創造建築」的魔法，讓艾蓮歐諾露穿上勇者學院的制服。

「謝謝，這下可得救了。」

這麼說完後，艾蓮歐諾露環顧起周遭。

「不過，事情變得很驚人呢。」

地面上滿是坑洞，樹木倒塌，河川乾枯。托拉之森彷彿發生了天災地變一樣。

「沒什麼，一點問題也沒有。誰也沒有死。」

「你怎麼知道？」

「為了不讓任何人死，我有用這雙魔眼（眼睛）確實盯好。」

艾蓮歐諾露驚訝地瞠圓著眼，然後嗤嗤笑起。

「阿諾斯弟弟真的很厲害呢。」

「如果才這點人數的話，根本不算什麼。只不過，傷患的人數非常多。」

「儘管放心，之後的事就請交給我們七魔皇老。」

梅魯黑斯自空中飛來，在我面前跪下。

「傷兵與戰後處理的事，我們都已在著手處理。就請您好生休養吧。」

「唔，那就交給你們了。有事就向我回報。」

「遵命。」

梅魯黑斯恭敬地低頭行禮後，施展「飛行」離去。

「雷伊。」

我拿出從他身上搶來的單片貝殼項鍊。

「米莎好像在地下魔王城救助傷兵喔。」

「……我是作好覺悟送給她的，這樣有點收不了尾啊……」

「哎呀？就當成是普通的求婚不就好了？」

莎夏捉弄似的說道。

「恭喜。」

米夏淡淡地獻上祝福。

「……真是敗給妳們了。」

他露出苦笑，然後被坑坑洞洞的地面絆倒，當場摔了一跤。

「傳說中的勇者是在跌倒什麼啊。」

「靈神人劍使用過度，即便是我也很累的樣子呢。」

雷伊坐在地面上說道。

「話說回來，這個已經不需要了吧？」

我把阿伯斯．迪魯黑比亞的面具丟出去，掉落在雷伊的手邊。

「也是呢。」

雷伊用一意劍破壞掉那個面具。阿伯斯．迪魯黑比亞今後不會再出現了。如今在「聖域」裡的「魔族斷罪」消滅之後，人類與魔族就完全沒有戰爭的理由。

這樣世界就和平了。

「話說回來，那個造型不同的面具是作什麼用的？」

我一面對雷伊伸手，一面問道。

「造型不同的面具？」

他就像是不明白我在說什麼似的，歪頭困惑著。

「我就只有一個面具耶。」

「……………什麼？」

魔劍大會時出現的面具男，他確實戴著跟現在的雷伊不同的面具。儘管能想到幾個可能性，不過都是不怎麼好的那種。

「阿諾斯？」

「唔。哎，今天就算了吧。比起這些，最後還有一名強敵在等著我。」

「強敵？」

「我什麼也沒跟媽媽說，就來參加戰爭了。」

雷伊一面反問，一面握住我的手。

雷伊苦笑起來。

「還有說謊這一招喔？」

「我是不會逃的。今天一定要跟媽媽說明我是魔王的事。」

我拉起他的手，讓他站起身體。

「讓我們並肩作戰吧。就讓伯母見識一下勇者與魔王的力量。」

「可是，你媽媽相當會用理滅劍喔。」

莎夏開玩笑地說道。

「根源也好像有七個左右耶？」

雷伊跟著接話。

「連魔王的宿命也能斬斷？」

米夏微歪著頭問道。

我們一同大笑，然後揚長而去。

最後的強敵在等著我。

不過，沒什麼好怕的。

我擁有能互相幫助、一同歡笑的同伴。

而且，這場戰鬥誰也不會受傷。

因為這是在兩千年前，我們所期望、我們所創造，然後由我們所守護下來，象徵著這個時代，比什麼都還要和平的戰鬥——

後記

本作雖然寫滿了我想創作的內容，不過當中我最想寫的故事，就是這本第三集的勇者學院篇。勇者加隆終於登場了。還記得當初連載到這裡時，讀者們在感想欄的留言也變得相當熱鬧。

由於情節發展寫得很像是故事即將結束一樣，所以也有人猜想故事是不是要完結了。我從當時就在考慮：要是有機會的話，想讓這套作品出書。所以在構思劇情時，是以三集為一個段落創作的。結果就像這樣，寫成一篇充滿完結篇氛圍的故事。

話雖如此，由於我還有許許多多不論如何都想寫的內容，所以故事還會繼續下去。我想已經看完正文的讀者應該會注意到故事裡還有幾個未解之謎，我會一面涉及這些謎題，一面開始阿諾斯他們的新學校生活。

在全篇故事當中最喜歡下一章的讀者非常多，所以也希望各位讀者務必期待下一章的內容。我會努力改稿，讓故事變得更加有趣的。

話說回來，阿諾斯在本作中對艾蓮歐諾露的那個表示：「是我所追求的和平象徵啊。」不過「我所追求的」是指「和平」，他並沒有在追求「和平象徵」。是在感慨他所追求的和平，象徵就是這個啊。他絕不是為了「和平象徵」等待了兩千年，所以還請各位讀者放心。

而這樣的和平象徵艾蓮歐諾露，しずまよしのり老師一樣畫得非常可愛。充分彌補我拙劣的描寫能力都還有剩的優秀插畫，讓我確信她的粉絲肯定會隨之增加吧。真的是太感謝老師了。

而這次也承蒙責任編輯吉岡大人的關照。多虧了編輯大人指導，讓難以理解的部分獲得改善，還追加了一些有趣的場景，讓故事變得比我獨自創作時還要更加完善。真是謝謝。

接下來是通知事項。剛好在第二集發售時開始連載的本作漫畫化作品，這次可喜可賀地發售了單行本第一集。漫畫家かやはるか老師筆下的阿諾斯等人，實在是優秀到讓人不禁心想：「居然會有這麼得天獨厚的漫畫化作品」，所以還希望各位讀者務必購買欣賞。如果是喜歡本作的讀者，相信是絕對不會後悔的。我非常推薦。

最後，我要由衷感謝閱讀本作的各位讀者。為了盡可能獻上有趣的作品，我會一個字一個字地用心創作，所以今後也請多多指教。

二〇一八年十月八日　秋

國家圖書館出版品預行編目資料

魔王學院的不適任者：史上最強的魔王始祖,轉生就讀子孫們的學校 / 秋作；薛智恆譯. -- 初版. -- 臺北市：臺灣角川, 2020.04-
冊； 公分. -- (Kadokawa fantastic novels)
譯自：魔王学院の不適合者：史上最強の魔王の始祖、転生して子孫たちの学校へ通う
ISBN 978-957-743-693-1(第3冊：平裝)

861.57 109001888

Kadokawa
Fantastic
Novels

魔王學院的不適任者～史上最強的魔王始祖，轉生就讀子孫們的學校～ 3

（原著名：魔王学院の不適合者～史上最強の魔王の始祖、転生して子孫たちの学校へ通う～3）

2020年4月20日 初版第1刷發行
2020年9月24日 初版第3刷發行

作者：秋
插畫：しずまよしのり
譯者：薛智恆

發行人：岩崎剛人
總編輯：蔡佩芬
編輯：彭曉凡
美術設計：吳佳昫
印務：李明修（主任）、張加恩（主任）、張凱棋

發行所：台灣角川股份有限公司
地址：105台北市光復北路11巷44號5樓
電話：（02）2747-2433
傳真：（02）2747-2558
網址：http://www.kadokawa.com.tw
劃撥帳戶：台灣角川股份有限公司
劃撥帳號：19487412
法律顧問：有澤法律事務所
製版：尚騰印刷事業有限公司
ISBN：978-957-743-693-1
